GRAUSAMER BISS

DIE BLUTALLIANZ — BUCH 6

ÜBERSETZT VON
TATJANA BECIJOS

USA TODAY BESTSELLERAUTORIN

LEXI C. FOSS

Grausamer Biss – Cruelly Bitten

Copyright © 2023 Lexi C. Foss

Deutsche Übersetzung: Tatjana Becijos

Covergestaltung: Covers by Julie

Coverfotografie: Wander Aguiar

Covermodelle: Lucas Loyola & Sophie L

Veröffentlicht von: Ninja Newt Publishing, LLC

Digitale Ausgabe

ISBN: 978-1-68530-044-9

Print Ausgabe

ISBN: 978-1-68530-270-2

Meine *Erosita* war defekt.

 Zuerst hatte sie einen Bullshit über eine Täuschung und darüber, dass ich nicht ihr Cam sei, von sich gegeben. All das hatte keinen verdammten Sinn ergeben und mich gerade genug innehalten lassen, um ihren albernen Aussagen Beachtung zu schenken.

Dann hatte sie sich mit einer Leidenschaft gegen mich gewehrt, die vermuten ließ, dass sie sich in ihrer Existenz bedroht fühlte. Vielleicht, weil ich sie bedroht hatte. Aber etwas an ihrer Reaktion hatte sich verzweifelter angefühlt als bloßer Überlebenswille.

Und jetzt lag sie wie erstarrt unter mir.

Völlig still.

Und stumm.

Genau so, wie ich es mir gewünscht hatte, als ich hereingekommen war. Außer, dass ich sie auf Händen und Knien hatte haben wollen.

Aber das … das war überhaupt nicht das, was ich wollte. Ihr leidenschaftlicher Kampf hatte mich härter gemacht, als ich es mir je hätte vorstellen können. Und im nächsten Atemzug hatte sie mit ihrer unheimlichen Lautlosigkeit mein Interesse wieder zunichtegemacht.

Ich verstand das nicht. Ich sollte sie in diesem Moment ficken. Vampire lebten davon, ihre Beute einzuschüchtern und zu unterwerfen. Doch kein Teil von mir schien dies zu wollen.

Warum nicht?

Ist das nur bei ihr so? Ist es ein Nebeneffekt unseres Bands? Wenn ja, warum habe ich das so lange toleriert? Ist das meine Schwäche? Ist sie meine Schwäche?

Ich runzelte die Stirn. *Nein. Wenn das der Fall wäre, hätte ich sie schon vor Jahrhunderten getötet.*

Warum habe ich sie behalten?

Sie fühlte sich fantastisch an unter mir. Aber es musste einen anderen Grund geben, warum ich dieses Verhalten geduldet hatte.

Was, wenn das hier nicht normal war?

„Ich bin noch nie gestorben.“

Ihre Worte hallten in meinen Gedanken wider und vertieften mein Stirnrunzeln. Ich hatte sie gefragt, ob sich ihr Gehirn bei ihrer Wiedergeburt nicht richtig konfiguriert hatte. Vielleicht hatte ich recht. Vielleicht hatte ich meine *Erosita* gebrochen.

Dann werde ich sie töten müssen. Endgültig.

Für diejenigen, die mit mir durchgehalten haben, während ich die monumentale Aufgabe, die dieses Buch dargestellt hat, beendet habe. Danke für eure Unterstützung, eure Liebe und eure aufmerksamen Worte. Es tut mir leid, dass es so lange gedauert hat, aber ich hoffe aufrichtig, dass es das Warten wert war.

Fühlt euch gedrückt!

<3

GRAUSAMER BISS

DIE BLUTALLIANZ — BUCH 6

GRAUSAMER BISS

*Es gab eine Zeit, in der die Menschheit über die Welt herrschte,
während Lykaner und Vampire im Verborgenen lebten.
Das ist nicht länger der Fall.*

Ismerelda

Der Mann, an den ich für immer gebunden bin, ist jetzt
ein Monster. Eine grausame Bestie. Ein Vampir ohne
Gewissensbisse und ohne Erinnerung an unsere frühere
gemeinsame Existenz.

Er hat keine Ahnung, wer ich bin. Was ich ihm bedeute.
Wer wir einmal zusammen waren. Aber ich gebe nicht auf.

Er wird sich an mich erinnern. Das schwöre ich.

Cam

Ich bin ein Vampirkönig und allen anderen überlegen.
Außer ihr. Der Frau, die sich weigert, sich zu beugen.

Ich werde sie brechen. Sie zerstören. Sie reformieren. Und
wenn sie endlich ihren Platz an meiner Seite erkannt hat,
werde ich sie töten.

Denn ich habe keinen Bedarf an einem ungehorsamen

Haustier. Ich bin dazu bestimmt, diese Allianz zu regieren
– und genau das werde ich auch tun.

Willkommen zur neuen Herrschaft!
Sie besteht aus Blut, zerbrochener Allianzen und Tod.
Mein Königreich. Meine Regeln. Meine Zukunft.

Anmerkung der Autorin: *Grausamer Biss* enthält dunkle
Inhalte. Bitte lies den Warnhinweis im Innenteil. Auch
wenn diese Geschichte als eigenständiger Roman gelesen
werden kann, ist es am besten, die Serie in der richtigen
Reihenfolge zu erleben. Dieses Buch endet mit einem
Cliffhanger.

*Es gab eine Zeit, in der die Menschheit über die Welt herrschte,
während Lykaner und Vampire im Verborgenen lebten.*

Das ist nicht länger der Fall.

*Willkommen in der Zukunft, wo die stärkere Blutlinie die Regeln
macht.*
Weiterlesen auf eigene Gefahr.

DIE BLUTALLIANZ

Internationale Gesetze verdrängen die nationalen Regierungen und werden von der Blutallianz verfochten – einem globalen Rat, der zu gleichen Teilen aus Lykanern und Vampiren besteht.

Alle Ressourcen müssen gleichmäßig zwischen Lykanern und Vampiren aufgeteilt werden, dies beinhaltet auch Land und Blutsklaven. Das gesellschaftliche Ansehen und der Wohlstand liegen allerdings im Ermessen der einzelnen Rudel und Häuser.

Wer ein höher gestelltes Wesen tötet, verletzt oder provoziert, wird mit dem sofortigen Tod bestraft. Alle Streitigkeiten müssen für ein endgültiges Urteil der Blutallianz vorgestellt werden.

Sexuelle Beziehungen zwischen Lykanern und Vampiren sind strengstens untersagt. Geschäftliche Partnerschaften sind jedoch, sofern sie ertragreich und angemessen sind, zulässig.

Menschen werden hiermit als Eigentum eingestuft und haben keine gesetzlichen Rechte. Jeder Mensch wird durch ein Sortiersystem gekennzeichnet und nach Leistung,

Intelligenz, Blutlinie, Fähigkeiten und Aussehen bewertet. Die Beurteilung beginnt bei der Geburt und wird am Bluttag abgeschlossen.

Pro Jahr werden zwölf Sterbliche nach Ermessen der Blutallianz ausgewählt, um im Wettkampf um den Status des unsterblichen Blutes gegeneinander anzutreten. Von diesen Zwölf werden zwei gebissen, um so Unsterblichkeit zu erlangen. Die anderen werden sterben. Lykaner oder Vampire außerhalb von diesem Prozess zu kreieren ist nicht rechtens und wird mit dem sofortigen Tod bestraft.

Alle anderen Gesetze unterliegen den Rudeln und der königlichen Familie, dürfen aber nicht mit denen der Blutallianz kollidieren.

EINE NACHRICHT VON IZZY

UNGEFÄHR NEUNZIG PROZENT der Weltbevölkerung wurde abgeschlachtet, nachdem die Menschen die Existenz von Vampiren und Lykanern entdeckt hatten. Die Regierungen der Sterblichen versuchten, diese zu bewaffnen und zu versklaven.

Dieser Plan ging für die Menschheit nicht gut aus. Ein Massaker folgte.

Die Menschen, die überlebten, wurden wie Vieh in Ställen gehalten.

Viele von ihnen dienen jetzt als Blutsklaven. Andere sind Kauspielzeug für die Lykaner. Das ist die wahre Bedeutung einer Dystopie.

Und ich lebe seit fast einhundertachtzehn Jahren in dieser neuen Realität.

Dennoch habe ich mich an die Hoffnung geklammert und darauf gewartet, dass mein lang vermisster Vampirgefährte zu mir zurückkehrt. Er verfügte über eine

Vision des Respekts, über einen Ansatz, die Menschen zu beherrschen, ohne grausam zu sein. Er glaubte fest daran, die Quelle der Nahrung zu respektieren, die ihn und seine Brüder am Leben hielt.

Cam.

Der Älteste unter den Vampiren.

Er hatte den Respekt vieler. Aber jetzt hält der Großteil der Welt ihn für tot.

Das ist er nicht.

Ich kann es in meiner Seele spüren. Denn er ist mein Gefährte, der Grund, warum ich noch am Leben bin. Vor über tausend Jahren führten wir eine Zeremonie durch, die unsere Geister in einem Tanz verband, der für die Ewigkeit bestimmt war.

Aber er wurde mir entrissen.

Eingesperrt.

Gefoltert.

Und jetzt … ist er wach. Aber er ist nicht mehr der Mann, den ich einst kannte und liebte. Er ist ein Ungeheuer. Er ist grausam. Und er hat keine Erinnerung daran, wer ich für ihn bin.

Er sieht mich als Nahrung. Als Spielzeug. Als Fickhülle.

Das ist der Grund für diese Nachricht.

Meine Geschichte ist nichts für Zartbesaitete. Cam ist unwiderruflich kaputt. Er ist düster. Er sieht kein Problem darin, sich zu nehmen, was ihm seiner Meinung nach zusteht. Weil er zu einem uralten Wesen umprogrammiert wurde, das keinen Funken Menschlichkeit mehr in sich trägt.

Abgesehen von seiner Verbindung zu mir.

Deshalb gebe ich nicht auf. Ich werde bis zu meinem letzten Atemzug für ihn kämpfen – selbst wenn es seine Hände um meine Kehle sind, die mir schließlich zum Verhängnis werden.

Cam ist dazu bestimmt, König zu sein. Mein König. So wie ich dazu bestimmt bin, seine Königin zu sein. Und wie heißt es so schön? Die Königin ist immer die stärkste Figur auf dem Brett.

Er beabsichtigt, mich zu beugen und meinen Willen zu brechen.

In der Zwischenzeit werde ich nach seiner Seele suchen. Und wenn ich sie finde, werde ich einen tödlichen Schlag ausführen. Einen, der ihn in die Knie zwingen wird.

Es sei denn, er tötet mich zuerst …

Trigger-Warnung: Dieses Buch enthält dunkle Aspekte von zweifelhafter Zustimmung, die an Nicht-Zustimmung zwischen dem Helden – Cam – und der Heldin – Ismerelda – grenzen. Außerdem werden die Themen Somnophilie, Parasomnie, Atemspiel, Blutspiel, depressive Gedanken und Selbstverletzung sowie sklavenähnliche Elemente aufgegriffen.

Wenn ich sage, dass dies eines der dunkelsten Bücher ist, die ich je geschrieben habe, dann meine ich das auch so. Einige Szenen haben mir wirklich das Herz gebrochen. Und es hat eine Weile gedauert, bis Cam es wieder zusammengeflickt hat. Aber er ist zu Kreuze gekrochen. Irgendwann.

Bitte gehe diese Lektüre mit Bedacht an!

Abschließende Anmerkung: Eigentlich wollte ich die Blutallianz-Reihe mit *Grausamer Biss* beenden. Aber die Geschichte ist einfach zu lang, um sie in einem einzigen Buch zu erzählen. Sie ist auch noch nicht abgeschlossen –

ich schreibe weiterhin daran. Tatsächlich ist *Grausamer Biss* bislang nicht einmal auf Englisch erschienen.

Warum erscheint die Geschichte dann bereits in anderen Sprachen? Weil ich mich bei meinen fremdsprachigen Lesern für ihre anhaltende Liebe und Unterstützung bedanken wollte, indem ich euch zuerst in die Geschichte von Izzy und Cam eintauchen lasse. Ich hoffe, sie gefällt euch. Das letzte Buch, *Ewiger Biss*, wird ebenfalls bald erhältlich sein.

CAM

DAS IST MEINE GEFÄHRTIN? Ich studierte die Blondine auf dem Bett. *Fickbare Lippen. Schöne Titten. Wohlgeformte Taille. Hübsches Gesicht.*

Die körperliche Attraktivität war wohl vorhanden. Aber ich fühlte nichts für sie. Nichts außer dem Drang, sie zu ficken.

Nun, das stimmte nicht ganz. Ich wollte sie auch wieder leer trinken.

Leider konnte ich beides nicht tun, während sie bewusstlos war.

„Verdammte Sterbliche", murmelte ich, angewidert von ihrem langsamen Regenerationsprozess. Wenn Lilith doch nur erfolgreich gewesen wäre bei ihrem Versuch, unzerbrechliches menschliches Spielzeug zu schaffen.

Seufzend wandte ich mich wieder meinem Laptop zu und startete eine neue Aufnahme.

„Mein Lehnsherr", begrüßte mich Lilith – ihr Tonfall

ging mir auf die Nerven. Ich hatte ihre Stimme in den vergangenen zehn Tagen viel zu oft gehört.

Bedauerlicherweise war das notwendig.

Zu viel hatte sich im letzten Jahrhundert ereignet, während ich geschlafen hatte, und da mein Gedächtnis nachließ, war ich auf diese hohe Stimme angewiesen, um mich über die Weltordnung auf dem Laufenden zu halten.

„Wenn Ihr diese Aufnahme seht, dann habt Ihr beschlossen, dass es an der Zeit ist, Eure Rückkehr in unsere Allianz anzukündigen. Ich habe ein paar Vorschläge vorbereitet …"

„Ach?" Ich rollte mit den Augen. „Und wer ist hier der König, hmm?"

Ich hörte zu, wie sie mehrere Ideen auflistete, wie ich meine Wiedereingliederung in die Gesellschaft angehen könnte. Keine von ihnen gefiel mir.

Dies war mein Königreich.

Deshalb würde ich es auf meine Weise regieren.

Sie hatte bereits ein Treffen für in drei Tagen anberaumt, aber dank Ryders kürzlicher Übertragung – in der auch Liliths abgetrennter Kopf zu sehen gewesen war – befanden sich die verschiedenen Royals und Clan-Alphas in Aufruhr.

Irgendwann würde ich mich mit dem abtrünnigen Rebellen befassen müssen. Die Herstellung der Ordnung war jedoch eine dringlichere Angelegenheit. Vor allem, da die Revolutionäre auf dem Vormarsch waren.

„Du hast mich wirklich im Stich gelassen", sagte ich zu Lilith, während ich die Aufnahme abschaltete. „Vielleicht werde ich Ryder nicht zu hart bestrafen, denn offensichtlich war dein Tod verdient." Und das nicht nur wegen ihres Versagens als Anführerin, sondern auch wegen ihrer nervigen Stimme.

Ging mir ihre Stimme schon immer so auf die Nerven?, fragte ich mich und zuckte angesichts der Kopfschmerzen, den ihre Aufzeichnung ausgelöst hatte, zusammen. *Oder ist das nur eine Restreaktion darauf, dass ich so lange geschlafen habe?*

Denn jede ihrer Aufnahmen schien in meinem Schädel zu explodieren und einen dumpfen Schmerz zu hinterlassen. Das konnte nicht normal sein. Aber ich konnte weder Michael noch einen meiner anderen Untergebenen danach fragen. Schmerz war eine Schwäche, die mich zu einem Sterblichen degradierte.

Wie die köstlich duftende Blondine auf meinem Bett. Ich richtete meine Aufmerksamkeit wieder auf sie. „Ich bin mir nicht sicher, warum ich dich so lange behalten habe, Ismerelda. Vielleicht wirst du es mir erklären, wenn du wach bist."

Oder – und das war wahrscheinlicher – ich würde sie einfach wieder töten.

Ich war hungrig nach ihr. Ich hatte versucht, von ein paar anderen Menschen zu trinken, aber deren Blut war einfach nicht mit ihrem exquisiten Geschmack zu vergleichen gewesen.

Eine verdammte Travestie, wirklich. Denn diese Frau war ungehorsam und hatte eine Vorliebe für unangemessene Äußerungen. Es hatte mich nicht beeindruckt, als sie auf dem Rollfeld auf mich zu gerannt war. Und ich war auch jetzt nicht beeindruckt davon, dass sie weiterhin in *meinem* Bett schlief.

„Ich sollte dich in einen Käfig sperren", sagte ich zu ihr. „Vielleicht würde dir das helfen, deine Rolle im Leben zu verstehen."

Sie antwortete nicht.

Sie reagierte nicht einmal, verdammt.

Weil sie sich immer noch *erholte*.

Mit einem Knurren schob ich meinen Laptop zur Seite und stand auf.

Es war an der Zeit, eine Mitteilung an die Führer der Welt zu senden – *euer König ist zurückgekehrt.*

Aber zuerst musste ich mein Haustier in sein Quartier bringen. Ich hatte sie nur deshalb auf mein Bett gelegt, weil ich gehofft hatte, dass sie aufwachen würde, während ich arbeitete.

Doch leider blieb sie komatös. Nicht meine Vorstellung von einer Frau.

„Mach dich auf was gefasst", sagte ich zu ihr, während ich sie aus dem Bett hob. „Denn sobald du aufwachst, werde ich dich vernichten." Ihr Geruch brachte mich um den Verstand. Deshalb hatte ich sie wohl einst als Gefährtin auserkoren – wegen ihres süchtig machenden Duftes und Geschmacks.

Ich blickte wieder auf ihre Brüste hinunter. *Wahrscheinlich auch wegen dieses Attributs.* Ich ließ den Blick über sie schweifen. *Und wegen all dem.*

„Schade, dass du nicht aufwachst und mich ordentlich ablenkst." Ich trug sie durch mein Zimmer zum Badezimmer und dem begehbaren Kleiderschrank dahinter.

Dort befand sich eine kleine Tür, die zu dem Raum führte, den ich für sie hatte herrichten lassen. Eigentlich sollte es ein privates Ankleidezimmer sein, aber stattdessen hatte man ein kleines Bett hineingestellt.

Außer einem Licht an der Decke, das über einen Schalter in meinem Kleiderschrank gesteuert werden konnte, gab es hier nichts weiter.

Die Tür war so umgebaut worden, dass sie von meiner Seite aus verschlossen werden konnte, nicht von ihrer.

Ich platzierte sie auf der Matratze und hielt inne, um die Art und Weise zu bewundern, wie ihre blonden Haare über das einzelne Kopfkissen wallten.

Sehr hübsch, musste ich zugeben. *Aber immer noch schlafend.*

8

„Eine solche Verschwendung." Ich ließ sie in der Dunkelheit zurück und schloss die Tür ab, bevor ich mir eines der vielen Jacketts schnappte, die in meinem Kleiderschrank hingen. Der tintenblaue Stoff passte gut zu meiner dunklen Hose und meinem obsidianschwarzen Hemd. Vor allem, weil es mit dem Schwarz meiner Stimmung konkurrierte.

Lilith hatte mich im Stich gelassen. Nicht, dass es mich überrascht hätte.

Oh, sie war ein treuer kleiner Spielball gewesen und hatte unsere Sache bis zum Ende unterstützt. Aber sie war nie sonderlich mächtig gewesen. Ihre Fähigkeiten waren in der Politik angesiedelt gewesen. Ihre Fähigkeit, andere zu überzeugen und zu manipulieren, hatte ihr einen strategischen Vorteil verschafft, wenn sie andere dazu hatte bringen wollen, ihrer Führung zu folgen.

Aber das war auch schon die Reichweite ihres Könnens gewesen.

Sie war naiv gewesen und arrogant.

Zu sehr in ihrem eigenen Ruhm gefangen, um die rohe Kraft der Älteren zu berücksichtigen.

Das hatte zu ihrem Tod geführt und damit das Protokoll ausgelöst, mich zu wecken. Obwohl sie laut meines Assistenten Michael schon vor einigen Monaten in Erwägung gezogen hatte, mich aus meinem Schlummer zu holen.

Die Rebellen unserer Art hatten sich zusammengetan, um ihre Kräfte zu bündeln. Sie würden nicht ausreichen, um die Blutallianz zu stürzen. Aber sie würden zweifellos gewisse Probleme aufwerfen, denen ich zuvorkommen wollte.

Altes Blut zu vergießen, wäre eine Verschwendung von kostbarem Gut.

Also mussten wir einen Weg finden,

zusammenzuarbeiten. Einen Kompromiss zu schließen. Oder die Revolutionäre zur Strecke zu bringen.

Den Anfang würde die Mission machen, die ich den Royals meiner Art und den Alpha-Lykanern vorzustellen gedachte.

„Mein Lehnsherr", grüßte Michael mit einer tiefen Verbeugung, als ich mein Zimmer verließ. Offensichtlich hatte er auf mich gewartet. Vielleicht ahnte er meine Absichten durch unser Erschaffer-Band.

Denn angeblich hatte ich diesen Mann in einen Vampir verwandelt, um Lilith ein Geschenk zu machen.

Ich konnte mich weder an den Akt erinnern, noch fühlte ich mich dem Mann besonders verbunden, aber die Aufzeichnungen zeigten, dass ich ihm kurz vor der Revolution Unsterblichkeit geschenkt hatte. Dass Michael meine Bedürfnisse voraussehen konnte, bestärkte mich nur in der Wahrheit unserer gemeinsamen Geschichte.

Seine hellgrünen Augen trafen meine für eine Sekunde, als er sich aufrichtete und seinen Blick auf die Frau lenkte, die in der Nähe einer Tür am Ende des langen Wohnkorridors verweilte.

Mira – die erste Lykanerin.

Sie hatte überlebt, während der Rest ihrer Art weggestorben war. Das machte sie mir ebenbürtiger als ihre Brüder und deshalb hatte sie sich vor einem Jahrhundert unserer Sache angeschlossen.

Zumindest stand das so in Liliths Aufzeichnungen.

Sich auf ihre Aufzeichnungen aus dem vergangenen Jahrhundert zu verlassen, ging mir ein wenig auf die Nerven. Zum Glück verfügte ich aber noch über die meisten meiner ältesten Erinnerungen, und so konnte ich mich an meine kurze Bekanntschaft mit Mira entsinnen.

Wir waren uns nur einmal begegnet, und sie war damals noch ein Kind gewesen. Heute war sie gewiss nicht mehr der schlaksige Teenager von vor dreitausend Jahren. Stattdessen war sie zu einer wunderschönen Frau herangereift.

Leider sehnte ich mich nach einer ganz anderen Blondine.

Einer bewusstlosen Blondine.

Mit köstlichem Blut.

Deshalb war das *Erosita*-Band für meine Art so gefährlich – es brachte uns dazu, Sterbliche zu begehren. Aber sobald ich mich an Ismereldas Blut und ihrer Pussy gelabt hatte, würde ich dieses Bedürfnis bändigen können.

Ich wollte sie nur, weil ich über hundert Jahre ohne sie ausgekommen war.

Und wenn sie mich weiterhin so beleidigte, wie sie es gestern getan hatte – als sie versucht hatte, auf mich zuzulaufen und mich zu umarmen, nachdem sie aus dem Flugzeug gestiegen war –, würde ich viel schneller über sie hinwegkommen als erwartet.

Außerdem wartete oben eine ganze Schar von Blutjungfrauen – unberührte Menschen mit einer einzigartigen Blutgruppe – darauf, dass ich auf eine Kostprobe vorbeikam. Ich würde zu ihnen wechseln, sobald ich Ismerelda aus meinem System gefickt hatte.

„Ich bin bereit, meine Rückkehr anzukündigen", sagte ich, während ich mich an Michael und Mira wandte. „Wir werden das Treffen in drei Tagen abhalten, aber ich werde aus offensichtlichen Gründen an Liliths Stelle leiten."

Michael nickte. „Natürlich, mein Lehnsherr. Ich werde unsere Telekommunikationsverbindung überprüfen, um sicherzustellen, dass wir alle Quadranten der Welt für Eure Ankündigung erreichen können." Er wartete nicht auf meine Antwort, sondern bewegte sich mit langen Beinen und eiligen Schritten den Flur hinunter und durch die Tür am Ende.

„Während er das tut, werde ich Euch über Sota und Troph in Kenntnis setzen." Mira stieß sich vom Türrahmen ab, löste die Arme aus ihrer verschränkten Position vor der Brust und ließ sie locker an ihren Seiten hängen.

„Hast du sie besucht?", fragte ich, während ich mich auf sie zubewegte und meine Augenbraue neugierig hochzog. Die beiden Gesegneten waren noch im Prozess des Aufwachens, und ihr Geisteszustand war eher gierig als nützlich.

Glücklicherweise hatte ich keine Erinnerung an diesen Teil meines eigenen Erwachens.

Nach dem, was Michael gesagt hatte, war der Fütterungsprozess für mich nicht notwendig gewesen, weil ich nur ein Jahrhundert geschlafen hatte.

In der Zwischenzeit hatten sich Sota und Troph mehrere Jahrtausende lang ausgeruht.

Sie waren zu schwach gewesen, um das Geschenk zu ertragen, das Nyx ihnen gemacht hatte – unsterbliches Leben mit unsterblichen Kindern. Der einzige Preis war ihre Unfähigkeit gewesen, sich auf Dauer zu verbinden.

Einige der Gesegneten konnten das Leben ohne ihre ehemaligen Liebhaber nicht ertragen und zogen es vor, stattdessen zu schlafen. Aber Sota und Troph hatten sich geweigert, das Bedürfnis ihrer Kinder nach Sterblichenblut zu akzeptieren. Und anstatt ihre Kinder zu unterstützen, hatten sie sich lieber in ihrem Schlummer versteckt.

Eine Gräueltat, wirklich. Eine, die die beiden – und einige andere – als unwürdig für ihre Gaben kennzeichnete.

Doch Sota und Troph waren die Ersten gewesen, die ihre fehlgeleitete Moral über das Überleben ihrer Kinder gestellt hatten.

Deshalb hatten wir die beiden als unsere ersten

Probanden für die nächste Phase der Versuche ausgewählt
– die, die Lilith während meines Jahrhunderts der Ruhe
nicht zu Ende gebracht hatte.

„Ich habe ihnen Abendessen gebracht", antwortete
Mira, als sie über die Schwelle trat und mir in den
angrenzenden Gang folgte.

Der gesamte unterirdische Komplex war von
Korridoren durchzogen. Es wäre ein Leichtes, sich im
Untergrund zu verirren, aber Michael hatte mir nach
meinem Erwachen eine Karte gegeben, sodass ich mich
wieder zurechtfinden konnte.

Ich machte mich auf den Weg zum Konferenzraum, in
dem die offizielle Kommunikation stattfinden sollte. Lilith
hatte den Raum so gestaltet, dass er dem ähnelte, der oft in
Lilith City benutzt worden war. Das hatte ihr erlaubt, den
Ort vor allen Royals und Alphas geheim zu halten.

Das war möglicherweise eine ihrer klügeren Ideen
gewesen.

„Sie sind immer noch gierig auf alles, was sie in die
Finger bekommen", fuhr Mira fort. „Die beabsichtigte
Lektion wird definitiv vermittelt."

Ich nickte. „Wie es sein soll." Die Gesegneten
brauchten die menschliche Essenz nicht zum Überleben,
und deshalb hatten Sota und Troph die Bedürfnisse ihrer
Kinder auch nicht verstanden.

Aber dieses Missverständnis würde bald korrigiert
werden.

Sobald Sota und Troph wieder über genügend mentale
Fähigkeiten verfügten, um zu kommunizieren, würden wir
ihnen die menschlichen Körper zeigen, die sie in ihrem
Zustand des unsterblichen Hungers verschlungen hatten.
Erst dann würden sie das Konzept des Überlebens und das
Schicksal, dem sie ihre Kinder überlassen hatten, wirklich
begreifen.

Wenn ein Wesen hungrig genug ist, verzehrt es alles, um zu überleben. Das waren die Worte, die Michael mit Blut über die geschändeten Leichen geschrieben hatte. Und er hatte darauf geachtet, die Aussage in einer Schrift zu halten, die die Uralten verstanden. Wir warteten nur darauf, dass Sota und Troph wach genug waren, um sie zu lesen.

Ich bog nach links in einen weiteren Gang ein, dann nach rechts und wieder nach links, bevor ich den Aufzug am Ende erreichte. Mira sah zu, wie ich die erforderlichen Codes eingab, und trat dann in nachdenklichem Schweigen hinter mir ein.

„Ich habe nachgedacht", sagte Mira langsam, und ihre Augen, die so hell wie Eis waren, begegneten meinem Blick. Sie war eine Alpha-Wölfin und daran gewöhnt, andere mit einem Blick zu unterwerfen.

Ihre Dominanz war jedoch nicht mit meiner vergleichbar, was ich mit einem einfachen Wölben meiner Augenbrauen zum Ausdruck brachte, als ich darauf wartete, dass sie ihre Aussage beendete.

„Ich denke, wir sollten als Nächstes Fen wecken." Das Geräusch des Fahrstuhls, der die gewünschte Etage erreichte, unterstrich ihre zuversichtlichen Worte. „Seine Blutlinie ist etwas anders, wenn man bedenkt, dass er der Vater von Lykanern ist", fügte sie hinzu, als wir aus dem Aufzug stiegen. „Er würde den Forschern einen weiteren Probentyp für ihre Versuche liefern."

„Technisch gesehen wäre es dein Blut, das die besondere Probenart liefern würde", murmelte ich und ging zum Konferenzraum. „Du bist schließlich die einzige unsterbliche Lykanerin."

„Ja, aber wenn Ihr mich beißt, dann beiße ich zurück. Und ich habe schärfere Zähne." Sie untermalte ihre Worte mit einem wölfischen Grinsen. Offensichtlich hatte sie keine Angst, mich als ihren Vorgesetzten herauszufordern. „Sterbliche sind leichtere Beute."

„Leichter, ja. Aber sie sind nicht sehr widerstandsfähig", gab ich zurück.

„Ich nehme an, Eure *Erosita* ist immer noch außer Gefecht gesetzt?" Sie warf mir einen mitleidigen Blick zu, den ich ignorierte und stattdessen die Tür zum Konferenzraum öffnete.

Ein riesiger runder Tisch nahm die Mitte des Raumes ein, um den herum mehr als fünfzig Stühle standen. Die meisten Wände waren aus dunklem Glas, genau wie der offizielle Sitzungssaal in Lilith City. Allerdings konnte die Tönung der Glaswand dort deaktiviert werden, sodass man die Wolkenkratzer draußen sehen konnte. Die Scheiben hier waren mit hartem Stein verkleidet, der zu der Wand mit der Tür passte.

Ich bewegte mich auf den Stuhl zu, der direkt gegenüber dem Tisch stand und genau auf den Eingang ausgerichtet war. Über der Tür war eine Kamera angebracht worden, sodass die felsige Wand nicht im Blickfeld des Aufnahmegeräts lag und diese Stelle des Raumes zum Mittelpunkt der Aufnahmen wurde.

„Also …" Ich ließ mich auf dem von mir gewählten Stuhl nieder. „Du möchtest also deinen Vater aufwecken und ihn den Forschern übergeben."

Es war eine gezielte Neuausrichtung unseres Gesprächs, denn ich hatte keine Lust, mit Mira oder jemand anderem über meine *Erosita* zu sprechen.

Ich dachte, ich hätte das klargestellt, als ich Ismerelda in mein Quartier zurückgebracht hatte, nachdem Mira mir ein Zimmer in der Nähe der Blutjungfrauen empfohlen hatte.

Warum zum Teufel sollte ich mein Hauptverlangen in einem anderen Stockwerk unterbringen?

Nein, Ismerelda würde in dem Raum bleiben, den ich für sie eingerichtet hatte, bis ich ihrer überdrüssig wurde.

Dann konnte sie verlegt werden.

Oder getötet.

Aber das war eine Debatte für die Zeit, nachdem sie aufgewacht war.

Und völlig irrelevant für diese Diskussion.

„Fens Blutlinie ist wahrscheinlich ähnlich wie die der anderen Gesegneten", sagte ich, während ich meine Finger auf der Granitplatte verschränkte. „Wie schon gesagt, er ist kein Lykaner. Außerdem haben wir bereits zwei Uralte, die im Begriff sind, zu erwachen. Wozu brauchen wir also noch einen dritten?"

Sie nahm den Stuhl zu meiner Rechten und begegnete meinem Blick erneut, ihr Ausdruck war emotionslos. „Weil Lilith versagt hat", antwortete sie schlicht. „Und jetzt läuft der Vampirart die Zeit davon, einen alternativen Blutbeutel zu entwickeln."

Ja, weil meine Brüder im letzten Jahrhundert gefräßig gewesen waren. Noch hatten wir Nahrung, aber das würde sich innerhalb des nächsten Jahrzehnts ändern, wenn sich unser Trend fortsetzte. Das war der Grund für die Experimente – wir mussten einen Weg finden, unsere Nahrungsquellen trotz unserer Fressgewohnheiten am Leben zu erhalten.

Aber das wusste ich alles bereits. Was ich von ihr wissen wollte, war etwas anderes. „Warum Fen?" Ich studierte ihren emotionslosen Gesichtsausdruck. „Warum denkst du, dass er gebraucht wird?"

„Weil die Möglichkeit besteht, dass sein Blut anders ist, und zu diesem Zeitpunkt benötigen wir eine so große Probe wie möglich."

„Nach dieser Logik sollten wir alle Gesegneten aufwecken", konterte ich.

Sie schüttelte den Kopf. „Nicht auf die Gefahr hin, dass wir alle existierenden Royals verärgern."

Hmm. Da hatte sie nicht ganz unrecht.

„Ihr habt Euch für Sota entschieden, weil Ihr wisst, dass Sahara das Schicksal ihres Vaters als gerechte Strafe akzeptieren wird, so wie Lajos …"

„Die Strafe seines Vaters ebenfalls akzeptiert hat", beendete ich ihren Satz. „Ja, ich weiß, warum ich Sota und Troph ausgewählt habe." Zumindest dank Liliths Aufzeichnungen.

Denn ich besaß keine wirkliche Erinnerung daran, so wie an fast alles andere auch nicht.

„Du schlägst also Fen vor, weil die Chance besteht, dass er anders ist und keine Probleme mit den Anführern der Blutallianz verursachen würde", fasste ich zusammen.

„Ja. Ich wäre die Einzige, die gegen seine Behandlung protestieren könnte, und ich gebe meine Erlaubnis."

„Warum?", drängte ich. „Ich dachte, du hättest ein gutes Verhältnis zu ihm? Ist das nicht der Grund, warum du mit ihm in seiner Gruft ruhen wolltest?"

Lilith hatte Mira kurz vor der Revolution geweckt, um sie auf den neuesten Stand zu bringen, was die menschlichen Regierungen mit den Lykanern anzustellen versuchten. Das hatte Miras Rekrutierung relativ einfach gemacht.

Mira musterte mich kurz, bevor sie sich seufzend auf ihrem Stuhl zurücklehnte. „Er hat mich im Stich gelassen. Vielleicht nicht sofort, wie Sota und Troph es bei Sahara und Lajos getan haben, aber das bedeutet nur, dass ich mehr von seinem Hass ertragen habe, als sie es von ihren eigenen Vätern ertragen mussten."

Ihre eisblauen Augen trafen meine und verrieten das erste Aufflackern von Gefühlen. Aber das war im Nu

17

verschwunden, und die stoische Alpha-Wölfin kehrte zurück, um ihre Gesichtszüge zu verschleiern.

„Meine persönlichen Gründe sind nicht relevant. Der Punkt ist, dass er eine einzigartige Essenz zu den Versuchen beisteuern könnte. Und wenn nicht, dann ist er ein weiterer Körper, mit dem wir experimentieren können." Sie hob eine Schulter. „Ich wollte es nur anregen. Ihr könnt entscheiden, ob er unsere Zeit wert ist oder nicht."

Ich betrachtete sie lange, während ich die Möglichkeiten abschätzte, Fen zu wecken und mit ihm zu arbeiten.

Es wäre einfach, ihn zu bändigen. Denn obwohl die Gesegneten unsterblich waren und als Erschaffer der Vampir- und Lykanerarten verehrt wurden, waren sie nicht übernatürlich veranlagt.

Sie waren nicht ungewöhnlich stark oder zu Hypnose fähig.

Sie konnten sich nicht verwandeln.

Es fehlte ihnen die Fähigkeit, zu phasen – die seltene Teleportierkompetenz der Meistervampire.

Sie waren im Grunde Menschen, nur unfähig, zu sterben. Das war genau das, was alle Sterblichen sein müssten, um unser Überleben zu sichern.

Was Mira anging, so wollte sie lediglich einen Weg finden, Lykaner wahrhaftig unsterblich zu machen. Das hatte sie mir gegenüber nicht zugegeben, aber in ihrer Akte stand ein Vermerk über ihre Loyalität.

Denn wenn wir einen Weg gefunden hatten, Menschen unsterblich zu machen, könnte dieselbe Methode auch für die Langlebigkeit von Lykanern angewandt werden – was ihr erlauben würde, endlich ein echtes Rudel zu besitzen, das nicht eines Tages wegstarb.

Deshalb will sie Fen, erkannte ich, während ich sie weiter studierte. *Weil seine Essenz die Lösung sein könnte, nach der sie so verzweifelt sucht. Seine Taten haben sie schließlich erschaffen.*

„In Ordnung", entschied ich laut. „Bereite alles für das Ritual vor und überlege, wo wir ihn unterbringen können."

Ich hatte an den beiden anderen Erweckungen teilgenommen, weil sie eine höhere Essenz für das Ritual erfordert hatten. Und als ältester Vampir war mein Blut mächtig genug, um jeden Gesegneten zu erwecken. Aber Mira war Fens Nachkomme und somit in der Lage, die Zeremonie allein durchzuführen.

„Ich danke Euch, mein Lehnsherr." Sie neigte ihr Kinn zu einer leichten Verbeugung. „Ich werde die Vorbereitungen treffen."

„Lass mich wissen, wenn alles vorbereitet ist. Ich werde der Zeremonie beiwohnen und bei Bedarf assistieren", sagte ich, als Michael den Raum betrat. Er wirkte nervös. „Was ist los?", fragte ich, während sein süßlicher Geruch meine Sinne irritierte.

Wieso ist dieser schwache Mann mein Abkömmling? Hat ihm denn niemand beigebracht, seine Gefühle zu kontrollieren?

„Es scheint, dass unsere Kommunikationssysteme ausgefallen sind, mein Lehnsherr." Anders als Mira erwiderte Michael meinen Blick nicht, seine grünen Augen blieben auf den Boden gerichtet, während er sprach. „Unser Technikteam arbeitet gerade daran, aber es könnte bis morgen dauern, bis alles repariert ist."

Meine Augenbrauen hoben sich. „Wie zum Teufel ist das passiert?"

„Sie sind sich nicht sicher, mein Lehnsherr." Er schluckte. „Aber sie gehen der Sache nach."

„Damien", murmelte Mira.

Ich sah sie an. „Damien?"

„Der Bruder von Izzy. Er ist ein technisches Genie und zufällig auch Ryders Abkömmling." Trotz der Irritation in ihrem Ton kam ein Hauch von Bewunderung durch. „Er ist derjenige, der an Liliths Telefon herumgebastelt und den Revolutionären geholfen hat, Zugang zu Liliths ehemaligen Bunkern zu erhalten."

Ich schnaubte. „Er hat ihnen bei nichts geholfen. Ich habe sie die Labore erkunden lassen." Das war alles Teil des Protokolls gewesen, um meinem Cousin Jace und meinem Abkömmling Darius zu helfen, zu verstehen, was Lilith während meines Schlummers zu erreichen versucht hatte – eine verbesserte Nahrungsquelle.

Leider hatten sie das nicht so zu würdigen gewusst, wie ich es geplant hatte.

Sie waren wahrhaftig von meinem Bruder Cane korrumpiert worden. Wenn der Mistkerl nicht in der Gruft unseres Vaters schliefe, würde ich ihn für die Gehirnwäsche unseres Cousins und meines Abkömmlings erdrosseln.

„Wie auch immer, Damien ist derjenige, der gerade unsere Kommunikation sabotiert. Er versucht wahrscheinlich, einen Weg zu finden, Izzy zu erreichen." Mira warf mir einen nachdenklichen Blick zu. „Ich habe Euch gewarnt. Sie ist eigensinnig und …"

„Ich kann mit meiner *Erosita* umgehen", warf ich ein. „Sie ist nackt und in meinem Schrank eingesperrt. Ihr Bruder wird sie nicht in die Finger bekommen." Ich konzentrierte mich wieder auf Michael. „Arbeite mit dem Kommunikationsteam daran, dies zu beheben und melde dich bei mir, sobald es erledigt ist!"

„Ja, mein Lehnsherr." Er verbeugte sich tief, bevor er ohne ein weiteres Wort aus dem Raum schlüpfte.

„In der Zwischenzeit werde ich meiner *Erosita* eine dringend benötigte Lektion erteilen", fügte ich hinzu, wobei meinen Worten ein leichtes Knurren anhaftete.

Denn wenn dies Damiens Werk war, würde ich dafür

sorgen, dass seine Schwester für seine Einmischung bezahlte.

Du bist besser wach, wenn ich in mein Zimmer zurückkomme, Ismerelda.

Nicht, dass sie mich hören könnte. Ich hatte unsere mentale Verbindung unterbrochen.

Aber das hielt mich nicht davon ab, hinzuzufügen: *Ich bin hungrig und verärgert. Und du existierst nur aus einem Grund — um mir zu dienen. Mach dich bereit, zu bluten!*

IZZY

KALT.

Dunkel.

Cam …

Ich zitterte.

Warum bin ich …? Wo …? Wie habe ich …?

Ich stöhnte auf, mein Kopf hämmerte unter der Last der Fragen. Alles fühlte sich … *falsch* an.

Was ist …?

Meine Finger krümmten sich vor Schmerz, meine Arme waren zu schwer, um sie zu heben. Ich war mir nicht einmal sicher, was ich vorhatte, zu tun. Meinen Kopf berühren? Meine Schläfen massieren?

Au.

Ich versuchte, meine Knie an meine Brust zu ziehen, aber meine Glieder bewegten sich kaum. *Mir ist so schwindlig.* Ein Wimmern entrang sich meiner Kehle. *Warum muss ich …?*

Meine Wirbelsäule zuckte. *Cam ... Ist etwas ...? Nein. Nein, es geht ihm gut. Mira hat gesagt ...*

Meine Augen flogen auf und schlossen sich abrupt in einer Welle des Schmerzes wieder. *Scheiße!* Ich zuckte zusammen, mein Innerstes verkrampfte sich vor Schmerz. *Was ...?*

Cam ...

Nein.

Ich drehe mich im Kreis. Aber ... nicht wirklich. Mir ist nur schwindelig. Wie in einem Rausch.

Ich schluckte und zuckte wieder zusammen. *So trocken. Ich fühle mich wie ... wie ... wie der Tod ...*

Meine Augen öffneten sich wieder, und ein weiterer Schwall von Empfindungen überflutete meine Sinne. Ich kämpfte mich durch und zwang mich, aus diesem Ozean der Qualen aufzusteigen und in die frische, dunkle Luft zu gelangen.

Ich atmete scharf ein, was Spasmen in meine Lunge schickte und mein Herz in einem chaotischen Rhythmus schlagen ließ.

Tod, dachte ich wieder. *Ich ...*

Erneuter Schmerz durchzog meine Adern und setzte mein Blut in Brand. *Das fühlt sich ...*

Ein stummer Schrei kitzelte meine raue Kehle, meine Stimme war funktionsunfähig. *Wasser ... Ich brauche ...*

Aber meine Hände ... Arme ... waren immer noch zu schwer. Zu ... zu ... *tot.*

Meine Augen schlossen sich wieder, meine Welt wurde in unendliche Dunkelheit gehüllt. *Ist das ein Albtraum?*

Ich versuchte, meine Finger zusammenzupressen, aber sie verweigerten sich meinem Befehl.

Ein weiteres Stöhnen erklang in meiner Brust. Aber es war tonlos, genau wie mein Schrei. *War mein erstes Stöhnen auch so gewesen?* Ich konnte mich nicht erinnern.

Ich konnte mich an nichts erinnern. Zum Beispiel, wie ich hierhergekommen war. Warum ich mich ... wie der *Tod* fühlte.

Cam ...

Ich versuchte, den Kopf zu schütteln, um es zu leugnen. *Ich spüre seinen Tod nicht. Es geht ihm gut. Das muss es.*

Aber nein. Das ... das war es nicht.

Etwas an Cam ...

Dieses Mal bewegten sich meine Beine, als ich sie dazu aufforderte, und die schweren Gewichte schienen meine Glieder an meinen Verstand zu übergeben. Aber es tat weh. Es ... es fühlte sich nicht richtig an. *Es schmerzte.*

Wie der Tod ...

Ich schauderte, als meine Knie endlich meine Brust trafen. Meine Arme umschlossen langsam meine Schienbeine und ich lag wie ein Ball auf der Seite. Etwas Weiches lag unter mir. Ein Bett, vielleicht? Aber nicht mein eigenes. Denn der Geruch war fremd. Moschusartig. *Alt.*

Tränen trübten meine Augen, die Flüssigkeit war ein willkommener Kuss für meine trockenen Sinne. Speichel sammelte sich in meinem Mund, sodass ich schlucken konnte. Aber es fühlte sich alles verheerend falsch an.

Das muss ein Albtraum sein. Vielleicht einer von Cams? Sehe ich endlich in seinen Verstand? Hat Lilith ihn hier festgehalten? In diesem ständigen Zustand der Qual?

Noch mehr Tränen durchdrangen meine Augenlider und ergossen sich über meine Wangen. *Cam ...*

Normalerweise träumte ich von unserer letzten gemeinsamen Nacht. Oder besser gesagt, von der Nacht vor über einhundertachtzehn Jahren, die unser Leben für immer verändert hatte.

Jene Nacht, in der Cam eine Mauer zwischen unseren Köpfen errichtet und unsere mentale Verbindung gekappt hatte ...

Meine Augen flogen auf, als ich Cams Absicht spürte, seinen Plan, sich meiner Gedanken zu bemächtigen. Mein Puls beschleunigte sich. Ich hatte gewusst, dass das passieren könnte. Er hatte mir von dieser Möglichkeit erzählt.

Aber es zu spüren …

Es muss einen anderen Weg geben, Cam, flüsterte ich in seinen Geist. *Du opferst …*

Es ist die Last, die ich zu tragen habe, Ismerelda, antwortete er mit müder Stimme, als hätte er bereits Schmerzen. *Und ich trage sie allein.*

Aber du bist schon seit über tausend Jahren nicht mehr allein, wollte ich sagen. Aber ich konnte den Gedanken nicht fassen, und mein Herz zerbrach in Millionen Stücke, als ich spürte, wie sich die Mauer zwischen uns verdichtete.

Warte!, flehte ich. *Wir müssen darüber sprechen.*

Dafür haben wir keine Zeit. Ich muss unsere Verbindung kappen, bevor es zu spät ist.

Zu spät wofür?

Zu spät, um dich zu beschützen, antwortete er schnell. *Es tut mir leid, meine Liebste. Es tut mir so verdammt leid. Aber das ist der einzige Weg. Ich muss …*

Ein scharfer Schmerz durchzog unser Band und entlockte meiner Kehle ein Keuchen. *Cam?*

Es tut mir leid, wiederholte er. *Ich liebe dich. Ich werde dich immer lieben. Egal, was passiert.*

Cam!

Auf Wiedersehen, Ismerelda.

Was? Nein! Aber ich …

Höllenqualen überrollten mich und sandten eine Lawine eisiger Nadelstiche über mein Rückgrat.

Und dann wurde ich von tödlicher Stille eingehüllt.

Cam?

Nichts.

Cam?

Stille. Frieden. Einsamkeit.

Ich saß aufrecht im Bett, mein Herz klopfte schnell in meinen Ohren, während ich das Schlafzimmer nach dem Mann absuchte, von dem ich wusste, dass er nicht da war. Mein Cam. Mein Geliebter. Meine andere Hälfte.

Er war gestern abgereist, um sich mit Darius zu treffen und eine Strategie zu besprechen, wie wir mit Lilith und ihrer neuen Weltordnung umgehen sollten. Ich hatte ihn angefleht, mich mit ihm gehen zu lassen. Aber er hatte verlangt, dass ich bei Luka blieb.

„Wo es sicher ist", hatte er gesagt.

Aber ich fühlte mich nicht sicher. Nicht jetzt. Nicht, während unsere Verbindung unterbrochen und sein Schicksal unbekannt war.

Ich zog die Laken von meiner schweißgetränkten Haut und rutschte aus dem Bett.

Ich brauchte Antworten. Ich musste wissen, ob es Cam gut ging.

Und was noch wichtiger war, ich musste wissen, ob dies nur ein schlechter Traum war.

Bitte, Gott, lass es ein böser Traum sein, betete ich. Nicht, dass ich an eine allmächtige Macht glaubte. Aber ich würde es tun, wenn es bedeutete, dass Cam in Sicherheit war.

Aber ich war nicht naiv. Und ich spürte tief in mir, dass etwas nicht stimmte.

Er hatte erwähnt, dass dies eine Möglichkeit war, dass er mich vielleicht isolieren musste, um mich zu schützen. Aber er hatte versprochen, dass dies der letzte Ausweg sein würde.

Und doch hatte er unsere mentale Verbindung ohne zu zögern gekappt.

Weil er bereits verletzt ist?, fragte ich mich.

Ich zog einen Bademantel über meinen Seidenpyjama und verließ das Zimmer.

„Izzy", sagte eine tiefe Stimme, das sanfte Grollen, das ich selten von dem Alpha-Lykaner hörte, der im Flur stand.

„Nein", erwiderte ich und sah bereits die Trostlosigkeit in seinen freundlichen hellblauen Augen. „Sag mir, dass das nicht stimmt! Sag mir, dass es Cam gut geht!"

Er schüttelte nur den Kopf und seine dichten dunklen Haare fielen in seine Stirn. „Ich werde dich nicht anlügen."

„Warum bist du dann hier?", verlangte ich zu wissen, während ich mich an ihn heranpirschte, um ihm einen Stoß gegen die Brust zu versetzen. „Warum bist du hier, Luka?" Aber ich wusste bereits, warum. Genauso wie ich wusste, dass die plötzliche Aggression, die ich ihm gegenüber empfand, weder fair noch vernünftig war.

Aber er war hier und Cam nicht.

Er war hier, um mich in Sicherheit zu bringen.

Nein. Mich *gefangenzuhalten*, damit ich Cam nicht nachjagte. Damit ich meinen Gefährten nicht aufspürte. Damit ich nicht verlangte, dass er diese verdammte Mauer zwischen uns niederriss.

Es hat doch einen besseren Weg geben müssen, schrie ich ihn an, während ich eine Faust gegen Lukas festen Oberkörper knallte. *Du hättest das mit mir besprechen und mich nicht im Dunkeln lassen sollen. Allein. Hier. Ohne dich. Das ist nicht fair. Das ist verdammt ungerecht.*

Meine Faust schlug weiter auf Luka ein, während Tränen meine Sicht trübten.

Warum tust du das? Warum musst du unbedingt zum Märtyrer

werden? Warum, Cam? Sag mir verdammt noch mal, warum!, schrie ich gegen die geschlossene Tür in meinem Kopf. Meine Glieder zitterten vor Wut. Vor Angst. Vor … Verzweiflung. Weil ich nicht wollte, dass es wahr war.

„Warum?", flüsterte ich. „Warum?"

„Weil er dich nicht zur Zielscheibe machen wollte, Izzy. Es ist das Beste, wenn Lilith und alle anderen denken, dass du tot bist", erklärte mir Luka und ließ mich innehalten.

„Was?" Ich blinzelte zu ihm hoch, aber sein junges Gesicht verschwamm vor meinen Augen. „Tot?"

Er sah mich stirnrunzelnd an. Oder ich nahm zumindest an, dass es ein Stirnrunzeln war. Ich konnte nicht wirklich etwas sehen, denn meine Welt schien sich in einem Wirbel aus schwindelerregenden Lichtern um mich herumzudrehen.

„Tot?", wiederholte ich.

„Du weißt es nicht?", fragte Luka und klang dabei genauso schockiert und verwirrt, wie ich mich fühlte.

„Ich …" Meine Knie wackelten. „Ich weiß nicht …"

Er fing mich auf, als ich ins Schwanken geriet. „Ich dachte, Cam hätte dich eingeweiht. Aber du weißt es nicht." Er klang verblüfft. „Ich … Izzy …"

„Cam hat deinen Tod inszeniert, um sich von Lilith gefangen nehmen zu lassen", informierte mich eine andere Stimme.

Weiblich.

Alpha-Lykanerin.

Mira.

„Er weiß, dass sie ihn nicht töten wird", fuhr sie fort. „Sein Blut ist zu mächtig, als dass sie es verschwenden könnte. Aber er hofft, dass er mit ihr reden kann. Und er will, dass du hierbleibst, wo du in Sicherheit bist, während er arbeitet."

Ich blinzelte zu der blonden Frau hinüber. Ich kannte

sie nicht gut, aber Luka hatte sie als seine Gefährtin auserwählt. Sie war also in den inneren Zirkel aufgenommen worden.

Und sie war die Einzige, die mir die Antworten gab, die ich jetzt brauchte.

Antworten, die ich nicht hören wollte.

Aber die ich trotzdem brauchte.

„Er hat sich mental von mir abgenabelt", sagte ich mit rauer Stimme. „Ich kann ihn nicht spüren."

„Um dich zu schützen", wiederholte sie.

Um mich zu schützen, wiederholte ich. *Um mich in Sicherheit zu bringen.* Als wäre ich ein zerbrechliches Spielzeug, das er bewachen musste. Nicht gleichwertig. Nicht seine Gefährtin.

Tief im Inneren verstand ich ihn. Er konnte sich nicht richtig konzentrieren, wenn er seine ganze Aufmerksamkeit darauf verwendete, mich zu beschützen. Aber dieses Wissen machte es nicht weniger schmerzhaft.

Ich stieß mich von dem immer noch schweigenden Luka ab und merkte, dass mein Stand nicht besonders sicher war. Aber ich musste aus eigener Kraft stehen. Um zu beweisen, dass ich stark genug war, um das zu schaffen.

Ich bin eine Überlebenskünstlerin. Gerade Cam weiß das.

Doch er hatte mich im Dunkeln gelassen.

Er hatte meinen Tod vorgetäuscht und jetzt …

„Sie könnte ihn töten", sagte ich mit kaum hörbarer Stimme. „Sie ist verrückt genug, ihn zu töten."

Und was dann?

Was wurde dann aus uns?

Wir hatten nicht einmal die Chance, uns zu verabschieden, flüsterte ich Cam zu. *Warum tust du uns das nach tausend Jahren an? Bist du wirklich so zuversichtlich, dass du diese verrückte Schlampe umstimmen kannst?*

Aber es war zu spät, um Fragen zu stellen.

Zu spät, um ihn umzustimmen.

Zu spät, um etwas anderes zu tun, als zu warten …

Und gewartet hatte ich. Über hundert Jahre lang.

Bis Mira mir gesagt hatte, dass Cam gefunden worden war.

In meinem Kopf wirbelte die Erinnerung an meine Erleichterung, mein Hochgefühl und meine Nervosität.

Ich hatte nicht verstanden, warum unsere mentale Verbindung unterbrochen geblieben war, aber ich hatte gedacht, es könnte damit zu tun haben, dass ich so lange von meinem Cam getrennt gewesen war.

So viele Jahre der Sehnsucht.

So viele Jahrzehnte der Sorge.

Mehr als ein Jahrhundert der Einsamkeit und des Wartens auf die Berührung meines Gefährten.

Ich drückte meine Knie fester an meine Brust – wieder einmal verwirrt von Miras Behauptungen.

Wir sind geflogen, erinnerte ich mich. *Ich habe mich unwohl gefühlt. Aber das war doch zu erwarten, oder? Ich hatte Cam so lange nicht gesehen …*

Ich schluckte.

Und dann sind wir gelandet.

Das Bild war klar in meinem Kopf. Cam. Er stand in stolzer Haltung auf der Rollbahn, seine dunklen Haare waren länger als sonst und flatterten im Wind. Aber die markanten blauen Augen waren dieselben. Ebenso wie sein muskulöser Körperbau. Diese hochgewachsene Wand der Kraft.

Ich lief auf ihn zu.

Überschwänglich.

Mein Herz war zum Bersten voll gewesen.

Und dann hatte er mich gebissen.

Meine Hand flog zu meinem Nacken, aber die Spuren seines Bisses waren nicht vorhanden.

Ein Traum also?

Ja, vielleicht.

Aber …

Er … er hat mich getötet.

Meine Augen weiteten sich, als sich die letzten Überbleibsel der Realität in meinem Kopf festsetzten. Cam hat mich getötet.

„Nein", murmelte ich und legte meine Stirn in Falten. *Nein. Nein, das kann nicht stimmen. Er würde nicht … Cam würde niemals …*

Er hatte während unseres gemeinsamen Jahrtausends kaum von mir getrunken. Er … er hatte mich immer nur mit Erlaubnis gebissen oder wenn er Blut gebraucht hatte.

Ich berührte wieder meinen Hals.

Aber er hat getrunken, bis ich gestorben bin.

Es sei denn …

Es sei denn, das war nicht wirklich er.

Das würde erklären, warum die mentale Barriere zwischen uns noch bestand. Vielleicht hatte jemand ein Cam-Double erschaffen? *Ist das überhaupt möglich?*

Ich blinzelte zum tausendsten Mal.

Ein falscher Cam ergäbe mehr Sinn, als ein echter mit dem Bedürfnis, mich umzubringen.

Oder all das war einfach nur ein Traum gewesen.

Aber wo bin ich dann?

Dieses Bett gehörte mir nicht. Es gab nur ein Laken und ein dünnes Kissen unter meinem Kopf. Kein Licht. Nur kalte Dunkelheit.

Und dieser moschusartige, alte Geruch. Meine Nase zuckte. *Das riecht definitiv echt.*

Ich fuhr mit den Fingern über die Matratze und

bemerkte, wie dünn das Laken war. *Gibt es nur ein Laken auf diesem Bett?* Ich runzelte die Stirn, erreichte das Ende der Matratze und schnappte nach Luft. *Es ist klein. Ein Einzelbett. Kein Nachttisch auf dieser Seite.* Ich drehte mich langsam um und suchte in der entgegengesetzten Richtung. *Auf dieser Seite auch nicht.*

Ich streckte die Hände über mir aus, unsicher, ob ich mich in einer kleinen käfigartigen Box oder in einem richtigen Zimmer befand, aber meine Finger tanzten in der Luft.

Das bedeutete, dass es sicher war, sich aufzusetzen.

Blendendes Licht veranlasste mich, aufzujaulen und mich zu einem schützenden Ball zusammenzurollen, während meine Augen angesichts des stumpfen Eindringens brannten. „*Fuck*", hauchte ich; meine Kehle war noch immer rau vom *Sterben und Wiederauferstehen.*

Argh!

Ich wollte schreien, aber ein knarrendes Geräusch – das Öffnen der Tür – ließ mich im Bett erstarren.

„Fuck", wiederholte eine männliche Stimme.

Eine männliche Stimme, die genau wie Cams klang.

„Ja, genau das werde ich tun", sagte er, und das Geräusch eines sich öffnenden Gürtels untermalte seine Aussage. „Und dann werde ich von dir trinken."

IZZY

Das klingt definitiv nach Cam, dachte ich. *Aber das ist er nicht. Das kann er nicht sein.*

Cam würde nie auf diese Weise mit mir sprechen.

Das hielt mein Herz jedoch nicht davon ab, auf seine Stimme zu reagieren.

Und jetzt sein Gesicht, erkannte ich, als sich meine Sicht klärte. *Dieser Mann sieht genauso aus wie er. Nur grausamer. Härter. Wütender.*

Ich schluckte und ließ meinen Blick über den Mann schweifen, den ich seit über hundert Jahren nicht mehr gesehen hatte. *Der gleiche muskulöse Körperbau. Er war sogar ganz in Schwarz gekleidet – Cams Lieblingsfarbe.*

Sein Gürtel glitt durch die Schlaufen und landete mit einem dumpfen Knall auf dem Boden.

„Auf die Knie! Ich will dich zuerst von hinten nehmen", forderte er und ich zog die Augenbrauen hoch.

Wie bitte?

Ich war so benommen vom Licht und der Anwesenheit dieses Mannes, der Cam ähnelte, dass ich seine Worte in meinem trüben Bewusstsein nicht wirklich registriert hatte. *Er will mich ficken und dann von mir trinken.*

Meine Schenkel schlossen sich augenblicklich. *Nein.*

Dieser Mann ist nicht Cam.

Das wird nicht passieren.

Das darf nicht passieren.

Wenn ich mich von ihm ficken ließe, würde mein Band zum echten Cam reißen.

Auf gar keinen Fall.

Nein. Nein. Nein.

„Jetzt, Ismerelda."

Scheiße, er klingt genau wie er, registrierte ich benommen. Aber er hatte mich noch nie auf diese Weise herumkommandiert. Jedenfalls nicht seit langer Zeit. Die Beziehung zwischen uns hatte etwas rau begonnen, aber er hatte immer eine gewisse Sanftheit besessen, wenn es um mich gegangen war.

Eine Sanftheit, die dieser Version von ihm eindeutig fehlte.

Seine blauen Iriden funkelten, als er seinen Blick verengte. „Wenn ich dir einen Befehl gebe, befolgst du ihn."

„Oder was?", konterte ich, wobei meine Stimme nicht annähernd so ruhig war, wie ich es mir gewünscht hätte. Nicht im Angesicht dieses Hochstaplers, der mich an meinen verlorenen Gefährten erinnerte.

Was ist das für ein grausamer Scherz?, fragte ich mich. *Vielleicht ist das ja doch ein Albtraum …*

Seine dunklen Augenbrauen wölbten sich. „Oder ich breche dich."

„Indem du mich wieder tötest?", fragte ich und

täuschte eine Kühnheit vor, die ich nicht spürte, als ich mich zwang, mich auf dem Bett aufzusetzen.

„Dieses Mal vielleicht für immer", drohte er, was mich schnauben ließ.

Definitiv nicht mein Cam. Was mich sowohl erleichterte als auch erschreckte. Denn *mein* Cam war irgendwo in einem Käfig eingesperrt und nicht in der Lage, mir zu Hilfe zu kommen. Und mich gegen einen Vampir jeglicher Art zu verteidigen, war nicht leicht.

Vor allem, während ich nackt war – etwas, das ich erst jetzt bemerkte, als Fake-Cams Augen zu meinen nackten Brüsten wanderten.

Er strahlte einen unbändigen Hunger aus, als er sich daran machte, die Knöpfe seines Hemdes zu öffnen. „Aber ich werde dich auf jeden Fall zuerst ficken", fügte er hinzu und untermauerte damit seine Drohung.

Mein Herz setzte einen Schlag aus. *Das ist nicht gut.* Jetzt, da das Licht an war, konnte ich den Raum sehen, der eher einem Schrank glich. Keine Fenster. Nur eine Tür. Vor der er stand. *Und sich auszog.*

„Ich sage es dir nicht noch einmal, *Erosita*. Auf Hände und Knie oder ich nehme deinen Arsch zuerst! Und zwar *hart*." Das Knurren in seinem Ton ließ Eis durch meine Adern schießen.

Denn es erinnerte mich an eine andere Zeit. Eine dunkle Erinnerung. Die Nacht, in der ich Cam getroffen hatte.

Was wiederum nur bewies, dass diese Version von Cam nicht *mein* Cam war. Denn er würde mir *niemals* mit dieser Art von Strafe drohen. Nicht nach dem Schicksal, vor dem er mich an jenem Abend bewahrt hatte.

Ein schlummernder Teil in mir hatte gehofft, dass ich mich irrte, dass dies vielleicht nur eine abgefuckte Version meines Gefährten war. Ein utopischer Teil von mir, vielleicht. Die hoffnungsvolle Träumerin in meiner Seele, die ihre andere Hälfte vermisste.

Aber obwohl dieser Mann meinem Cam sowohl körperlich als auch in seinem vertrauten britischen Tonfall ähneln mochte, war er definitiv ein Betrüger.

Der mich ficken will.

Analsex würde mein Band mit Cam vielleicht nicht zerstören. Aber Vaginalsex würde das auf jeden Fall tun.

Und beide Optionen reizten mich nicht im Geringsten. *Nicht mit ihm. Nicht mit dem Fake-Cam.*

„Ich verstehe nicht, warum du dir die Mühe gemacht hast, wie er auszusehen, wenn du dich nicht wie er benimmst", sagte ich, während ich eine Handfläche auf das Bett drückte, um so zu tun, als würde ich gehorchen. „Das versaut die Täuschung total."

Er hielt am letzten Knopf seines Hemdes inne. „Täuschung?"

„Oder was auch immer das ist." Ich deutete auf den Raum zwischen uns, während ich meine Füße langsam auf dem Bett hochzog und immer noch so tat, als würde ich mich umdrehen und auf alle viere klettern, wie er es verlangt hatte. „Aber du hast deutlich gemacht, dass du nicht mein Cam bist. Was hat es also für einen Sinn, so auszusehen wie er?"

Ich hatte immer noch keine Ahnung, ob das Ganze überhaupt real war. Ich hoffte wirklich, dass es nur ein perverser Traum war. Aber ich fühlte mich wach. Und das war anders als alles, was ich mir je vorgestellt hatte.

Wie werde ich also entkommen?, fragte ich mich. *Er steht …*

„Dein Cam?" Er hob die andere Augenbraue, um sie mit der zu vereinen, die er die letzten Minuten hochgezogen gehalten hatte. „Du bist *meine Erosita*. Ich besitze *dich*. Nicht andersherum."

„Ich bin nicht *deine Erosita*", sagte ich. „Ich bin die

Erosita des echten Cam." *Was zu einer Unwahrheit wird, sobald ich zulasse, dass Fake-Cam mich berührt.*

„Des *echten* Cam?" Er warf mir einen ungläubigen Blick zu. „Hat sich dein Gehirn nicht richtig konfiguriert, als du von deinem Nickerchen aufgewacht bist?"

„Meinem Nickerchen? Du meinst meinen *Tod*?" Ich warf ihm einen strengen Blick zu. „Und ich habe keine Ahnung. Ich bin noch nie gestorben." Aber er hatte nicht ganz unrecht. Vielleicht war der Biss echt gewesen und ich immer noch tot?

Nein, das würde diese bizarre Situation nicht erklären.

Und die Tatsache, dass *Cam* mich getötet hatte.

Aber nichts von alldem ergab einen Sinn. Warum sollte dieser Typ vorgeben, Cam zu sein, und sich dann völlig anders verhalten?

Es sei denn, er weiß nicht, wie Cam mich normalerweise behandelt. Das bedeutet, dass er Cam nicht kennt. Wer bist du?, fragte ich mich.

„Du bist noch nie gestorben?" Er musterte mich und grunzte. „Also ist meine *Erosita* eine Lügnerin. Gut zu wissen." Er öffnete den letzten Knopf seines Hemdes und gewährte mir einen Blick auf den muskulösen Oberkörper darunter.

„Du hast sogar die Bauchmuskeln richtig hinbekommen." Ich erinnerte mich detailliert an jede harte Linie Cams. „Aber nicht die Persönlichkeit. Also frage ich noch einmal – warum?"

„Weil ich dich ficken werde. Und wenn du nicht aufhörst, zu reden, werde ich dich auch knebeln."

Er zog sein Hemd aus und ich warf einen Blick auf seine wohlgeformten Schultern und Arme – ein Anblick, den er ruinierte, indem er sich daran machte, den Stoff zu einem behelfsmäßigen Seil zu rollen.

„Auf deine verdammten Hände und Knie, *Ismerelda*! Ich werde es nicht noch einmal sagen."

Ich schluckte. *Das ist schlecht. Sehr schlecht.*

Er stand immer noch vor der Tür, und das Bett hatte vielleicht zwanzig oder dreißig Zentimeter Raum links und rechts, bevor es an die Wand stieß. Also musste ich irgendwie um die Muskelwand herum und durch den Ausgang in das, was dahinter wartete, gelangen.

Und was tun? Weglaufen?

Dieser Typ war ein Vampir. Dessen war ich mir sicher. Was ihn schneller und stärker machte.

Selbst wenn ich es schaffte, zu entkommen, würde er mich fangen. Und was würde ich dann tun?

Er wird mich ficken und ich werde Cam für immer verlieren.

Meine Brust schmerzte bei dem Gedanken.

Das kann nicht sein. Das kann nicht das Ende sein. Ich …

Fake-Cam stürzte nach vorn und griff nach meinem Knöchel. Mein anderer Fuß reagierte, meine Ferse knallte in sein Gesicht und katapultierte mich vom Bett.

Ich taumelte, als ich landete, und meine Knie gaben durch den unerwarteten Aufprall und meinen bereits geschwächten Zustand fast nach.

Ein Knurren vibrierte durch die Luft und ließ alle Härchen an meinen Armen zu Berge stehen.

Fake-Cam sprach nicht, sondern bewegte sich blitzschnell und schleuderte mich gegen die Wand. Kein Training mit Lykanern oder Vampiren hätte mich davor bewahren können, mit dem Kopf gegen den Stein zu knallen.

Aber meine Instinkte funktionierten und schickten mein Knie nach oben zu der Stelle zwischen seinen Beinen.

Nur um von einem harten Oberschenkel abgefangen zu werden.

Ich schrie auf und versuchte, ihn wegzustoßen. Mein Bedürfnis, zu entkommen, war stärker als jede Vernunft.

So wird es nicht enden. Ich weigere mich. Lieber sterbe ich.

Fake-Cam sagte etwas, das ich aufgrund meiner Schreie nicht hören konnte, und seine Wut traf mich wie eine Peitsche. Aber das war mir egal. Ich konnte das nicht zulassen.

Nicht mein Cam.

Nicht auf diese Weise.

Nicht diese verdammte …

Die Luft entwich meiner Lunge, als Fake-Cam mich herumwirbelte und auf die Matratze knallte.

Direkt auf meinen Bauch.

Mit dem Gesicht nach unten.

Die Beine gespreizt.

Ich erstarrte. Meine Energie schien mich in einem Schwall zu verlassen, als seine viel stärkere Gestalt mich auf dem Bett festhielt.

Ich hatte nie eine Chance besessen. Das wusste ich. Aber der Kampf war alles gewesen, was mir geblieben war, und ich hatte höchstens eine halbe Minute durchgehalten. Wahrscheinlich sogar weniger.

Weil er ein Vampir ist, der mein Band zu Cam zerstören will. Und er wollte, dass es wehtat.

O Gott …

Deshalb sieht er aus wie Cam, wurde mir mit dem nächsten schmerzhaften Atemzug klar. *Er will, dass mich diese Erfahrung in Panik versetzt. Dass ich Narben bekomme. Dass eine bleibende Wunde zurückbleibt.*

Weiß Cam davon? Sieht er zu? Geht es hier nur darum, ihn zu verletzen? Oder uns beide?

Scheiße, ich weiß es nicht.

Die Gedanken schwirrten durch meinen Kopf und entlockten meiner Kehle ein Röcheln, während Tränen in meine Augen stiegen. Ich fühlte mich so schwach und besiegt. So erdrückt. So verdammt hilflos.

Ich möchte nicht, dass Cam mich so sieht.

Es tut mir so leid. Es tut mir so leid.

Ich hätte Mira nicht trauen dürfen. Ich hätte meinen Instinkten folgen sollen. *Du hättest mich nicht im Ungewissen gelassen. Du hättest mir gesagt, dass alles in Ordnung ist.*

Aber das stimmte nicht. Er hatte mich vor all den Jahren ausgegrenzt und seinen eigenen Weg gewählt, ohne mich zu fragen. Er hatte versucht, mich zu beschützen.

Und wofür?

Für das hier?

Ich biss auf meine Unterlippe, um nicht ins Kissen zu schreien.

Ich hatte ihm vergeben.

Ich verstand seine Entscheidungen.

Wir alle brachten Opfer.

Aber dass es auf diese Weise enden sollte …

Ich zitterte. Ein Schluchzen bahnte sich seinen Weg durch mein Innerstes, während ich mir ein trockenes Lachen verkniff. Es war fast schon poetisch, dass dies unser Ende war, denn es war unserem Anfang nur allzu ähnlich.

Bis auf die Tatsache, dass Cam die Männer abgeschlachtet hatte, die mich an jenem Tag zu Boden gedrückt hatten.

Und ich bezweifelte sehr, dass er jetzt auftauchen würde.

Warum hat Mira mich hierhergebracht? Warum hat sie uns verraten?

Das waren Fragen, auf die ich vielleicht nie eine Antwort finden würde, denn der Hochstapler hinter mir war dabei, alles zu zerstören, was mir in dieser Welt lieb und teuer war – *meine Verbindung zu Cam.*

Ich presste meine Hände gegen das Kissen und war

mir kaum bewusst, dass Fake-Cam meine Handgelenke umklammert hatte.

Er hatte mich in der Hand.

Es gab kein Entkommen.

Genau wie in jener Nacht.

Und dieses Mal stand kein heldenhafter Vampir in den Schatten, der sich an meinen Angreifer heranpirschte.

CAM

WAS ZUR HÖLLE?

Meine *Erosita* war defekt.

Zuerst hatte sie einen Bullshit über eine Täuschung und darüber, dass ich nicht ihr Cam sei, von sich gegeben. All das hatte keinen verdammten Sinn ergeben und mich gerade genug innehalten lassen, um ihren albernen Aussagen Beachtung zu schenken.

Dann hatte sie sich mit einer Leidenschaft gegen mich gewehrt, die vermuten ließ, dass sie sich in ihrer Existenz bedroht fühlte. Vielleicht, weil ich sie bedroht hatte. Aber etwas an ihrer Reaktion hatte sich verzweifelter angefühlt als bloßer Überlebenswille.

Und jetzt lag sie wie erstarrt unter mir.

Völlig still.

Und stumm.

Genau so, wie ich es mir gewünscht hatte, als ich

hereingekommen war. Außer, dass ich sie auf Händen und Knien hatte haben wollen.

Aber das … das war überhaupt nicht das, was ich wollte. Ihr leidenschaftlicher Kampf hatte mich härter gemacht, als ich es mir je hätte vorstellen können. Und im nächsten Atemzug hatte sie mit ihrer unheimlichen Lautlosigkeit mein Interesse wieder zunichtegemacht.

Ich verstand das nicht. Ich sollte sie in diesem Moment ficken. Vampire lebten davon, ihre Beute einzuschüchtern und zu unterwerfen. Doch kein Teil von mir schien dies zu wollen.

Warum nicht?

Ist das nur bei ihr so? Ist es ein Nebeneffekt unseres Bands? Wenn ja, warum habe ich das so lange toleriert? Ist das meine Schwäche? Ist sie meine Schwäche?

Ich runzelte die Stirn. *Nein. Wenn das der Fall wäre, hätte ich sie schon vor Jahrhunderten getötet.*

Warum habe ich sie behalten?

Sie fühlte sich fantastisch an unter mir. Aber es musste einen anderen Grund geben, warum ich dieses Verhalten geduldet hatte.

Was, wenn das hier nicht normal war?

„Ich bin noch nie gestorben."

Ihre Worte hallten in meinen Gedanken wider und vertieften mein Stirnrunzeln. Ich hatte sie gefragt, ob sich ihr Gehirn bei ihrer Wiedergeburt nicht richtig konfiguriert hatte. Vielleicht hatte ich recht. Vielleicht hatte ich meine *Erosita* gebrochen.

Dann werde ich sie töten müssen. Endgültig.

Ich starrte auf ihren Hinterkopf und die Falten meiner Stirn intensivierten sich. Der Gedanke, sie zu töten, bevor ich sie gekostet hatte, bereitete mir Unbehagen. Sie fühlte sich so gut an unter mir. So *richtig*.

Ihr strammer kleiner Arsch war an meine Leiste

gepresst, mit der ich sie ans Bett drückte. Ihre schlanken Handgelenke lagen unter meinen Handflächen, während ich ihre Arme über ihren Kopf hielt. So *zerbrechlich*.

Und doch hatte sie mich mit dem Geist eines Vampirs bekämpft. Es fehlte ihr nur an Kraft und Schnelligkeit, um mich zu Fall zu bringen. Aber jede Bewegung war flüssig und zeugte von Training.

Wer hat ihr beigebracht, sich so zu bewegen?, fragte ich mich. *Ich? Ihr Bruder? Ein anderer Mann?*

Ein Knurren entfuhr meiner Kehle angesichts des letzten Gedankens. *Hoffentlich kein anderer Mann.* Diese Frau gehörte *mir*. Mein Blut hielt sie am Leben. Meine Essenz floss durch ihre Adern. Mein ganzes Wesen war mit ihrem verbunden.

Ich könnte sie fast so schnell schlachten, wie ich sie erschaffen hatte.

Aber im Moment wollte ich sie nicht töten. Ich wollte … herausfinden, warum sie sich so verhielt. Warum sie mich für falsch hielt. Warum sie mich bekämpfte. *Warum sie jetzt so still unter mir ist …*

Es war, als würde sie kaum noch atmen.

Sie hatte ihr Gesicht noch immer in die Kissen gedrückt, ihr Körper war völlig unbeweglich.

Der Duft der Angst umwehte sie in einer verführerischen Welle, die mich eigentlich hätte begierig machen sollen, sie zu ficken. Doch etwas daran fühlte sich seltsam an. *Falsch.*

Was zum Teufel ist hier los?

Ich war wild entschlossen gewesen, sie zu vernichten, als ich hier hereingekommen war, mein Schwanz steif vor Verlangen, zu *ficken*. Ich war so verdammt hungrig auf diese Frau gewesen, so versessen darauf, ihr eine Lektion zu erteilen, sie gefügig zu machen. Aber in diesem Moment war ich genauso erstarrt wie sie.

Hör auf mit diesem Irrsinn!, sagte ich mir mit einem inneren Knurren. *Benutze sie einfach so, wie sie benutzt werden soll, und dann ist gut.*

Meine Daumen strichen über ihre Handgelenke, während ich gegen meine Instinkte ankämpfte. Meine innere Bestie knurrte trotzig, als ich mich zwang, mich so zu bewegen, wie ich es sollte.

Sie blieb absolut still, während meine Hände ihre Arme hinunterglitten und sich die seidige Beschaffenheit ihrer Haut bis hinauf zu ihren Schultern einprägten. Ich setzte mich auf, um einen Blick auf ihren nackten Rücken werfen zu können. Jetzt, da sie wieder atmete, war er noch viel schöner.

Sie war so noch schöner.

Lebendig. Nachgiebig. *Mein.*

Ein besitzergreifendes Grollen hallte in meiner Brust wider, angetrieben von dem Raubtier in mir. Aber es klang falsch. Zu tief. Zu territorial. Zu … *wütend.*

Es ließ die Frau unter mir erschaudern. Eine Gänsehaut überzog ihre zuvor glatte Hülle, und der Duft der Angst erfasste mich erneut. Doch dieses Mal vermischte er sich mit etwas anderem. Etwas noch Stärkerem. Etwas … das ich zutiefst verabscheute – *Verzweiflung.*

Nicht Erregung.

Nicht Aufregung.

Sondern echte Qual.

Ich sollte in diesem Duft schwelgen, sie zum Schreien zwingen und ihren Schmerz auskosten. Doch nichts an ihrer Verzweiflung reizte mich. Sie stieß mich ab.

So spielen wir nicht, stellte ich mit einem Stirnrunzeln fest. *Oder ist das nur eine Auswirkung ihrer Wiedergeburt?*

Ihre Worte hallten wieder in meinem Kopf nach.

„Ich bin noch nie gestorben."

Vielleicht benötigte sie nur mehr Zeit, um zu heilen.

Oder vielleicht hatte die Zeit alles zerstört, was zuvor zwischen uns gewesen war.

Ich schüttelte den Kopf. *Warum vergeude ich meine Gedanken daran? Sie ist ein Nichts. Ein kaputtes Spielzeug.*

Und offensichtlich nicht mehr von Nutzen für mich, denn sie widerte mich jetzt mehr an, als dass sie mich anmachte.

Mit einem weiteren Knurren stieß ich mich von ihr und dem Bett ab. *Scheiße!* Ich brauchte Erleichterung, und die würde ich eindeutig nicht von ihr bekommen.

Eine Blutjungfrau also, beschloss ich und zuckte bei der Erinnerung daran, wie dieser Plan neulich abgelaufen war, leicht zusammen. Alles, was ich gewollt hatte, war, Ismerelda zu ficken.

Nun, jetzt wollte ich sie nicht mehr.

Also würde ich es später wieder versuchen.

Und wenn das verdammt noch mal nicht funktionierte, würde ich joggen gehen oder jemanden verprügeln oder etwas anderes tun, als hier zu sitzen und mich über *störende Gerüche* aufzuregen.

Ich bückte mich, schnappte mir mein ausrangiertes Hemd und ging zur Tür hinaus, fest entschlossen, die immer noch erstarrte Frau auf dem Bett zu vergessen. Meinetwegen konnte sie sterben.

Sie bedeutet mir nichts, schwor ich mir und ignorierte das Knurren in mir, das dieser Aussage vehement widersprach.

Das Bedürfnis, sie zu verschlingen, kam aus diesem dunklen Teil meines Wesens, und ich fragte mich, ob das der wahre Grund für meine Entscheidung gewesen war, mich an sie zu binden. Vielleicht war sie die Einzige gewesen, die mein inneres Raubtier befriedigen konnte.

Unmöglich, zu wissen, denn offenbar war *Angst* nicht meine bevorzugte Geschmacksrichtung, was sie betraf.

Hör. Auf. Nachzudenken!

Ich fuhr mit den Fingern durch meine Haare und verließ mein Zimmer in einem Anfall von Eile, da ich dieses Gefühl der Instabilität nicht gewohnt war. *Ich bin ein König. Der Älteste unter den Vampiren. Der Drahtzieher der Allianz. Und ich kann meine Gefühle für einen einzigen verdammten Menschen nicht im Zaum halten?*

Ich knirschte frustriert mit den Zähnen, als ich mir endlich das Hemd anzog. Ich bemühte mich nicht um die Knöpfe. Das würde zu lange dauern. Deshalb hatte ich auch meinen Gürtel zurückgelassen.

Habe ich ihre Tür abgeschlossen?, fragte ich mich. *Ist das überhaupt wichtig? Wo soll sie denn hin?*

Wenn es ihr gelänge, zu fliehen, würde man sie einfach in mein Quartier zurückschleppen.

Oder in eine Zelle sperren, bis ich zurückkam.

Was auch immer.

Sie könnte dort verrotten.

Verfluchtes Ärgernis.

Deshalb benötigte meine Art unsterbliche Blutbeutel. Das *Erosita*-Band war gefährlich, wie der Strom der Verwirrung bewies, der jetzt durch meine Adern floss.

Ich kann nicht zulassen, dass mich jemand so sieht.

Aber natürlich wartete Michael am Aufzug, als ich mich näherte.

„Du kannst mich auf den neuesten Stand bringen, wenn ich zurückkomme", sagte ich, während ich den Code eintippte.

„Natürlich, mein Lehnsherr. Wo werdet Ihr in der Zwischenzeit sein?"

Angesichts der aufdringlichen Frage hätte ich fast geknurrt – ich war hier der König, warum musste ich ihm antworten? –, aber ein Blick auf seine neugierigen Züge veranlasste mich dazu, auszurufen: „Mit Blutjungfrauen spielen." *Oder mit ihren Wachen kämpfen*, fügte ich in Gedanken hinzu. *Wenn sie überhaupt mithalten können.*

Michaels Lippen zuckten daraufhin. „Viel Spaß, mein Lehnsherr."

Den werde ich nicht haben, dachte ich, als ich den Aufzug betrat. Anstatt etwas darauf zu erwidern, drückte ich die erforderlichen Knöpfe und starrte über seinen blonden Kopf hinweg, als sich die Türen schlossen.

Diese Frau ist ein Problem, beschloss ich. *Eine Ablenkung, die ich nicht gebrauchen kann. Sobald ich diese albernen Reaktionen in den Griff bekommen habe, werde ich sie erledigen.*

Dann konnte alles wie geplant weitergehen.

Und eine neue Herrschaft würde offiziell beginnen – *meine Herrschaft.*

IZZY

O GOTT, dieses Knurren.

Es hallte immer noch in meinem Kopf nach, und ich fragte mich, ob Fake-Cam tatsächlich noch knurrte oder ob ich mir das nur einbildete. Ich war zu sehr in den Erinnerungen an meine Vergangenheit versunken, an jene Nacht, in der Cam genau dieses Geräusch als Auftakt zu meiner Rettung von sich gegeben hatte.

Aber er hatte mich gar nicht gerettet. Jedenfalls nicht im heldenhaften Sinne.

Er hatte diese Männer umgebracht, weil sie sich ihm in den Weg gestellt hatten.

Denn seit er mein Blut gewittert hatte, wollte er mich.

Und das war in jener Nacht vor über tausend Jahren geschehen, als er beschlossen hatte, mich zu holen. Endgültig …

———

Mein Vater hatte mich immer gewarnt, nicht allein in der Dunkelheit zu spazieren. Ich hätte auf ihn hören sollen. Oh, ich hätte wirklich auf ihn hören sollen.

Das Gewicht, das auf mir lastete, drohte, meinen letzten Atemzug zu verschlucken. Aber trotzdem kämpfte ich. Kratzend. Schreiend. Beißend. Es war mir egal, dass sie zu viert waren und ich allein. Es war mir egal, dass mein Kampf aussichtslos war. Es war mir egal, dass dies die Männer nur noch mehr erzürnte.

Ich weigerte mich einfach, dies mein Ende sein zu lassen.

Meine Röcke waren um meine Oberschenkel gebündelt, und die beiden Männer an meinen Beinen versuchten, sie bis zu meiner Taille hochzuziehen. Ich wollte sie treten, aber ihre festen Griffe waren zu viel für meine Misere.

Damien!, wollte ich schreien. Aber ich wusste, dass er mich nicht hören würde. Er war nicht in der Nähe unseres Zuhauses, weil er sich mit seinen neuen Freunden in einen anderen Teil der Welt abgesetzt hatte.

Den Freunden, die er nicht in meiner Nähe haben wollte.

Den Freunden, von denen er behauptet hatte, sie wären zu gefährlich für seine zierliche Zwillingsschwester, um sie wirklich kennenzulernen.

Ich wusste, warum. Ich hatte es in dem Moment gewusst, als ich sie zum ersten Mal gesehen hatte.

Aber eine Nacht mit all seinen widerwärtigen Bekannten wäre mir lieber als das, was mir gerade widerfuhr.

Die Männer scherzten darüber, wer mich als Erster vergewaltigen durfte, während ein anderer meine kämpferische Reaktion anfeuerte, was die anderen zu einem amüsierten Glucksen veranlasste.

„Sie ist wie ein winziger Vogel, der entschlossen ist, seine unschuldigen Flügel zu bewahren", sinnierte er. „Ich kann es kaum erwarten, sie zu rupfen."

Ich spuckte sie an.

Eine Faust traf meine Wange und hinterließ ein Brennen, das bis in meine Seele reichte.

„Verpass ihr noch keine blauen Flecken", schnauzte einer von ihnen.

„Sie hat mich angespuckt", erwiderte sein Freund mit einem Akzent, der vermuten ließ, dass er nicht von hier war.

Tatsächlich schien keiner von ihnen von hier zu sein. Aber sie sprachen meine Sprache, um sicherzustellen, dass ich ihre Absicht verstand. Oder vielleicht, um meine Angst zu schüren.

Aber alles, was ich wollte, war, sie zu töten.

Wenn Damien das herausfindet … Ich malte mir aus, was er mit diesen Männern anstellen würde, nur um unsanft von dem Geräusch meines zerreißenden Mieders unterbrochen zu werden.

Ein weiterer Schrei formte sich in meiner Kehle, wurde aber von einem weitaus bedrohlicheren Geräusch unterdrückt. Einer Art Rumpeln. Es jagte mir eine Gänsehaut über die Arme und veranlasste zwei der Männer über mir, innezuhalten.

Der eine hatte seine Hand auf meiner nackten Brust, der andere seine Handfläche um meine Kehle gelegt. Ich fühlte mich entblößt und auf unbestimmte Weise verletzlich. Doch die frische Luft schien meinen Geist zu erneuern, als beide ihre Aufmerksamkeit mit gerunzelter Stirn auf das Knurren richteten.

Es folgten fremde Worte von einem der Männer in der Nähe meiner Beine. Der andere antwortete in einer fließenden Sprache, die sich von meiner eigenen stark unterschied. Und dann folgte eine dritte Stimme, tief und hypnotisch, die eine unnatürliche Faszination in mir aufkeimen ließ.

Ich erschauderte. Ich wollte den Besitzer dieser Stimme kennenlernen. Ich wollte ihn sehen. Was in meiner momentanen Lage völlig falsch war. Ich sollte schreien, um Hilfe betteln, diese Männer auffordern, mich freizulassen, irgendetwas anderes tun, als mich über die verführerische Stimme eines Fremden zu wundern.

Es folgten weitere fremdartige Dialoge, und die beiden Männer an meinen Beinen verließen mich abrupt, um dem Knurren auf den Grund zu gehen. Ich nutzte ihre Abwesenheit und versuchte, meine Füße anzuheben, um nach den beiden anderen zu treten, aber ein Schwall von Flüssigkeit ließ mich auf der kalten, feuchten Erde erstarren.

Der Mann, der meine Brust umklammerte, zuckte. Dann schnellte sein Kopf nach vorn.

Ich zuckte zusammen und schloss die Augen, während ich versuchte, mich mental auf den Aufprall vorzubereiten. Doch er kam nicht. Ich blinzelte und stellte fest, dass er weg war und der andere Mann neben mir sich aufrappelte.

Nein, er rappelt sich nicht auf, erkannte ich. *Er wird … er wird weggeschleift.*

Und die anderen beiden hatten meine Beine nicht verlassen, um den Ursprung des Geräusches ausfindig zu machen; sie waren weggerissen worden. Ihre Köpfe waren in einem ungünstigen Winkel geneigt, ihre Augen leer.

Ich wich zurück und stieß gegen ein Paar harter Beine. Ein Schrei blieb in meiner Kehle stecken, als sich eine raue Hand um meinen Mund legte. Die Stärke des männlichen Griffs ließ mein Herz auf Hochtouren arbeiten.

„Sscchh", flüsterte der Mann, seine Lippen plötzlich an

meinem Ohr, als er sich hinter mich hockte. „Du gehörst jetzt mir."

Im nächsten Atemzug umschlangen mich starke Arme, hoben mich in die Luft und erlaubten mir einen ersten Blick auf sein schönes Gesicht.

Zu schön, flüsterte mein Verstand sofort. *Zu perfekt.*

Ich griff nach seinem Kinn, meine Finger bewegten sich wie an einer Schnur gezogen.

Seine blauen Augen weiteten sich, seine Nasenflügel flatterten, als ich die Konturen seiner makellosen Gesichtszüge nachzeichnete. Er erinnerte mich an ein paar andere Männer, die ich kannte.

Männer, die ich durch meinen Bruder kennengelernt hatte.

Allerdings waren das gar keine Männer. Sie waren bluttrinkende Dämonen, die nachts Jagd auf ihre Beute machten. Beute, die sie in Stücke rissen. So wie dieser Mann es gerade getan hatte.

Aber er hatte keinen von ihnen gebissen.

Daher waren seine Lippen rein und ohne jede Spur von Gewalt. Aber ich vermutete, dass sich dahinter Reißzähne verbargen – tödliche, scharfe Spitzen.

Es war alles nur ein Instinkt meinerseits. Ich hatte keine Ahnung, ob ich ihn mir nur einbildete oder ob ich bereits gestorben war. Aber das spielte keine Rolle. Der Blick in seine meeresähnlichen Iriden ließ mich die letzten zehn Minuten meines Lebens vergessen – die Verfolgungsjagd durch den Park, die anschließende Gefangennahme, die Hände, die meinen Körper berührten, die Finger, die an meinem zarten Fleisch herumstocherten.

Ich verlor mich an den Mann, der mich festhielt.

Völlig unbeeindruckt von dem Blut der anderen, das

mein Kleid befleckte, und ohne Rücksicht auf meine entblößten Brüste.

Dieser Mann hatte etwas so verheerend Richtiges an sich. *Er ist ein Raubtier, das sich seine Beute untertan macht*, dachte ich mit einem inneren Seufzen.

Die meisten Blutdämonen konnten hypnotisieren. Damien hatte mir das nie gesagt. Es war mir erst klar geworden, nachdem ich seine Bekannten getroffen hatte. Tatsächlich hatte Damien nicht einmal zugegeben, was er geworden war. Er hatte einfach behauptet, Urlaub mit Freunden zu machen.

Aber ich wusste es.

Er war mein Zwilling.

Es gab sehr wenig, was er vor mir verbergen konnte.

Ähnlich wie dieses Wesen, das mich anschaute. Seine Absichten waren in seinen schönen Augen unmissverständlich zu lesen. Er hatte die Absicht, mich zu verschlingen. Genau wie die anderen Männer.

„Du hast mich nicht gerettet", hauchte ich, während ich seine scharfen Züge bewunderte. Er hatte mich zum Schweigen gebracht, bevor er gesagt hatte: *„Du gehörst jetzt mir."* Ich hatte nicht wirklich darüber nachgedacht, was das bedeutete. Mein Verstand war zu sehr in dem traumartigen Zustand verloren gewesen, in den mich dieser Mann gezogen hatte.

Aber jetzt verstand ich allmählich.

„Du hast sie nicht getötet, um mich zu beschützen", fügte ich hinzu, seltsam im Einklang mit diesem Mann, den ich noch nie zuvor gesehen hatte.

„Ich bin kein Beschützer, kleiner Schwan. Ich bin ein Ungeheuer", murmelte er und musterte mich ebenso aufmerksam wie ich ihn. „Aber ich konnte nicht zulassen, dass sie dich ruinieren, bevor ich die Gelegenheit habe, dich zu schmecken."

Ich nickte, irgendwie verstand und akzeptierte ich diese Logik. Was mich wahrscheinlich als verrückt abstempelte. Ich sollte schreien, verlangen, dass dieser Dämon mich freiließ, versuchen, zu fliehen. Und ich sollte definitiv aufhören, in seine Augen zu starren und dieses grausame Schicksal zu akzeptieren.

Aber ein Teil von mir hatte das immer erwartet. Vielleicht lag es daran, dass mein Zwilling in eine abscheuliche Kreatur der Nacht verwandelt worden war. Dadurch besaß ich eine seltsame Art von Akzeptanz, wenn es um das Übernatürliche ging.

Damien hatte sich mit seinem Schicksal abgefunden.

Warum sollte ich es also nicht tun?

„Du hast keine Angst vor mir", staunte das hübsche Monster, sein Blick wurde neugierig. „Du bist mit dem Blut von vier toten Männern bedeckt – Männer, die ich schneller getötet habe, als du blinzeln konntest –, und dein Herz rast nicht einmal."

Ein Knurren unterstrich einige seiner Worte, das Raubtier in ihm spähte durch seine vergrößerten Pupillen auf mich herab. Ich fuhr den scharfen Wangenknochen unter einem seiner Augen nach, fasziniert von seiner Schönheit, seinem Charisma, seiner tödlichen Aura.

Seine Finger wanderten meine Wirbelsäule hinauf bis zu meinem Hinterkopf. Sein Blick verließ den meinen, als würde er mich auf eine Verletzung untersuchen. Vielleicht tat er das. Vielleicht war ich verletzt. Vielleicht sogar tot. Ich konnte mir die unnatürliche Ruhe, die ich in seinen Armen spürte, nicht erklären. Oder warum seine Gegenwart meinen Geist beruhigte.

Vielleicht hatte mich die Gesellschaft Damiens und seiner Freunde gefühllos gegenüber raubtierhaften Bedrohungen gemacht. Niemand war bedrohlicher als Damiens Freund Ryder. Ich vermutete, dass er derjenige war, der meinen Bruder in eine bluttrinkende Bestie verwandelt hatte. Er hatte einfach etwas so unglaublich Altes an sich.

Ähnlich wie dieses Wesen vor mir.

Beide besaßen eine uralte Aura, ihr langes Leben war in ihren Blicken zu erkennen.

„Willst du mich beißen?", überlegte ich laut, was wahrscheinlich aufs Neue bewies, dass ich den Verstand verloren hatte. Aber ich hatte gesehen, wie Damien dies einmal bei einer Frau getan hatte – einer der Frauen in unserem Dorf –, und sie hatte es nicht als besonders schmerzhaft empfunden. Tatsächlich hatte sie es sogar ziemlich genossen.

Ich war nicht geblieben, um zu beobachten, was genau zwischen den beiden geschehen war, aber die Frau schien auch am nächsten Tag noch bei bester Gesundheit gewesen zu sein.

Würde mich dieser Mann auch so beißen? Mein Blick fiel auf seinen Mund. *Will ich das?*

„Wer bist du?", fragte der Mann leise und sein Blick suchte erneut den meinen. „Ich habe deinen Duft erst gestern wahrgenommen, aber du hast eindeutig mehr zu bieten als ein köstliches Aroma. Sag mir deinen Namen, kleiner Schwan."

„Ismerelda", antwortete ich, und der Name schien mir wie von seinen Worten verzaubert von der Zunge zu gleiten. Es würde mich nicht wundern, wenn das stimmte. Ich hatte gesehen, wie Damien diese Frau manipuliert hatte, bevor er sie gebissen hatte. Das war es, was mich dazu gebracht hatte, sie zu beobachten – mein Bedürfnis, zu verstehen, was er tat, ein zwingender Sog in mir, der mich fast in den Flur gezogen hatte, um zuzusehen.

Mein Vater hatte immer gesagt, dass mich meine Neugierde eines Tages umbringen würde.

Es schien, als sollte er recht behalten.

„Ismerelda“, wiederholte der Mann. Seine tiefe Stimme umschmeichelte das Wort und jagte mir einen wohligen Schauer über den Rücken. „Ich bin Cam.“

„Cam“, wiederholte ich. „Wirst du mich beißen, Cam?“ Meine Stimme klang dünn, was mir eigentlich peinlich sein sollte, aber ich konnte nicht die nötige Intelligenz aufbringen, um zu reagieren. Ich war zu sehr auf dieses Ungeheuer von Mann und seine perfekten Lippen konzentriert.

„Das werde ich“, versprach er. „Ich sehne mich nach deinem Geschmack, seit ich dich gestern auf dem Feld gerochen habe. Aber ich möchte wissen, woher du weißt, was ich bin.“

„Das tue ich nicht.“ Das Geständnis entglitt mir, ähnlich wie mein Name. „Aber ich denke, du könntest wie mein Bruder sein.“

„Dein Bruder?“ Er ließ seinen Blick noch einmal über mein Gesicht schweifen. „Wer ist dein Bruder, kleiner Schwan?“

„Damien“, sagte ich.

„Hmm, ich kenne keinen Damien. Vielleicht bin ich gar nicht wie dein Bruder.“

„Nein“, stimmte ich zu. „Du bist eher wie Ryder.“

Erkenntnis flackerte in seinen Zügen auf. „Ryder?“ Er sah mich noch einmal an, wobei sein Blick kurz auf meiner entblößten Brust verweilte, bevor er zu meinem Gesicht zurückkehrte. „Beschreibe ihn.“

„Einschüchternd. Tödlich. Dunkle Haare. Passende Augen. Blasse Haut. Bluttrinkender Dämon …“ Ich verstummte, als sich Cams Nasenlöcher weiteten.

Blitzschnell wanderten seine Hände über meinen Körper, während er mein Mieder und meinen Rock zurechtrückte, und plötzlich lag ich wieder in seinen

Armen. Seine Bewegungen waren zu schnell gewesen, als dass mein Verstand sie hätte begreifen können, bevor er fertig war. Ich war mir nicht einmal sicher, wie er mich die ganze Zeit über in der Luft gehalten hatte, aber irgendwie hatte er es geschafft.

Weil er kein Mensch ist, erinnerte ich mich. Genau wie Damien und Ryder.

„Du wirst mir alles sagen, was du weißt, Ismerelda", informierte mich Cam. „Und in der Zwischenzeit werde ich überdenken, was ich mit dir vorhatte."

„Also kein Beißen?", fragte ich und fühlte mich seltsam enttäuscht.

„Das hängt ganz von dir ab, kleiner Schwan", antwortete er. „Und jetzt fang ganz von vorn an."

———

Ich hatte mich gezwungen gefühlt, ihm alles zu erzählen, weil er seine Kraft der Beeinflussung auf mich angewandt hatte. Aber ich wusste damals wie heute, dass ich ihm in jener Nacht alles gesagt hätte, was er wissen wollte – unabhängig von seinen Kräften.

Denn er war Cam.

Meine andere Hälfte.

Mein Seelenverwandter.

Ich vermisse dich. Ich hoffe wirklich, dass du mich jetzt nicht beobachtest und siehst, wie ich mich dieser furchtbaren Imitation von dir ausliefere. Es tut mir so leid. Es tut mir leid, dass ich nicht gewonnen habe.

Ein Schluchzen drohte, meine Brust zu zerreißen, aber ich war zu erstarrt, um es herauszulassen. Außerdem wollte ich Fake-Cam nicht die Genugtuung geben, mich ...

Meine Lippen verzogen sich. *Warte ...* Ich blinzelte in die Matratze, mein Rücken war unerträglich kalt. *Ist es schon vorbei? Habe ich verpasst, wie er meinen Körper geschändet hat?*

Ich war so vertieft in die Erinnerung an Cam gewesen, dass ich meine Umgebung gar nicht richtig wahrgenommen hatte. Wo ist er? Warum kann ich ihn nicht spüren? Bin ich so gefühllos?

Meine Beine zuckten, auf der Suche nach dem Gefühl des Schmerzes und der Angst, das ich erwartet hatte. Aber meine Schenkel berührten einander noch immer. Seltsam. Ich konnte auch keine Feuchtigkeit spüren.

Kein Blut.

Kein Sperma.

Keinerlei Anzeichen von Erregung oder Berührung.

Spielt er auf Zeit? Steht er hinter mir und beobachtet, wie ich mich winde? Darauf wartend, dass ich mich umdrehe? Was?

Ich wartete. Meine Ohren versuchten angestrengt, alles und jedes in dem zu stillen Raum zu hören. Aber das Einzige, was ich vernahm, waren meine eigenen Atemzüge.

Er spielt mit mir, erkannte ich. *Er quält seine Beute.*

Meine Augen wurden schmal.

Ich wollte kein Spielzeug sein. Und ich wollte ihm auch nicht die Genugtuung meiner Angst geben. Wahrscheinlich war das ein bisschen zu spät, wenn man berücksichtigte, dass ich mich abgeschottet hatte, aber sein Fehler war es gewesen, mir ein paar Minuten Zeit zu geben, um mich wieder zu sammeln.

Er wollte mich verarschen?

Na schön.

Das konnte ich auch.

Es spielte keine Rolle, dass ich erneut verlieren würde. Zumindest würde Cam mich noch einmal kämpfen sehen.

Aber was ist, wenn ihm das weh tut?, fragte ich mich und unterdrückte mein inneres Bedürfnis nach Vergeltung. *Liegt*

Fake-Cam deshalb auf der Lauer und wartet auf eine Reaktion? Um den Moment hinauszuzögern und meinen Cam noch mehr zu verärgern?

Ich schluckte.

Das wollte ich definitiv nicht.

Was soll ich tun? Einfach hier liegen bleiben und auf das Unvermeidliche warten?

Das würde mich nur nervös machen. Und es würde den Anschein erwecken, als beugte ich mich einfach dem Unvermeidlichen, was ich im Grunde schon getan hatte, als ich erstarrt war.

Würde Cam wollen, dass ich mich wehre? Oder dass ich aufgebe? Ich runzelte die Stirn. *Moment mal … sollte ich mich nicht fragen, ob ich kämpfen oder aufgeben will?*

Meine gesamte Existenz war von Cam bestimmt worden, seit er mich damals beansprucht hatte. Alles, was ich getan hatte, war für ihn gewesen, einschließlich des Wartens im Majestic Clan darauf, dass er endlich zu mir zurückkehrte. Ich hatte versucht, mich für ihn in Sicherheit zu bringen, weil ich wusste, dass er mich beschützen musste, um sich auf das zu konzentrieren, was er im Verborgenen tat.

Doch sein Plan war offensichtlich gescheitert. Er war über ein Jahrhundert lang in Gefangenschaft gewesen, was ihm wahrscheinlich nicht wie eine lange Zeit vorgekommen war, aber für mich war es die Hölle gewesen. Und obwohl ich wusste, dass auch er gelitten hatte, war es seine Entscheidung gewesen, dies zu tun. Nicht meine.

Aber im Augenblick liegt die Entscheidung bei mir, sinnierte ich. *Ich kann entweder kämpfen oder mein Schicksal akzeptieren. Welche Option will ich wählen?*

Entscheidungen für mich selbst und nicht für Cam zu treffen, war in den vergangenen einhundertachtzehn

Jahren eines meiner größten Probleme gewesen. Es hatte einige Zeit gedauert, bis ich erkannt hatte, wie wichtig es war, für mich selbst und nicht nur für ihn zu leben. Und es hatte mich über die Jahrzehnte hinweg viel Überwindung gekostet.

Selbst jetzt war ich hin- und hergerissen zwischen dem, was das Beste für ihn war, und dem, was ich für mich selbst tun musste.

Ich möchte nicht mitspielen. Ich will für mich selbst einstehen.

Denn niemand würde mich retten können. Nicht in dieser dunklen Welt. Mein primärer Retter war an einem unbekannten Ort weggesperrt. Und Damien war wahrscheinlich auf der anderen Seite der Welt.

Mira hatte behauptet, ihm gesagt zu haben, wohin wir unterwegs waren, aber ich hätte es selbst tun sollen. Ich hatte gewusst, dass etwas nicht stimmte, und ich hatte meine Instinkte ignoriert.

Ich hatte der falschen Person vertraut.

Nicht, dass mir jemand einen Vorwurf machen würde. Mira war eine Freundin gewesen. Lukas Gefährtin. Teil unserer Revolution. *Warum hat sie uns also verraten?*

Was ... wenn das gar nicht Mira ist?

Was ... wenn auch Mira eine Täuschung ist?

Ich runzelte die Stirn. *Okay, aber wie können sie falsche Versionen von Lykanern und Vampiren schaffen?*

Etwas passt da nicht zusammen ...

Ich hob den Kopf, müde von meinen Gedanken und diesem Wirbelwind von Verwirrung, der meinen Verstand benebelte. „Was auch immer das ist, es interessiert mich nicht", sagte ich und warf einen Blick über meine Schulter in die Richtung, in der Fake-Cam wahrscheinlich stand.

Aber er war nicht zugegen.

Und die Tür stand offen.

IZZY

ICH STARRTE AUF DIE TÜR.

„Hallo?", fragte ich, die Stirn in Falten gezogen.

Wollte mich Fake-Cam für etwas noch Niederträchtigeres ins andere Zimmer locken? Oder war er gegangen, um etwas zu holen?

Ich rollte mich auf den Rücken und setzte mich auf, die Knie an die Brust gezogen, während ich auf sein Auftauchen wartete. Als einige Minuten verstrichen waren und nichts geschehen war, sah ich mich in meinem kleinen weißen Zimmer um. Jetzt, da das Licht brannte und ich nicht mehr von einem Cam-Imitat abgelenkt wurde, konnte ich meinen Bereich genauer unter die Lupe nehmen.

Solide Wände. Ein Einzelbett mit einem Laken und einem Kissen. Ich betrachtete aufmerksam die Ecken, dann die hohe Decke und das lange Lichtband direkt über mir. *Keine Anzeichen von Kameras.*

Das hieß aber nicht, dass es keine Abhör- oder Aufzeichnungsgeräte gab. Mitunter waren die schwer zu finden.

Damien hatte mich das gelehrt.

Mein Zwilling hatte die vergangenen zweihundert Jahre damit verbracht, Technologien zu erlernen. Und er hatte viel von seiner Weisheit an mich weitergegeben. Aber das wussten nicht viele andere. Ich wurde oft als Cams *Erosita* betrachtet und sonst nichts. Das brachte einen gewissen Respekt mit sich, den ich zu schätzen wusste, aber es machte meine Identität auch ziemlich einseitig.

Ich sah mich noch einmal im Zimmer um, dann rutschte ich langsam vom Bett und spähte darunter. Es hätte mich nicht überrascht, wenn ich dort Fake-Cam gefunden hätte, der nur darauf wartete, über mich herzufallen.

Aber nein.

Steinboden, wie im Rest des Zimmers auch.

Hmm. Ich ging auf Zehenspitzen zur Tür, um diese zu untersuchen. Auf meiner Seite gab es keinen Knauf, aber da sie offen gelassen worden war, konnte ich problemlos über die Schwelle treten. Dort fand ich den Schalter, der das Licht in meiner Kammer regelte, sowie die Außenschlösser, die sicherstellten, dass ich nicht aus dem Raum entkommen konnte.

Warum hat er also die Tür offen gelassen?, fragte ich mich. *Ein Test? Ein Spiel?*

Ich hatte gesagt, dass ich nicht mitspielen wollte. Aber vielleicht wollte ich es doch. Hier draußen zu sein, könnte mehr Möglichkeiten zur Flucht bieten, oder mir sogar Zugang zu einer Waffe verschaffen, die ich gegen ihn einsetzen konnte. Und da unsterbliche Wesen immer versessen darauf zu sein schienen, mich zu unterschätzen, konnte ich dieses Gefühl der Überlegenheit zu meinem Vorteil nutzen.

Der Schrank war mit dunkler Kleidung gefüllt, hauptsächlich mit Hemden und Anzughosen. *Eindeutig Cams Stil*, stellte ich fest und befühlte einige der feinen Stoffe.

Ich nahm eines der Hemden vom Bügel und warf einen Blick auf das Etikett. Es war eine bekannte italienische Marke aus der Zeit vor der Revolution.

Cam hat so etwas immer getragen, dachte ich und schlüpfte hinein. Es war am Kragen ungeknöpft, sodass ich es leicht über meinen Körper ziehen konnte. Cam liebte es, wenn ich seine Sachen trug, vor allem, weil seine Hemden mir wie ein Kleid passten. Und dank der Knöpfe ließ es sich leicht ausziehen.

Ich rollte die Ärmel zweimal auf, bis sie sich um meine Handgelenke legten, dann erkundete ich den Rest des Schranks. „Nun, du hast zwar seine Persönlichkeit nicht richtig getroffen. Aber du weißt zweifellos, wie er sich kleidet", sagte ich zu Fake-Cam. Wo auch immer er war.

Ich verbrachte noch ein paar Minuten mit der Erkundung des Schranks, bevor ich zum Badezimmer überging. Der dunkle Marmor passte gut zu dem Steinboden – dem gleichen Boden, der durch den Schrank in das Zimmer führte, in dem ich aufgewacht war.

Glas zierte eine begehbare Dusche. Keine Badewanne. Zwei Waschbecken. Ziemlich normal für ein Badezimmer, aber es hatte eine deutlich maskuline Ausstrahlung. Vielleicht lag das an den dunklen Farbtönen und dem Mangel an natürlichem Licht.

Weiche Teppiche trafen auf meine nackten Füße, als ich aus dem Bad in ein Schlafzimmer ging. Ich hatte halb erwartet, Fake-Cam auf dem Bett liegen zu sehen, aber er war nicht da. Nur ein dunkler Strudel aus Laken und Kissen und etwas Metallisches, das in der schwachen Beleuchtung glitzerte.

Ein Laptop, erkannte ich, als ich weiterging.

Ich starrte ihn eine Sekunde lang an, dann überprüfte ich den Rest des Raumes auf der Suche nach Fake-Cam.

Er war nicht in der Nähe der dunklen Holzkommoden, und sie standen zu dicht an der Wand, als dass er sich dahinter hätte verstecken können. Ich duckte mich, um unter dem Bett nachzusehen – *nichts*.

Stirnrunzelnd ging ich in den Wohnbereich, der an das Schlafzimmer grenzte. Dort standen ein langes Sofa und ein einzelner Stuhl mit einer Küchenzeile dahinter.

Keine Spur von Fake-Cam.

Ich öffnete den Kühlschrank. *Leer. Großartig.*

Einer der Schränke enthielt eine Vielzahl von Rotweinflaschen, außerdem Teller, Schüsseln und Gläser. In einem anderen befanden sich ein paar Kochtöpfe und eine Schublade mit Utensilien.

Aber nichts Genießbares, außer dem Alkohol.

Typisch Vampir, dachte ich, als ich meine Schritte zurück ins Wohnzimmer lenkte. *Wohin bist du gegangen?* Er war nicht hier, und ich vermutete, dass die Tür mir gegenüber zum Ausgang führte. *Wartest du dort auf mich? In der Hoffnung, mich zu erwischen und zu bestrafen?*

Ich runzelte die Stirn. „Was hätte das für einen Sinn?", fragte ich laut. „Du hattest mich doch schon flach auf dem Bett. Wozu also dieses Spielchen?"

Ich nahm an, dass er mich mit seinen vampirischen Sinnen hören konnte.

„Ich gehe nicht da raus", sagte ich. „Ich werde stattdessen mit deinem Laptop spielen."

Ich erwartete fast, dass er hereinkommen und etwas

sagen würde wie: „Der ist passwortgeschützt." Aber nichts geschah.

Achselzuckend beschloss ich, meine Drohung wahrzumachen. Wenn er mit einem Kommunikationsnetzwerk verbunden war, könnte ich Damien erreichen.

Ich ließ mich auf dem Bett nieder und zog den Computer auf meinen Schoß, dann öffnete ich den Bildschirm. Er erwachte ohne ein Geräusch zum Leben, der Passwortschutz war an einen Daumenabdruck gekoppelt.

Es war eine solide Sicherheitsmaßnahme, aber Damien hatte mir alle Tricks und Hintertürchen verraten, die es gab. Ich hob das Gerät an, um einige Informationen auf der Rückseite zu überprüfen, und betätigte dann den Startknopf sowie eine weitere Taste.

Meine Aufmerksamkeit wanderte zur Tür, als der Computer ein Neustartgeräusch von sich gab.

Immer noch keine Fake-Cam. Okay. Immerhin hatte ich jetzt etwas mit meiner Zeit anzufangen. Besser als nur auf einer Matratze zu liegen und auf mein Schicksal zu warten.

Du unterschätzt mich, Fake Cam, dachte ich, als weitere Geräusche folgten.

„So gut wie alle Computer verfügen über eine Admin-Kontrolle – etwas, das die Erstanmeldung außer Kraft setzt. Das soll helfen, das Gerät vor technologischen Laien zu schützen", hatte Damien mir einmal erklärt. „Wie Ryder."

Der betreffende Mann hatte ihm daraufhin den Mittelfinger gezeigt. „Willst du mit meinem Lieblingsspielzeug spielen, Damien?", hatte Ryder ihm entgegengehalten.

„Immer", hatte mein Bruder geantwortet, wobei sich

seine Lippen zu einem Grinsen verzogen hatten, während seine Augen über den Bildschirm vor ihm getanzt waren.

Ich hörte ihn in meinem Hinterkopf, wie er mir die nächsten Schritte erklärte, als ein blauer Bildschirm erschien, der einen Administratorschlüssel verlangte. Er hatte mir den gesamten Prozess nach wochenlangem Coaching eingetrichtert, während Ryder mit trägem Interesse zugesehen hatte.

„Es gibt wichtigere Fähigkeiten, die sie im Moment beherrschen sollte", hatte Ryder gesagt. „Zum Beispiel, wie man eine Waffe abfeuert."

„Ich weiß, wie man eine Waffe abfeuert", hatte ich erklärt.

„Wir werden sehen", hatte er zurückgeworfen.

Das hatte natürlich zu einer abendlichen Unterrichtsstunde geführt, in der ich ihm bewiesen hatte, dass ich mit einer Schusswaffe umgehen konnte. Ich konnte zwar nicht so gut zielen und so präzise schießen wie er, aber nur wenige konnten so gut mit Waffen umgehen wie Ryder.

Dennoch war er beeindruckt genug gewesen, um Damien zu erlauben, seine New-Age-Ausbildung fortzusetzen – ein Ausdruck, den Ryder in Anspielung auf die sich ändernden Zeiten geprägt hatte.

Beide hatten ihr Möglichstes getan, um mich in den Monaten nach Cams Verschwinden und meinem verhängnisvollen „Tod" abzulenken.

Leider war es schließlich für sie notwendig geworden, sich in ihre eigenen Gebiete zurückzuziehen – weit weg von mir –, um meine Position im Majestic Clan zu schützen.

Ich hatte vieles von dem, was Damien mir beigebracht hatte, genutzt, um über geheime Kanäle einen minimalen Kontakt mit meinem Zwilling aufrechtzuerhalten. Es wäre ein zu großes Risiko gewesen, oft mit ihm zu sprechen.

Dennoch hatte er es geschafft, mich über die Veränderungen in der neuen Ära der Technologie auf dem Laufenden zu halten. Ich war bei Weitem nicht so gut informiert wie er, aber ich kannte mich gut genug aus – wie der Bildschirm bewies, der vor mir im Admin-Modus zum Leben erwachte.

Ich warf erneut einen Blick zur Tür und fragte mich, warum Fake-Cam bislang nicht versucht hatte, mich aufzuhalten. *Vielleicht ist sein Gehör nicht so gut wie das von anderen Vampiren.* Ich zuckte mit den Schultern.

Oder er hat, wie alle anderen auch, nicht erkannt, was ich tun kann.

Nun, das wird sich ... Ich verstummte und zog die Stirn in Falten, als ich versuchte, auf das Netzwerk zuzugreifen. *Was ...?*

Ich beugte mich vor, um die Details der Fehlermeldung besser lesen zu können.

Keine Verbindung, hieß es da.

Hat jemand diesen Laptop zurückgelassen, um mich auszutricksen?, fragte ich mich und öffnete die Systemsteuerung, um die Details des Computer-Hosts zu studieren. Ich überflog den Betriebssystemjargon und runzelte dabei immer tiefer die Stirn.

Auf diesem Laptop war eine Art von Simulation eingerichtet worden, die von einer anderen Konsole gesteuert zu werden schien.

Ich folgte dem Pfad und tippte Befehlscodes in das Skript ein, um tiefer in den Großrechner einzudringen und nach der Quelle zu suchen.

Dabei stieß ich auf etwas, das ein Daten-Dump zu sein schien. *Nein, ein Server*, korrigierte ich mich. *Ein Server-Netzwerk. Allerdings ist das alles intern und ...*

„Oh …", flüsterte ich, als eine Reihe von Bildschirmen erschien. Live-Übertragungen.

Und eine von ihnen zeigte mich.

Auf dem Bett.

In dem Hemd von Cams Doppelgänger.

Mit dem Laptop auf meinem Schoß.

Mist.

Ich folgte der Blickrichtung in die Ecke und bemerkte die seltsame Struktur der Decke. Sie war überall im Raum uneben, was darauf hindeutete, dass wir uns unter der Erde befanden.

Interessant, dass sie nicht glatt war wie in dem schrankartigen Raum, in dem ich aufgewacht war. Aber offenbar war das alles beabsichtigt gewesen. Zu welchem Zweck, das wusste ich nicht.

„Du hast mich also tatsächlich in ein verherrlichtes Gefängnis gesteckt und das erste Bett nur als Zwischenstation benutzt. Wie einfallsreich", sagte ich in die Kamera.

Kein Ton drang durch den Computer.

Ich erhöhte die Lautstärke und wiederholte meine Aussage.

Nichts.

„Ich verstehe. Du schaust nur zu, hörst aber nichts." *Aber warum? Und wo ist Fake-Cam?*

Ich klickte mich durch die verschiedenen Überwachungsvideos und beschloss, mehr über mein schickes kleines Gefängnis zu erfahren.

Verstaubte Gänge.

Weitere Korridore mit steinigen Wänden.

Ein paar leer stehende Labore.

Einige Arrestzellen mit ganz weißen Möbeln.

Und …

Und der Konvent. Die Galle kroch mir in die Kehle, als

ein Raum mit knienden Menschen erschien.

Es ist ein Klassenzimmer, stellte ich schnell fest. *O Gott!* Die phallischen Instrumente in ihren Mündern machten deutlich, was sie lernten, genauso wie die Vampire, die zusahen und sich keine Mühe gaben, ihr Interesse zu verbergen.

„Fuck", flüsterte ich, verließ den Feed und rief stattdessen einen leeren Flur auf. *„Fuck ..."*

Das musste ich nicht sehen. Und ich wollte auch nicht mehr sehen. Noch nicht.

„Aber immerhin hast du nicht gelogen, als es darum gegangen ist, wohin wir unterwegs sind", murmelte ich und richtete meine wütenden Worte an Mira. Sie hatte gesagt, dass Cam in den Katakomben unter dem Vatikan gefunden worden war. Ein uralter Ort, an dem sich die Gesegneten ausruhten, während die oberen Stockwerke für ... *Schulungen* genutzt wurden.

Mich schauderte es.

Wie tief unter der Erde bin ich?, fragte ich mich und starrte auf die leeren Flure. Es gab wirklich nur einen Weg, das herauszufinden, aber ich war bislang nicht bereit, mir den Rest der Live-Videos anzusehen.

Ich schluckte und gab einen weiteren Befehl ein, um weitere Details im Hauptrechner zu finden und nach einer Möglichkeit zu suchen, die Verbindungssperre zu durchbrechen.

Vielleicht eine Hintertür zum primären Kontrollsystem ...

Ich tippte ein paar weitere Zeichenfolgen ein, die Damien mir beigebracht hatte, und ließ ein paar Backend-Protokolle auf dem Bildschirm aufblinken.

Ausführen, dachte ich und fügte die entsprechende Zeichenkette hinzu, damit die Informationen erschienen.

„Jahr zwei, Tag dreißig", sagte eine vertraute Stimme, die mich stutzig machte.

Lilith.

Ich drehte die Lautstärke des Computers nach unten, als die Aufnahme ansprang.

„Hallo, mein Lehnsherr", grüßte sie. „Leider habe ich heute keine positiven Nachrichten zu vermelden."

„Lehnsherr?", wiederholte ich, wobei sich mein Stirnrunzeln vertiefte.

„Die Herausforderung der Unsterblichen ist nicht nach Plan verlaufen", fuhr Lilith fort. „Es war vorgesehen, dass die Menschen um ihre Unsterblichkeit kämpfen und dafür belohnt werden sollen. Aber sie stellen sich immer noch gegen unsere Protokolle."

„Sag bloß", murmelte ich in Erinnerung an diesen Vorfall.

„Die Blutallianz wird sich im Laufe des Tages treffen, um das weitere Schicksal der Spiele zu besprechen. Ich vermute, wir werden dafür stimmen, alle sterblichen Teilnehmer zu eliminieren", schlussfolgerte sie.

„Was ihr auch getan habt", sagte ich und starrte auf den Computer.

„Der grüne Pfeil führt zur nächsten Sequenzaufnahme", erklärte eine Roboterstimme.

„Es gibt keinen grünen Pfeil", antwortete ich und starrte auf die Codierung auf dem Bildschirm. „Hmm."

Ich tippte ein paar Befehle ein und versuchte, die nächste Aufnahme abzuspielen, aber nichts funktionierte. Stattdessen landete ich in einem anderen Großrechner, der mit Tausenden von Dateinamen übersät war.

Nein, nicht Namen. *Daten.*

„Die Aufnahmen", flüsterte ich und legte die Stirn in Falten. „Was ist das?"

Ich öffnete eine weitere Aufnahme, die auf das Jahr zweiundzwanzig datiert war, und hörte zu, wie Lilith die Gründung des ersten Cups der Unsterblichkeit erklärte.

„Es ist von großer Bedeutung, dass es uns endlich gelungen ist, würdige Kandidaten zu schaffen, und so haben wir in diesem Jahr sechs Sterbliche geehrt. Aber wir haben vor, mit Eurer Idee für zwei fortzufahren. Ein Lykaner und ein Vampir."

„Wessen Idee?", fragte ich mich laut. „Des Lehnsherrn? Wer ist der Lehnsherr?"

Ich spielte noch ein paar weitere Aufnahmen ab, die alle an dasselbe unbekannte Wesen gerichtet waren.

„Wer ist der Lehnsherr?", fragte ich erneut und versuchte, den Empfänger der Nachrichten zu ermitteln.

Erst dann wurde mir klar, dass ich der Empfänger war.

Na ja, nicht *ich*, sondern dieses Gerät.

Sie waren alle an den Hauptbenutzer dieses Laptops gerichtet – *Fake-Cam*.

Ich blinzelte. „Was? Warum?"

Ist Fake-Cam der Lehnsherr?

Moment mal …

Was, wenn …?

Ich blinzelte wieder. *Nein. Nein, das ist nicht …*

Ich betätigte weitere Tasten, verzweifelt auf der Suche nach Antworten. Ich musste es verstehen, musste wissen, ob es möglich war … ob vielleicht … ob Fake-Cam …

Ob Fake-Cam mein Cam sein könnte.

Ich gab einen weiteren Befehl ein, der sich auf den Verlauf des Laptops und alle auf dem Gerät erstellten Profile bezog.

Ich erhielt nur ein einziges Ergebnis.

Cam.

Und das Profil war vor weniger als zwei Wochen aktiviert worden.

Also ungefähr zu dem Zeitpunkt, als Ryder Lilith ermordet hatte.

Diese Schlampe könnte eine Art Protokoll initiiert

haben, das zu dem hier geführt hatte – zu einem Laptop, der für Cam erstellt worden war, gefüllt mit Protokollen, die an *den Lehnsherrn* gerichtet waren.

Aber warum sollte Cam diesen Unsinn überhaupt in Erwägung ziehen? Er wusste es besser. Er hatte das alles mit der Absicht getan, Lilith zu stoppen.

Aber sie hatte gewonnen. Sie hatte ihn überwältigt.

Indem sie das Erosita-Band angezapft und seinen Verstand zerstört hat. Meine Augen weiteten sich. Sie hatte versucht, etwas Ähnliches mit Ryder zu tun, aber seine Gefährtin hatte ihn mit einem Schuss auf Lilith gerettet.

Dann hatte Ryder Lilith eine Axt in den Kopf gerammt.

Aber laut Lukas Ausführungen war der Schmerz, den Lilith ihm in dieser kurzen Zeit zugefügt hatte, immens gewesen. Ryder war nicht in der Lage gewesen, etwas anderes als ihre Stimme zu hören. Und sie hatte bestätigt, dass sie dasselbe Gerät bei Cam eingesetzt hatte.

In den letzten einhundertachtzehn Jahren.

Vielleicht waren unsere mentalen Mauern durch ihren Missbrauch dauerhaft beschädigt. Vielleicht hatte sie es geschafft, diesen Teil von ihm völlig zu zerstören. Vielleicht hatten ihre Qualen zu Gedächtnisverlust geführt.

Und vielleicht …

Vielleicht war Cam aufgewacht und hatte all diese Aufnahmen angesehen, die an ihn – den Lehnsherrn – adressiert waren. Vielleicht dachte er nun, der Drahtzieher hinter diesem ganzen Wahnsinn zu sein.

Bei diesem Gedanken teilten sich meine Lippen. Könnte Lilith das wirklich durchgezogen haben? Hatte sie Cam zu ihrer Marionette gemacht, sogar im Tod?

Wenn Mira seit jeher für Lilith arbeitete, dann war mein Aufenthaltsort von Anfang an bekannt gewesen.

Warum bin ich dann noch am Leben?, fragte ich mich. *Warum tötet sie mich nicht einfach?*

Was ist der Plan?

Stimmt das alles überhaupt?

Ein echter Cam, der einer Gehirnwäsche unterzogen worden war, ergab auf jeden Fall mehr Sinn als ein Cam, der aussah wie er. Und dass Mira uns alle verraten hatte, war auch logischer, als dass Mira eine böse Doppelgängerin hatte. Soweit ich wusste, gab es diese Art von Technologie nicht.

Aber eine Waffe, die Cams Geist zerstören konnte, schon.

Allerdings verstand ich nicht, warum ich hierhergebracht worden war. Wenn jemand Cam reparieren konnte, dann ich. Warum also das Risiko eingehen, uns zusammenzubringen?

Es sei denn, sie waren sich absolut sicher, dass ich ihn nicht zurückbringen konnte.

Denn vielleicht war sein Bewusstseinswandel von Dauer.

Oder vielleicht lag ich völlig falsch.

Ich starrte wieder auf den Laptop. War dieses Gerät für mich hinterlassen worden? Um mich zu verwirren? Um mir falsche Hoffnungen zu machen? Oder gehörte es tatsächlich Cam? Meinem Cam?

Es könnte alles ein Trick sein. Ich war aus einem bestimmten Grund hierhergebracht worden.

Und jetzt hatte man mich allein gelassen.

Warum?

Wo ist Cam?

Ist er wirklich mein Cam?

Er hatte mich umgebracht.

Dann hatte er mich fast vergewaltigt.

Das war nicht der Cam, den ich kannte. Aber es

erinnerte mich an den Cam, den ich damals getroffen hatte – das Raubtier, das mich wie eine Beute verfolgt hatte.

Ich hatte ihn in jener Nacht nur abgeschreckt, weil ich keine Angst vor ihm gehabt hatte.

Wahrscheinlich hätte er mich sonst benutzt und getötet.

So wie er es getan hat, nachdem ich aus dem Flugzeug gestiegen bin.

Bestätigte das also, dass er sich nicht an mich erinnerte? An uns? Und dass er stattdessen diese Aufnahmen von Lilith abhörte, ihre Lebensweise erlernte und annahm, genauso zu leben?

Das würde sein Verhalten mir gegenüber erklären.

Aber ich musste meine Hypothese bestätigen, um herauszufinden, ob es wirklich so war.

Und um das zu tun, musste ich Cam befragen. Nicht offen oder direkt, sondern auf subtile Weise, um die Situation besser einschätzen zu können.

Dann würde ich herausfinden müssen, wie ich weiter vorgehen sollte.

Denn wenn ich es mit einer Version von Cam zu tun hatte, die mich nicht kannte und im Grunde von Lilith einer Gehirnwäsche unterzogen worden war, musste ich vorsichtig vorgehen.

Cams Vertrauen zu gewinnen, würde der Schlüssel zu allem sein. Aber zuerst müsste ich ihn davon überzeugen, dass ich ihm etwas bedeutete.

Was ziemlich schwierig sein könnte, wenn Lilith seinen Verstand so umprogrammiert hatte, dass er in mir nichts weiter als eine Fickpuppe sah.

Schlampe! Ich tippte Befehle ein, um die Überwachung erneut zu starten. Offensichtlich musste ich Cam finden, um ihn zu evaluieren.

Ein Piepton ertönte, der mich die Stirn runzeln ließ.

Was ...?

Ich suchte auf dem Bildschirm nach der Quelle und stellte erst in der nächsten Sekunde fest, dass das Geräusch nicht vom Computer gekommen war.

Sondern von der Tür.

Wenigstens weiß ich jetzt, wo er ist, dachte ich, als ich Cams edelsteinähnlichem Blick begegnete. *Und er sieht stinksauer aus. Mist.*

CAM

Ismereldas eskalierender Herzschlag rief mein inneres Raubtier auf den Plan und ließ mich unwillkürlich einen Schritt auf sie zugehen.

Aber das Zuschlagen der Tür hinter mir riss mich aus meiner instinktiven Verfolgungslust.

Genau wie das Geräusch des zuklappenden Laptops.

Ich starrte darauf, dann sah ich auf das vertraute Hemd, das von ihren Schultern hing.

„Wie ich sehe, hast du es dir gemütlich gemacht." Mein Ton klang in meinen Ohren ruhig, doch sie musste meine Fassade durchschaut haben, denn ihr Puls beschleunigte sich noch weiter.

Ihre hellgrünen Augen folgten meinem Blick auf das Hemd, bevor sie zu mir zurück blinzelte und ihre sonst so perfekte Stirn leicht runzelte. „Normalerweise mögt Ihr mich in Euren Sachen. Hat sich diese Vorliebe geändert?" Ihrer Stimme fehlte der Biss und die informelle Ansprache von vorhin, und auch ihr Duft schien sich von der stechenden Note der Verzweiflung zu etwas anderem gewandelt zu haben.

Angst, aber auch ein Hauch von Interesse.

Ich atmete tief ein, testete mein inneres Biest, neugierig, wie ich mich dabei fühlen würde. Als ich langsam ausatmete, schien sich die Anspannung in meinen Schultern zu lösen.

Hm.

Ich konzentrierte mich wieder auf die Wahl ihrer Kleidung und bemerkte, dass sie die beiden obersten Knöpfe offen gelassen hatte, sodass ein verlockender Blick auf ihre cremefarbene Haut darunter möglich war. Außerdem hatte sie die Ärmel bis zu ihren zierlichen Handgelenken hochgekrempelt, und das Hemd bedeckte nur einen Teil ihrer Oberschenkel. Vielleicht war es länger, wenn sie stand, aber durch das Sitzen auf meinem Bett hatte es sich gebündelt.

„Nein", sagte ich langsam und taxierte sowohl ihre Kleidung als auch ihre Worte. „Meine Vorliebe hat sich nicht geändert." Denn ich genoss den Anblick, der sich mir jetzt bot, sehr. Wenn sie damit meinem üblichen Wunsch nachgekommen war, dann konnte ich ihr verzeihen, dass sie sich ohne Erlaubnis angezogen hatte.

Aber der Laptop war eine ganz andere Sache. Ebenso wie ihre bequeme Position in der Bettmitte.

Habe ich das früher auch erlaubt?, fragte ich mich und betrachtete sie aufmerksam. *Warum sollte ich eine solche Freiheit zulassen?*

Es gab so viel, an das ich mich nicht erinnern konnte. Aber diese Frau kannte mich seit über tausend Jahren. Was könnte sie mir noch erzählen?

Aber kann ich ihr vertrauen, dass sie mir die Wahrheit sagt?

Mira hatte mich bereits gewarnt, dass Ismerelda aus

einer früheren Zeit stammte, in der die Menschen mit mehr Rechten ausgestattet gewesen waren. Aber Ismerelda hatte immer mir gehört. Wäre nicht ich der Regulator dieser Rechte gewesen? Um sie zu meiner Version einer perfekten kleinen Blutsklavin heranzuziehen?

Sie hatte während meiner Abwesenheit nicht versucht, zu fliehen, sondern sich einfach so gekleidet, wie ich es angeblich bevorzugte, und mein Bett in Beschlag genommen – ein Platz, mit dem sie, wie ich mir vorstellte, im Laufe der Jahrhunderte bestens vertraut gewesen war. Außerdem schien sie jetzt in einem angemesseneren Geisteszustand zu sein.

Vielleicht war sie immer noch im Begriff der Wiederauferstehung gewesen, als ich mich ihr zunächst genähert hatte. Eine mögliche Ursache für ihr bizarres Verhalten.

Jetzt verhielt sie sich so, als sei nichts geschehen. Sie starrte mich nur an und wartete auf weitere Anweisungen.

Mit meinem Computer auf ihrem Schoß. Ich betrachtete das Gerät erneut. „Bedienst du dich an meinem Eigentum immer ohne Erlaubnis?", fragte ich.

Sie starrte mich an und ihre grünen Augen flackerten unleserlich.

Nun, das stimmte nicht ganz.

Ich könnte ihre Gedanken lesen, wenn ich es wollte, aber zwischen uns bestand eine starke mentale Blockade, die ich eindeutig aus einem bestimmten Grund errichtet hatte. Ich wollte nicht riskieren, sie zu durchbrechen, um zu hören, welche Worte durch ihren hübschen Kopf gingen.

„Normalerweise verlangt Ihr für nichts eine Bitte um Erlaubnis", sagte sie langsam, und ihre Lippen bewegten sich nach unten. „Der Laptop ist passwortgeschützt." Sie zeigte mir den Anmeldebildschirm. „Und Ihr wisst ja, dass ich mich mit Computern noch nie so richtig ausgekannt habe."

Sie musterte mich, als wartete sie auf eine Antwort. Oder auf eine Rüge. Ich hatte wirklich keine Ahnung von unserer Dynamik, nur von meinen eigenen Reaktionen auf ihre Worte.

Anfangs war ich wütend darüber gewesen, sie auf meinem Bett sitzen zu sehen, vor allem nach den letzten Stunden, in denen ich mich über meine bizarre Reaktion auf ihr Verhalten geärgert hatte. Aber meine Stimmung hatte sich fast sofort nach ihrer Frage nach meinen Vorlieben geändert.

Jetzt fühlte ich mich in ihrer Gegenwart fast entspannt. Geradezu zufrieden.

Was keinen Sinn ergab, wenn man bedachte, wie selbstverständlich sie es sich in meinem Raum gemütlich gemacht hatte. Aber vielleicht war das typisch für uns?

Und wenn es typisch war, dann konnte ich vielleicht endlich den immensen Hunger stillen, der in mir brodelte.

Es sei denn, das ist alles nur eine List.

Hatte sie mich nicht vorhin erst beschuldigt, nicht ihr Cam zu sein? Oder war das alles mit ihrem Tod verknüpft gewesen?

Sie hatte gesagt, noch nie gestorben zu sein. Wenn das stimmte, wäre ihr gebrochener Geisteszustand verständlich.

„Es tut mir leid, mein Lehnsherr", sagte sie, als ich nichts sagte.

Es folgte eine weitere Pause.

„Ich ... ich wollte mir die Zeit vertreiben, bis Ihr zurückkommt." Sie klappte den Deckel des Laptops behutsam wieder zu, ihr Gesichtsausdruck war nachdenklich. „Ich hätte für uns gekocht, wie ich es früher getan habe, aber in der Küche war nichts zu essen."

Für uns gekocht?, wiederholte ich gedanklich. *Warum sollte sie für uns kochen? Ich lebe von Blut. Genauer gesagt, von ihrem Blut.*

Aber jetzt fragte ich mich, was ich normalerweise mit ihr essen könnte. Oder welche Mahlzeiten sie üblicherweise zubereitete.

Vielleicht könnte ich das zu meinem Vorteil nutzen, denn es könnte mir helfen herauszufinden, ob es sich um eine ausgeklügelte Lüge handelte oder nicht.

Ich wollte verstehen, warum ich mich für sie entschieden hatte. Vielleicht würde dies auch Licht in diese Angelegenheit bringen.

„Wir haben keine Lebensmittelvorräte", sagte ich und entwarf schnell einen Plan. „Aber ich kann etwas liefern lassen." Michael hatte mir eine Liste mit Möglichkeiten gegeben, kurz nachdem ich aufgewacht war und meine Sinne wiedererlangt hatte. Ich hatte ihr nicht viel Aufmerksamkeit geschenkt, denn mein einziges Verlangen war das nach Blut gewesen. Genauer gesagt, nach Ismereldas Blut. Deshalb war sie ja hierhergebracht worden: um meinen Hunger zu stillen.

Offensichtlich war das nicht nach Plan verlaufen. Sie trocken zu trinken, hatte mir nur die Lust genommen. Jetzt sehnte ich mich nach *mehr*, etwas Dunklerem.

Aber zuerst würden wir diese Runde zu Ende spielen. Ihr Wissen testen. Um zu sehen, wie gut sie mich wirklich kannte.

„Sag mir, was ich gern esse, und ich bestelle es."

Sie musterte mich und schürzte dann offensichtlich verwirrt die Lippen. „Ihr wollt, dass ich errate, auf welches Essen Ihr Lust habt?"

Ich ließ die Hände in die Taschen gleiten und wölbte eine Augenbraue. „Hättest du das nicht getan, wenn es in der Küche etwas zu essen gegeben hätte?"

Sie schüttelte den Kopf, ihre Verwirrung war jetzt

deutlich zu spüren. „Äh, nein. Ihr … Ihr hättet das Essen, das Ihr haben wolltet, für mich dort deponiert. Ihr wisst schon, so wie Ihr es früher getan habt …" Sie verstummte und ihre grünen Augen fanden die meinen. „Normalerweise *rate* ich nicht."

Ihr Puls pochte unregelmäßig, was das leichte Zittern in ihrer Stimme verstärkte. Etwas stimmte nicht ganz. *Lügt sie? Sind es die Nerven? Oder etwas ganz anderes?*

„Ähm …" Sie räusperte sich. „Wir sind in Rom, richtig? Na ja, im Vatikan, aber in Rom?"

Ich starrte sie an. Sie kannte die Antwort bereits, aber ich bejahte sie mit einem leichten Nicken, neugierig, worauf sie hinauswollte.

„Okay, also …" Sie schluckte, offenbar unsicher. Aber sie schien zu einer Art Entscheidung gekommen zu sein, denn schließlich fügte sie hinzu: „Euer italienisches Lieblingsessen ist *Parmigiana di Melanzane.*"

Ihr italienischer Akzent war tadellos, sodass ich mich fragte, ob sie die Sprache beherrschte. Aber ich war zu sehr mit der Bedeutung der drei Worte beschäftigt, als dass ich mich zu ihren möglichen Sprachkenntnissen hätte äußern können. „Überbackene Aubergine? Mein italienisches Lieblingsgericht ist vegetarisch?" *Äußerst unwahrscheinlich.*

Doch als sie nickte, wurde ihr Gesichtsausdruck plötzlich frecher. „Ja. Aber nicht so, wie die Amerikaner es zubereiten, mit all der Panade. Ihr mögt den Auberginenauflauf am liebsten mit einer Tomaten-Eier-Sauce und Parmigiano Reggiano." Dann runzelte sie die Stirn, ihr Blick war misstrauisch. „Aber das wisst Ihr doch. Oder?"

Ich war mir nicht sicher, was diese Frage bedeutete, also ignorierte ich sie. Ich war zu sehr mit dem Gedanken an das Gericht beschäftigt, das sie gerade vorgeschlagen hatte. „Was noch?"

Sie schwieg einen Moment und beobachtete mich, dann zählte sie drei meiner vermeintlichen Lieblingsvorspeisen auf – alle vegetarisch. Und danach eine Rotweinmarke, von der sie behauptete, sie sei meine italienische Lieblingsmarke. „Ihr mögt die französischen Weine im Schrank, aber wenn Ihr in Italien seid, trinkt Ihr italienischen Wein. Und Ihr versüßt ihn für gewöhnlich. Mit meinem Blut."

Das klang tatsächlich nach einem Genuss, aber das war leicht zu erraten.

Zu ihrem Glück hatte sie die Marke genannt, die ich offenbar bevorzugte.

Und mehrere Gerichte, die ich probieren konnte.

„Was ist mit Nachtisch?", drängte ich, da mich dieses Spiel nun mehr als nur faszinierte.

„Normalerweise?", fragte sie und zog eine Augenbraue hoch. „Nun, normalerweise bin ich Euer Nachtisch."

Meine Lippen zuckten. „Das ist zu offensichtlich."

„Offensichtlich oder nicht, es ist wahr. Aber wenn Ihr darauf besteht, dass ich eine Speise nenne, dann Gelato. *Cioccolato fondente*, um genau zu sein."

Dunkle Schokolade, übersetzte ich für mich.

„Hmm", brummte ich, während ich über ihre Antworten nachdachte. „Und was ist mit dir, Ismerelda? Was erlaube ich dir, zu essen?"

„Was Ihr mir zu essen *erlaubt*?", wiederholte sie und klang überrascht angesichts meiner Formulierung. „Normalerweise alles, was ich will."

„Tatsächlich?" Das klang nicht korrekt. Die Menschen konnten ihr Gewicht und ihre Figur verändern, wenn sie zu üppig aßen. Und nicht umsonst gab es in der neuen Welt strenge Regeln dafür. Aber ihre Figur gefiel mir, und so beschloss ich, nachsichtig mit ihr zu sein. „Also gut. Was möchtest du?"

„Jetzt?", fragte sie, wobei die Frage rhetorisch zu sein schien. „Eine Pizza Margherita und einige der Vorspeisen, die ich bereits für Euch aufgelistet habe." Sie ließ ihren Blick über mich schweifen. „Und dann Euch als Dessert."

Eine schüchterne Antwort.

Aber ein gut durchdachter Schachzug in diesem Spiel.

„In Ordnung", murmelte ich. „Ich werde mich auf diese Absurdität einlassen, Ismerelda. Aber wenn ich feststelle, dass du dich in einer meiner Vorlieben irrst, werde ich viel mehr tun, als dich nur zum Nachtisch *zu verspeisen.*"

Sie zitterte. „Ich verstehe, mein Lehnsherr."

Der Ausdruck auf ihren Lippen klang seltsam in meinen Ohren. Ich konnte nicht genau sagen, warum, also nickte ich einfach. Jeder nannte mich so. Es war mein gutes Recht als König, so angesprochen zu werden. Und ausgerechnet sie sollte mich unbedingt so ansprechen. Sie war meine *Erosita.* Mein Spielzeug. Mein unsterblicher Blutsauger, den ich ficken und verschlingen konnte, wie ich wollte. Sie sollte mich verehren.

Das war doch die Erwartung, oder nicht?

Warum also unterhalte ich dieses Spiel mit ihr?, fragte ich mich, als ich mich zum Bett bewegte und mich neben sie setzte.

Ich konnte meine eigene Frage nicht beantworten, also konzentrierte ich mich darauf, dieses kleine Spiel fortzusetzen, indem ich die Kontrolle über meinen Laptop übernahm und mich einloggte.

„Bist du dir mit der Essensbestellung sicher?", fragte ich und wandte den Blick von meinem Computer ab, um ihre schönen Gesichtszüge zu bewundern.

Sie begegnete meinem Blick, ohne mit der Wimper zu

zucken. „Ob ich mir sicher in Bezug auf das italienische Essen bin, das Ihr vor einhundertachtzehn Jahren am liebsten gegessen habt? Ja. Es sei denn, Euer Geschmack hat sich verändert, während Ihr … weg wart?"

„Ich habe geschlafen", korrigierte ich. „Und nein." Mein Blick wanderte zu ihrem schlanken Hals. „Ich glaube nicht, dass sich mein *Geschmackssinn* sehr verändert hat."

„Geschlafen?", wiederholte sie und legte die Stirn in Falten.

„Ja." Ich legte den Kopf angesichts ihres verwirrten Gesichtsausdrucks schief. „Warum verwirrt dich das?" Es war ein Gefühl, das ich nicht besprechen sollte, aber es war eine seltsame Reaktion auf etwas, das sie wissen musste.

„Ich … ich habe nicht gewusst, dass Ihr geschlafen habt", stammelte sie, wobei sich ihr Puls im Rhythmus veränderte.

War das eine Lüge?, fragte ich mich in meinem Versuch, sie zu verstehen.

„Wie konntest du das nicht wissen?", fragte ich, meine Aufmerksamkeit jetzt ganz auf ihren Herzschlag gerichtet.

„Weil Ihr gegangen seid, ohne mir zu sagen, was Ihr vorhattet. Und weil mir niemand vollständig erklärt hat, was passiert ist", antwortete sie mit einem unerwarteten Anflug von Irritation in ihrem Ton.

Auch ihr Puls beruhigte sich, das pochende Geräusch kehrte trotz ihrer Gefühlsäußerung zur Normalität zurück.

Interessant.

Das klang nach der Wahrheit. Und es schien zu mir zu passen. „Wenn ich dir etwas nicht erzähle, dann nur, weil du es nicht wert bist, es zu erfahren." Immerhin diente sie mir. Nicht andersherum.

Aber für heute Abend würde ich sie mit diesem Essen verwöhnen und herausfinden, wie gut sie meine Essensvorlieben kannte.

Da ich mich nicht erinnern konnte, wann ich zuletzt etwas von Bedeutung gegessen hatte, würde es ein unterhaltsames Experiment werden.

„Beeinflusst Euer, ähm, *Schlaf* Eure Erinnerungen an Essen? Habt Ihr mich deshalb nach Euren Lieblingsspeisen gefragt?", fragte Ismerelda langsam, als ich eines der Icons auf dem Bildschirm aufrief.

Ich dachte über ihre Frage nach, unsicher, ob ich antworten sollte oder nicht.

Es ging sie nicht wirklich etwas an – sie lebte, um vor mir zu knien, und sonst nichts.

Aber mein mangelhaftes Gedächtnis könnte ihr zur Last fallen, vor allem, wenn sich ihre Antworten heute Abend als wahr herausstellten. Denn wenn sie meine Vorlieben kannte, würde ich wahrscheinlich noch weitere Details verlangen. Vielleicht in Bezug auf andere Vergnügungen des Lebens.

„Das Aufwachen aus einer unsterblichen Ruhe bringt einige Nebeneffekte mit sich." Ich sah sie wieder an. „Eine dieser Nebenwirkungen ist der Verlust von unwichtigen Erinnerungen, wie Lieblingsspeisen oder Details zu bedeutungslosen Beziehungen."

Das erklärte, warum ich mich weder an sie noch an Michael, aber an Mira und andere aus meiner Vergangenheit erinnern konnte.

„Bedeutungslose Beziehungen", wiederholte Ismerelda und zuckte bei diesen Worten zusammen. „Wie unsere."

„Wie unsere", wiederholte ich.

Und doch hatte ich sie über tausend Jahre lang behalten.

Was sagte das über mich aus, dass ich mich nicht an sie erinnern konnte und auch nicht wusste, warum ich das Bedürfnis verspürt hatte, unser Band so lange aufrechtzuerhalten?

„Es ist möglich, dass mit der Zeit weitere Erinnerungen zurückkehren", sagte ich und wiederholte, was mir Liliths Aufnahmen gesagt hatten. „Aber nur, wenn sie mir wirklich etwas bedeuten."

„Ich verstehe." Ihr Tonfall war emotionslos, doch ihre Augen glitzerten wie zwei grüne Flammen. Es war ziemlich faszinierend, das zu beobachten. „Ich nehme an, das erklärt, warum Eure Sprache immer noch modern ist und nicht mehr so wie bei unserer ersten Begegnung."

Ich blinzelte, überrascht von dieser Aussage.

„Und auch, warum Ihr wisst, wie man einen Computer benutzt", fuhr sie fort. „Das müssen wichtige Fähigkeiten sein, damit Ihr Euch daran erinnern könnt. Aber könnt Ihr Euch daran erinnern, wer Euch beigebracht hat, wie man einen Laptop bedient?"

Ich starrte sie an. „Warum sollte das wichtig sein?"

„Ja, warum", antwortete sie, und ihr Tonfall war immer noch emotionslos, obwohl diese Flammen in ihrem Blick tanzten. „Was hat Jace einst gesagt?" Ihre nächsten Worte stammten aus einer alten Sprache, und ihre flüssige Sprechweise beeindruckte mich.

Der Satz lautete grob übersetzt: *Erinnerungen sind unser Fundament. Aber was passiert, wenn wir zu viele haben?*

„Eine treffende Zusammenfassung", murmelte ich. „Aber mein Cousin hat diese Worte nicht gesagt. Das war mein Vater."

„Cronus", bestätigte sie, und ihre Pupillen leuchteten auf.

„Ja." Ich studierte ihren Gesichtsausdruck noch etwas länger und versuchte erneut, die Bedeutung dahinter zu erkennen. Sie schien fast ... erleichtert zu sein. Aber nicht ganz. In ihrem Blick waren Tränen zu sehen, aber sie verschwanden sofort, während sie versuchte, ihre Fassung wiederzuerlangen.

„Ich bin überrascht, dass du diese Worte kennst", gab ich zu. „Ich habe sie schon sehr lange nicht mehr gehört." Nicht mehr, seit mein Vater die ewige Ruhe dem Leben vorgezogen hatte. Und das war lange, bevor ich Ismerelda als Haustier genommen hatte.

„Ihr habt diesen Satz einmal zu mir gesagt. Ich habe nur verwechselt, wer sein Verfasser gewesen ist." Ihr Puls flatterte erneut, was mich die Stirn runzeln ließ.

Bedeutet das, dass sie lügt?

Aber warum sollte sie in diesem Punkt lügen?

Vielleicht hatte ich mich geirrt und diese Frau völlig falsch eingeschätzt.

Oder vielleicht waren es gerade diese Schwankungen, die mich so fasziniert hatten. *Habe ich deshalb diese mentale Mauer errichtet? Weil meine Unfähigkeit, sie zu lesen, mich amüsiert?*

Mit diesen Gedanken rief ich die Anwendung auf, mit der ich die Küche anrufen konnte – etwas, das ich seit meinem Erwachen noch nicht getan hatte. Aber Michael hatte mir das Protokoll gezeigt, nur für den Fall.

„Mal sehen, ob du mit meinem Geschmack richtig liegst, Ismerelda", sagte ich, als ich den Button betätigte, um jemanden in der Küche anzurufen. „Ich freue mich schon sehr auf das *Dessert*."

IZZY

Es ist Cam. Mein Cam.

Denn niemand sonst könnte von Cronus' letzten Worten vor seiner finalen Ruhestätte wissen.

Nur *mein* Cam konnte diesen Satz kennen. Oder vielmehr, wer ihn gesagt hatte.

Gleichzeitig war dieser Mann ganz und gar nicht wie mein Cam.

„Eine dieser Nebenwirkungen ist der Verlust von unwichtigen Erinnerungen, wie Lieblingsspeisen oder Details zu bedeutungslosen Beziehungen."

Die Implikation in diesen Worten war wie ein Messer in meiner Brust gewesen. Er hatte im Wesentlichen gesagt, dass ich ihm nichts bedeutete und er sich deshalb nicht an mich erinnern konnte.

Aber ich wusste, dass das nicht stimmte. Es musste eine andere Erklärung geben. Eine, die nichts mit *Schlafen* zu tun hatte, denn ich wusste, dass er das nicht getan hatte.

Aber er glaubte eindeutig, dass das die Ursache war. Er hatte offensichtlich keine Ahnung, was Lilith tatsächlich mit ihm gemacht hatte.

Und meine Vermutung, dass er einer Gehirnwäsche unterzogen worden war, schien zuzutreffen, wenn man bedachte, wie wenig Achtung er vor mir als seiner Gefährtin zu haben schien.

Wenigstens erheiterte er mich mit einem Abendessen – ein Abendessen, für das ich *sehr* dankbar war, dass er es zubereitet bestellt hatte.

Denn ich konnte beim besten Willen nicht kochen.

Okay, das stimmte nicht. Ich konnte kochen. Aber nicht gut. Das war etwas, was *mein* Cam wissen würde. Meine Bemerkungen darüber, dass ich nicht in der Lage war, eine Mahlzeit zuzubereiten, wie ich es normalerweise tun würde, waren meine Versuche gewesen, sein Gedächtnis zu testen.

Allerdings war mir beim Testen seines Gedächtnisses aufgefallen, dass ein Cam-Imitat den Unterschied auch nicht erkannt hätte. Also hatte ich tiefer nach einer Information gegraben, die nur mein Cam kennen konnte.

Und er hatte nicht einmal mit der Wimper gezuckt.

Dies war mein Cam.

Aber ein Cam ohne Erinnerungen an uns.

Dennoch war es seltsam, dass er moderne Gesprächsmuster und andere moderne Verhaltensweisen zu beherrschen und Computerkenntnisse – etwas, das ich ihm beigebracht hatte – zu besitzen schien.

Er steckte also nicht in der Vergangenheit fest, was darauf hindeutete, dass es sich nicht um einen einfachen Fall von Amnesie handelte.

Es war irgendwie gezielter.

Spezifischer.

Auf mich bezogen.

Also fragte ich mich wieder, warum ich hierhergebracht worden war. Wenn jemand das in Ordnung bringen konnte, dann derjenige, der mit Cams Verstand verbunden war.

Vorausgesetzt, ich könnte ihn überzeugen, die mentale Barriere zu durchbrechen. Das würde nicht einfach werden, da mich diese Version von Cam als minderwertig betrachtete.

„Wenn ich dir etwas nicht erzähle, dann nur, weil du es nicht wert bist, es zu erfahren."

Diese Aussage hatte einen Nerv bei mir getroffen. Einen gefährlichen. Einen, den ich über ein Jahrhundert lang zu ignorieren versucht hatte.

Ein ganzes Nervenbündel, das voller Groll gegen den Mann war, den ich liebte.

Denn dieser Mann *hatte* mich im Ungewissen gelassen, indem er mir nichts von seinen Plänen für Lilith erzählt hatte – oder davon, wie er zu mir zurückkehren wollte. Dadurch hatte ich mich ihm gegenüber minderwertig gefühlt. Als hätte er mir die Informationen nicht anvertrauen können oder als hätte er mich nicht genug geschätzt, um sie zu teilen.

Ich hatte gegen diese Gefühle angekämpft, seit dem Tag, an dem er die Mauer zwischen unseren Köpfen errichtet hatte.

Und er hatte all das mit ein paar unsensiblen Worten an die Oberfläche gebracht.

Ich musste meine Irritation in den Griff bekommen, bevor ich etwas sagte, was ich nicht sagen sollte. Außerdem hatte ich in seiner Gegenwart schon mehrmals meine Meinung geäußert. Vor allem über die Tatsache, dass er gegangen war, ohne mir seine Absichten mitzuteilen. Aber Cam hatte nicht auf meine Unverblümtheit reagiert. Er hatte es einfach mit einer Aussage über meinen mangelnden Wert abgetan.

Ich beobachtete ihn jetzt, als er sich mir gegenüber an den kleinen Tisch in seiner Küche setzte.

Er hatte geduscht, während ich den Tisch für das Abendessen gedeckt hatte, und war in einem anderen schwarzen Hemd und einer passenden Hose zurückgekommen, seine Haare an den Spitzen noch feucht.

Seine blauen Augen musterten das Essen, das ich auf die Teller verteilt hatte, bevor er seinen Blick auf das Weinglas richtete. „Hast du ihn gesüßt?", fragte er, und sein sich intensivierender Akzent jagte mir einen Schauer über den Rücken.

„Noch nicht." Ich schluckte, unsicher hinsichtlich des nächsten Teils, denn ich vertraute ihm nicht, dass er mir nicht wehtun würde. Aber ich wollte unser übliches Ritual so gut wie möglich einhalten. Denn vielleicht, nur vielleicht, würde es eine dieser *belanglosen Erinnerungen* wecken. „Normalerweise beißt Ihr in mein Handgelenk und versüßt ihn selbst."

Sein Blick wanderte zu meinem Hals und dann zu meiner Hand, bevor er zu seinem Glas zurückkehrte. „Ich denke, ich werde den Wein zuerst probieren, um zu prüfen, ob ich mit deiner Einschätzung bezüglich meiner Vorlieben übereinstimme."

„Ich habe nicht gesagt, dass Ihr die französische Marke nicht mögt", erinnerte ich ihn. „Ich habe nur gesagt, dass Ihr italienischen Wein bevorzugt, wenn Ihr in Italien seid."

Ich wusste aber auch, dass dieser italienische Wein einer seiner absoluten Lieblingsweine war.

Es überraschte mich nicht, dass das Personal – oder wer auch immer dieser dunkelhaarige Mensch war, der das heutige Essen geliefert hatte – eine Flasche dieses Weins hatte auftreiben können.

Vampire und Lykaner wussten die Annehmlichkeiten des Lebens zu schätzen, und deshalb hatten sie so viele Angestellte des Dienstleistungsgewerbes – sterbliche Sklaven, denen am Bluttag die Bezeichnung „Mitarbeiter" zugewiesen worden war – auf Bauernhöfe und Weingüter geschickt, um die Qualität des Essens zu erhalten, die sie in früheren Epochen genossen hatten.

Lilith hatte an alles gedacht, als sie diese neue Weltordnung geschaffen hatte. Sie hatte einen Weg gefunden, die Menschen psychologisch gegeneinander auszuspielen, indem sie sie zwang, um ihre Unsterblichkeit zu kämpfen. Und sie war in der Lage, ihre Mitvampire und Lykaner mit bestimmten Camps zufriedenzustellen, die ihren speziellen Bedürfnissen entsprachen.

Harems für Vampire.

Mondjagdopfer für Lykaner.

Blutjungfrauen für Vampire.

Zuchtfarmen für Lykaner.

Es war ekelhaft. Grausam. Völlig abgefuckt.

Und mein Cam scheint jetzt mit all dem einverstanden zu sein. Ich sah zu, wie er elegant den Wein probierte. *Schlimmer noch, die Videos, die ich mir angesehen habe, kennzeichnen ihn als Lehnsherrn, was bedeutet, dass er vielleicht sogar denkt, der Urheber dieses ganzen Wahnsinns zu sein.*

„Hmm", brummte er und lenkte meine Aufmerksamkeit auf seine vollen Lippen. „Das ist ein exquisiter Wein, Ismerelda."

Ich sagte nichts, denn mein Gehirn wartete auf das Aber, das auf seiner Zunge zu liegen schien. *Das ist sein italienischer Lieblingswein,* sagte ich zu mir. *Wenn er etwas anderes sagt, dann …*

„Aber", *und da ist es,* „du hast recht. Er muss gesüßt werden."

Mein Herz schlug mir fast bis zum Hals. Ich war zu

gleichen Teilen erleichtert, dass er den Geschmack nicht verleugnet hatte, und erschrocken, dass er mich wieder beißen würde.

Denn das letzte Mal, als er seine Reißzähne in mein Fleisch versenkt hatte, war ich gestorben.

Und er hatte dafür gesorgt, dass ich jede schmerzhafte Sekunde spürte.

Ich schluckte, und mein Arm hob sich von selbst in seine Richtung, genau wie ich es vor einhundertachtzehn Jahren getan hätte.

Nur war ich dieses Mal nicht von einer Erwartung erfüllt, die aus Wiederholung und Routine geboren war. Denn ich wusste nicht, was er tun würde. Die Ungewissheit verursachte ein flatterndes Gefühl in meinem Magen, das mir einen leichten Schauer über den Rücken jagte. Ich erinnerte mich an jene Nacht, in der er mich zum ersten Mal gebissen hatte, als ich noch nicht genau gewusst hatte, wie es sich anfühlen würde.

Wird es wehtun?

Wird es mir gefallen?

Wird es so sein wie früher?

Wird es neu sein?

Seine langen Finger schlossen sich um die meinen und zogen meine Hand über den kleinen Tisch; sein hungriger Blick hielt den meinen fest. Ein weiteres Beben durchfuhr mich, und meine Schenkel spannten sich an, als mein Handgelenk seinem verführerischen Mund immer näher kam.

Er könnte mich wieder töten, erinnerte ich mich. *Aber was, wenn er es nicht tat? Was, wenn er …*

Seine Schneidezähne bohrten sich in mein Fleisch, bevor ich diesen Gedanken zu Ende denken konnte. Eine Welle der Hitze rollte durch meine Adern, voller Verführung, Unterwerfung, Vergnügen.

Es war so unerwartet, dass ich stöhnte. Meine Augen schlossen sich angesichts dieses Gefühls, das ich schon viel zu lange nicht mehr erlebt hatte.

Cam brummte eine Antwort, und das Geräusch erreichte sofort mein Innerstes. Es war, als hätte er meine Klitoris in seinem Mund. Als saugte und knabberte er, um mich dem Höhepunkt näherzubringen.

Ohhh, wie ich das vermisst habe ... Mein Magen verkrampfte sich zu einem Inferno der Leidenschaft, das mich an den Rand des Abgrunds brachte. Doch im nächsten Moment war alles vorbei, als Cam mein Handgelenk losließ.

Ich blinzelte und die Realität holte mich langsam wieder ein. Ich merkte, dass nur ein paar Sekunden vergangen waren.

Seine blauen hungrigen Augen fixierten meine. Cams Seele schien durch seinen Blick direkt zu mir zu sprechen, während er mein Blut in sein Glas fließen ließ.

Meine Kehle arbeitete, als ich versuchte, zu schlucken, denn meine Welt hatte sich in die falsche Richtung gedreht, mich in die Vergangenheit geführt und mich dazu gebracht, ihn um mehr bitten zu wollen.

Aber das war nicht mein Cam. Nicht wirklich. Nicht, solange ich die mentalen Barrieren zwischen unseren Köpfen nicht durchbrochen und sichergestellt hatte, dass er sich an mich erinnerte. Sich an *uns* erinnerte.

Seine Finger glitten geschickt über meine Hand, als er mein Handgelenk von seinem Glas weg und zurück zu seinem Mund führte. Lust und Bedürfnis brauten sich in seinen verführerischen Augen zusammen, als er die Wunde leckte, während er meinen Blick festhielt.

Ich erschauderte, bereit für mehr. Meine Schenkel waren vor Verlangen angespannt, und meine Brustwarzen zogen sich in Erwartung eines weiteren Bisses zusammen. *Dort. In meine Brüste. Bitte …*

Sein Fokus wanderte nach unten, als hätte er meine Bitte gehört. Der Cam, den ich kannte, hatte mich dort nur selten gebissen. Er hatte meinen Hals und meine Handgelenke bevorzugt, vor allem, weil er befürchtet hatte, dass mir andere Stellen wehtun könnten.

Umso seltsamer war es, dass ich mir vorstellte, wie er an der empfindlichen Stelle zwischen meinen Schenkeln knabberte. Das hatte er nie getan, zu groß war seine Angst vor dem Schmerz gewesen, den es auslösen würde.

Aber etwas sagte mir, dass diese Cam-Version sich nicht im Geringsten um mein Unbehagen scheren würde.

Er küsste die Innenseite meines Handgelenks und ließ mich los.

„Du wirst dieses Geräusch später noch einmal für mich machen, während ich deinen Mund ficke", sagte er. „Das wird dein Dessert sein." Seine Aufmerksamkeit galt nun wieder dem Essen. „Vorausgesetzt, dass mich das alles beeindruckt, versteht sich. Ansonsten werden wir etwas tun, das dir viel weniger Spaß macht."

Ich erschauderte angesichts der Drohung und der Andeutung, dass das Lutschen seines Schwanzes nur dann mein *Dessert* sein würde, wenn er damit einverstanden war. *Was wird er tun, wenn er nicht zufrieden ist?*

Cam nahm seine Gabel und führte sie zu einem Teller mit Caprese – eine der Vorspeisen, die ich vorgeschlagen hatte.

„Ich habe dich für den Wein belohnt." Er blickte auf mein Handgelenk und dann auf meine Lippen. „Mal sehen, ob ich dich auch für das Essen belohnen will."

Ich schwieg, als er eine Tomate zum Mund führte und mit nachdenklicher Miene kaute.

Nachdem er geschluckt hatte, spießte er eine weitere

auf, aber dieses Mal hob er sie, damit ich probieren konnte.

Ich war mir nicht sicher, ob er mich auf diese Weise *belohnen* oder mich dazu bringen wollte, das Essen mit ihm zu probieren. Aber ich hörte auf, mich darum zu kümmern, als die Geschmacksexplosion meine Zunge berührte, und stöhnte zustimmend auf.

„Hmm, ich glaube, das schmeckt dir besser als mir", sinnierte er. „Das will viel heißen, denn ich habe den Geschmack auch sehr genossen. Aber die Geräusche, die du machst, faszinieren mich."

Er fütterte mich mit einer weiteren Gabel voller Köstlichkeiten, bevor er zu einer anderen Vorspeise überging – Bruschetta.

Anstatt zuerst selbst zu probieren, schnitt er ein Stück ab und führte es an meine Lippen. „Aufmachen!"

Ich gehorchte. Nicht nur, weil ich hungrig war, sondern auch, weil mich das an *meinen* Cam erinnerte.

Er sah zu, wie ich kaute und schluckte. Seine saphirblauen Augen folgten der Säule meines Halses, bevor er selbst probierte.

„Das andere ist besser", gab er zu, nachdem er geschluckt hatte. „Aber das ist auch nicht übel."

Meine Lippen zuckten. „Das habt Ihr schon mal gesagt."

Er wölbte eine Braue. „Habe ich das?"

„Ja. Aber Ihr bestellt trotzdem immer Bruschetta."

„Ich frage mich, warum", murmelte er, während er ein weiteres Stück Caprese-Salat aufspießte.

„Euch schmeckt es vor allem zusammen mit der Aubergine", erklärte ich ihm mit einem Blick auf die Hauptspeise.

Er überlegte, während er eine weitere Tomate genoss.

Dann wandte er sich seinem Hauptgericht zu und schnitt sich ein angemessenes Stück ab, um es zu probieren.

Sein Gesichtsausdruck änderte sich nicht, während er aß, seine blauen Augen waren mehr auf mich als auf das Essen gerichtet. Aber als er ein Stück Bruschetta dazu aß, wusste ich, dass er zufrieden war.

Zum Glück hatte ich die Wahrheit über sein Lieblingsessen gesagt. Ich hatte überlegt, zu lügen, falls er mich gebeten hätte, es zuzubereiten – was ein großes Problem gewesen wäre.

Und ich hatte ein paar Antworten über Cam.

Meinen Cam.

Denn er war hier. Direkt vor mir. Und aß italienisches Essen.

Mein Herz setzte einen Schlag aus, als ich zuließ, dass sich diese Erkenntnis in mir festsetzte. Mein Inneres erwärmte sich vor Aufregung.

Wir sind endlich zusammen.

Es war nicht die Art und Weise, wie ich mir unser Wiedersehen vorgestellt hatte, und es war alles andere als ideal, aber mir war das lieber, anstatt ihn nie wiederzusehen.

„Du darfst deine Pizza essen, Ismerelda", sagte er, wobei sein Blick immer noch den meinen festhielt.

„Danke, mein Lehnsherr", erwiderte ich und spielte weiterhin die gehorsame Rolle, die er offensichtlich von mir erwartete.

Weil Lilith seinen Verstand verdreht hat, dachte ich säuerlich, während ich einen Bissen von meiner Pizza nahm.

Ich musste genau herausfinden, was Lilith getan hatte, damit ich versuchen konnte, den Schaden rückgängig zu machen.

Könnte es reichen, einfach die mentale Mauer zwischen uns einzureißen? Könnte es so einfach sein?

Nun, *einfach* war eine Untertreibung. Nichts mit Cam war jemals *einfach*.

Cam war der sturste Vampir, dem ich je begegnet war. Seine Entscheidungen waren entschlossen und unnachgiebig. Wenn er sich erst einmal etwas in den Kopf gesetzt hatte, war es praktisch unmöglich, ihn vom Gegenteil zu überzeugen.

Und ich hatte keinen Zweifel daran, dass diese Version von ihm genauso war.

Das bedeutete, dass ich ihn dazu bringen musste, selbst auf die Idee zu kommen, anstatt sie unverhohlen vorzuschlagen.

Das würde Zeit brauchen, etwas, von dem ich hoffte, dass wir viel davon hatten, was aber wahrscheinlich nicht der Fall war.

„Du scheinst deine Pizza nicht so sehr zu genießen wie die Tomaten", sagte Cam, wobei sein Blick von meinem Mund zu meinen Augen wanderte. „Schmeckt sie nicht?"

Sie ist gut. Aber ich denke im Moment lieber darüber nach, wie ich dich wieder hinbekomme, und kümmere mich deshalb nicht so sehr um das Essen.

Aber das konnte ich nicht sagen.

Als ich fertig geschluckt hatte, verriet ich ihm eine weitere Wahrheit. „Sie ist ein bisschen trocken, aber sonst okay." Wahrscheinlich war sie etwas zu lange im Ofen gewesen. Oder vielleicht war es nicht die richtige Art von Ofen gewesen. Das war schade, denn wir waren zwar in Italien, aber wir waren auch irgendwo unter der Erde, und ich hatte keine Ahnung, wo sie all dieses Essen zubereitet hatten.

Er betrachtete mich. Dann griff er nach meinem Teller und tauschte ihn mit dem Tomaten-Mozzarella-Salat, wobei er die Vorspeise direkt vor mich stellte und die Pizza in die Mitte neben die Bruschetta. „Iss lieber das! Ich ziehe dein Stöhnen der Stille vor."

Meine Lippen drohten, sich angesichts seiner Worte zu kräuseln, aber der dunkle Hunger in seinem Blick hielt mich davon ab, meine Reaktion zu zeigen.

Denn er sah aus, als wollte er mich verschlingen.

Und ich war mir nicht sicher, ob das etwas Gutes oder etwas Schlechtes war. Oder ein wenig von beidem.

Anstatt mich wieder in meinen Gedanken zu verlieren, nahm ich meine Gabel und richtete meine Aufmerksamkeit auf die Tomaten. Der Salat war wirklich viel besser als die Pizza, die Aromen waren vielfältig und intensiv. Ich konnte erkennen, dass gutes Olivenöl und eine Handvoll frischer Gewürze verwendet worden waren.

„Viel besser", murmelte Cam, seinen Blick auf meinen Mund gerichtet.

Ich hatte nicht beabsichtigt, wieder zu stöhnen, aber offensichtlich hatte ich es getan. Und ich machte mir keine Mühe, mein Vergnügen zu verbergen, während ich weiter aß, was ihm zu gefallen schien.

Als er seine Mahlzeit beendet hatte, sah er mir einfach beim Essen zu, wobei sich seine Pupillen unheilvoll warnend erweiterten. Er sah aus wie ein Raubtier, das sich auf seine Beute stürzen wollte.

Eine Gänsehaut überzog meine Arme. *Was wird er tun, nachdem ich diesen letzten Bissen zu mir genommen habe? Soll ich ihm zum Nachtisch einen blasen?*

Ich erschauderte bei dem Gedanken.

Es war so lange her, dass ich von Cam richtig berührt worden war.

Und dies war nicht mein Cam.

Dies war ein Mann, der durch Gehirnwäsche dazu gebracht worden war, mich als unter seiner Würde zu betrachten. Nicht als seine Gefährtin, sondern als eine

Blutkonserve. Deshalb hatte er mich gestern auch so bereitwillig gebissen und mich sterben lassen.

Und warum er vorhin mit der Absicht hereingekommen war, mich ohne Rücksicht auf meine Laune oder Bereitschaft zu ficken.

Wollte ich einen solchen Mann in meinem Bett haben?

War es falsch, das zu tun? Was würde mein Cam denken, wenn seine Erinnerungen zurückkehrten? Würde er sich verraten fühlen?

Ich schluckte, die Tomate lag mir schwer im Hals.

Die letzte Frage hatte tief in mir eine intuitive Reaktion hervorgerufen, die besagte, dass Cam sich verraten fühlen *sollte*.

Denn die Vorstellung, von dieser Version meines Gefährten genommen zu werden, machte mich nervös … aber auch neugierig.

Wie wäre es, berührt zu werden, als wäre ich nicht zerbrechlich? Wie wäre es, mit der wahren Kraft seines Geistes genommen zu werden? An Stellen gebissen zu werden, die mein Cam nie in Betracht gezogen hätte, weil ich zu zerbrechlich war?

Es war falsch, darüber nachzudenken. *Verrat.* Denn dies war nicht mein Cam. Dies war … eine gebrochene Version. Ein dunkles Abbild des Mannes, den ich einst geliebt hatte.

Aber vielleicht würde Sex ihm helfen, seine Schilde zu senken.

Intimität hatte uns immer näher zusammengebracht. Unsere Gedanken hatten sich auf die älteste Weise vermählt, während unsere Körper die Liebe füreinander vollzogen hatten. Sex hatte unsere Seelen genährt, unsere Bindung gestärkt und …

„Ismerelda." Cams seidiger Tonfall holte mich aus meinen Gedanken und in die Gegenwart zurück, als er sein leeres Weinglas auf den Tisch stellte. „Ich bin bereit für den Nachtisch."

CAM

EIN WUNDERSCHÖNES ROT stahl sich über Ismereldas Züge – eine purpurfarbene Einladung, die ich nur zu gern annahm.

Das war viel besser als zuvor. Ihr Duft war jetzt süßer und diente eher als Leuchtfeuer für mein inneres Raubtier als zur Abschreckung.

Ich atmete tief ein und registrierte auch den Geruch von subtiler Erregung, der ihre Andeutung von Angst begleitete.

Perfektion, säuselte ich nahezu im Geiste.

Das Essen war erstaunlich zufriedenstellend gewesen. Ismereldas Speisenauswahl war ungewohnt gewesen, sodass ich mich fragte, welche anderen Spezialitäten sie mir empfehlen würde.

Doch zunächst verspürte ich den starken Wunsch, sie zu belohnen. Sie hatte mich auf eine Art und Weise erfreut, mit der ich nicht gerechnet hatte, und ich nahm an, dass dies ein Grund dafür war, dass ich sie all die Jahre behalten hatte. Außerdem war sie während der gesamten Mahlzeit wunderbar unterwürfig gewesen, hatte auf die Erlaubnis zum Essen gewartet und mir gedankt, als ich sie erteilt hatte.

Und dieses Stöhnen …

Fuck, ich hätte fast sämtliches Geschirr auf den Boden geschoben, um sie über den Tisch beugen und in sie hineinstoßen zu können.

Ihr Duft verriet mir jetzt, dass sie bereit war.

Und auch eng, dachte ich mit einem mentalen Stöhnen.

Ismerelda war seit über hundert Jahren nicht mehr gefickt worden. Ihre unbenutzte Pussy würde sich fast so gut anfühlen wie eine jungfräuliche. Sie würde um meinen gierigen Schwanz pulsieren, während ich ohne Reue in sie hämmerte.

Es würde wehtun. Aber sie würde es ertragen, weil sie es musste. Sie gehörte mir.

Und verdammt, dieses Wissen machte mich noch härter für sie.

Zu viel Zeit war vergangen, seit ich das Vergnügen empfunden hatte, in eine Frau zu gleiten. Götter, ich konnte mich nicht einmal an das letzte Mal erinnern, nur daran, dass es euphorisch gewesen war. Außerweltlich. *Süchtig machend.*

Wenn ich einmal damit anfing, Ismerelda zu ficken, würde ich wahrscheinlich nicht mehr aufhören können. Sie würde wahrscheinlich mit meinem Schwanz tief in ihr sterben, nachdem sie mich angefleht hatte, das Tempo zu drosseln oder ihr eine Gnadenfrist zu gewähren.

Aber das würde ich nicht können. *Nicht angesichts des wilden Hungers, der mein Raubtier in diesem Moment beherrscht.*

Nicht angesichts ihres süßen Dufts, der mich umhüllte, und der köstlichen Röte, die ihren Hals kitzelte.

Ein Knurren entwich mir und ließ meine kleine *Erosita* erschaudern. Es bestand kein Zweifel daran, welches Dessert ich zu verschlingen gedachte.

Dennoch wollte ich sie auf irgendeine Weise loben. Vielleicht sollte ich ihr ein wenig Vergnügen bereiten, bevor ich sie mit meinen Trieben vernichtete.

Vielleicht würde das dafür sorgen, dass sie beim nächsten Mal ordnungsgemäß aufwachte.

„Räum den Tisch ab!", sagte ich zu ihr. „Dann werde ich dich *vernaschen*, so wie du es gesagt hast."

Denn Schokoladeneis reizte mich sicherlich nicht so sehr wie ihre süße Erregung.

Ich würde diese trainierten Schenkel spreizen – die ich jetzt bewunderte, da sie wortlos aufstand, um zu tun, was ich verlangte – und sie ausgiebig schmecken. Sie intensiv lecken. Sie beißen. Ihren Schmerz mit ihrer Lust mischen und jeden Tropfen trinken.

Ihr natürliches Parfüm schien sich mit jedem ihrer Schritte zu steigern. Ihr Interesse war ein berauschendes Aroma, das die Luft zwischen uns verdichtete.

Gänsehaut überzog ihre Beine, ein faszinierendes Schauspiel, das bestätigte, dass sie sowohl erregt als auch verängstigt war.

Eine wunderschöne Kombination.

Sie beugte sich über den Tisch neben mich, um ihre vergessene Pizza einzusammeln, was dazu führte, dass mein Hemd an ihren Schenkeln noch ein wenig mehr hochrutschte.

Es juckte mich in den Fingern, ihre cremefarbene Haut zu erforschen, aber ich hielt mich zurück, selbst als sie sich aufrichtete und mir einen verlockenden Blick auf ihre härter werdenden Brustwarzen unter dem dünnen Stoff gewährte.

Sie hatte sich nicht geirrt, was meine

Garderobenvorliebe anging. Denn sie trug mein Hemd definitiv besser als ich.

Ich bewunderte ihre Bewegungen, als sie die letzten Teller abräumte, das schmutzige Geschirr in die Spüle und die wenigen Essensreste in den Kühlschrank stellte.

Mein Weinglas war der letzte Gegenstand, den sie mit der Hand abspülte, bevor sie langsam an meine Seite zurückkehrte. Ihre Augen waren unterwürfig nach unten gerichtet, und ihre Wangen hatten immer noch diesen verführerischen rosa Farbton.

„Setz dich!", sagte ich und deutete auf den Tisch vor mir. „Und spreiz die Beine!"

Sie schluckte, ihre grünen Augen funkelten und trafen meine, bevor sie sie wieder nach unten richtete. „Ja, mein Lehnsherr", flüsterte sie, und ihr früheres Selbstvertrauen schien verschwunden zu sein.

Diese Reaktion deutete darauf hin, dass sie an meine besondere Art von Brutalität gewöhnt war.

Das war gut.

Denn ich gierte nach ihr, und ich würde mich nicht zurückhalten, was sie offensichtlich wusste und akzeptierte.

Ich lehnte mich zurück, als Ismerelda auf den Tisch rutschte, wobei ihre Beine noch länger erschienen, als sie sie von der Tischkante und zu beiden Seiten meiner Oberschenkel baumeln ließ.

„Weiter, Ismerelda. Und zieh mein Hemd hoch!"

Ihr Puls beschleunigte sich beim Klang meiner Stimme. Sie hob den Blick. Anstatt verbal auf meinen Befehl zu antworten, ließ sie ihre Handflächen über ihre Oberschenkel gleiten, bis zum Rand des Stoffes und höher, um ihr nacktes Geschlecht zu entblößen.

Ich hatte sie bereits gesehen, als ich sie vor dem Baden ausgezogen hatte – eine Aufgabe, die ich auch jemand anderem hätte überlassen können, aber ich wollte nicht, dass jemand außer mir sie berührte. Nicht, während ich so hungrig nach ihr war.

Leider war sie während dieser Erfahrung bewusstlos gewesen. Weitgehend tot, um ehrlich zu sein.

Aber jetzt war sie quicklebendig.

Das bedeutete, dass ich ihr eine Frage stellen konnte, die mir schon zuvor im Kopf herumgeschwirrt war, die ich aber nicht hatte stellen können, weil sie nicht lebendig genug gewesen war, um zu antworten.

„Hast du dich für mich hübsch zurechtgemacht?" Ich konnte mir nicht vorstellen, für wen sie sich sonst so zurechtgemacht haben sollte, aber ein besitzergreifender Teil von mir hatte das Bedürfnis, ihre Absichten zu überprüfen.

„Nein. Das habe ich für mich getan", antwortete sie leise, und ihre Aussage überraschte mich. „Ich habe mich über Jahrhunderte hinweg stets gepflegt, aber alles zu rasieren ist … befreiend." Ihre hübsche Röte breitete sich über ihren Hals bis zu dem Stück Haut aus, das mein Hemd enthüllte. „Dadurch wird alles viel empfindlicher."

„Hmm", brummte ich, fasziniert von ihrer Behauptung. Sie spreizte ihre Beine weiter und gewährte mir einen ungehinderten Blick auf ihre nasse Hitze.

So feucht und bereit.

Und ganz allein mein.

„Mal sehen, wie *empfindlich* du wirklich bist, Ismerelda." Ich griff nach ihren Schenkeln und drückte sie noch weiter auseinander, bevor ich mich hinunterbeugte, um ihren süchtig machenden Duft einzuatmen.

Ihre hübschen Augen begegneten meinen, und ich konnte in ihren erweiterten Pupillen ein Aufflackern von Unsicherheit und Interesse sehen. Sie wusste nicht, was ich mit ihr vorhatte. Und ich hatte keine Lust, es zu definieren.

Mein Spielplatz. Meine Regeln. *Meine verdammte Blutsklavin.*

„Lehn dich zurück und stütze dich auf deine Handflächen!", befahl ich, mein Griff ging zu ihren Hüften. „Und versuche, nicht …"

Mein Handgelenk vibrierte – eine eingehende Benachrichtigung –, was ein Knurren in meiner Brust zur Folge hatte. Ismerelda zitterte daraufhin, ihre bedürftige Pussy war höchstens einen Zentimeter von meinen Lippen entfernt.

Verdammt! „Ich hoffe, es ist wichtig", schnauzte ich, als ich den Anruf entgegennahm, ohne die Videofunktion zu aktivieren. Ich wollte nicht, dass jemand außer mir meine *Erosita* so sah. Sie war mein Dessert und meins allein.

„Ihr habt mich gebeten, Euch zu benachrichtigen, wenn die Vorbereitungen für das Ritual abgeschlossen sind", antwortete Mira in flachem Ton. „Ich bin startklar."

Ich richtete mich auf, den Blick immer noch auf den köstlichen Augenschmaus vor mir gerichtet. Ich hatte keine andere Wahl, auch wenn ich mir wünschte, ich hätte eine. Aber ich hatte den größten Teil der Nacht damit vergeudet, meine Aggressionen an weniger bedeutenden Vampiren auszulassen und Ismerelda eine Mahlzeit zu gönnen.

Und jetzt zahlte ich dafür, dass ich meine Befriedigung hinausgezögert hatte.

Ich atmete tief aus und schloss die Augen. „Ich bin in fünf Minuten da. Fangt nicht ohne mich an!" Ich beendete das Gespräch, bevor sie antworten konnte, und konzentrierte mich wieder auf Ismerelda. In ihrem Blick schimmerte die Lust, ihr Interesse war spürbar und sehr willkommen.

Nur ein paar Stunden zu spät.

„Ich erwarte, dass du nackt und nass in meinem Bett

auf mich wartest, wenn ich zurückkomme", sagte ich ihr. „Enttäusche mich nicht, Ismerelda!" Ich bewegte mich, bevor sie etwas erwidern konnte. Meine Lippen trafen ihren Schenkel auf dem Weg zu ihrer Klitoris, wo ich sie biss. *Hart.*

Sie schrie auf. Ihre Lust-Schmerz-Rezeptoren wurden von dem plötzlichen Ansturm des endorphingeladenen Giftes meiner Schneidezähne überwältigt.

Vampire konnten ihre Beute schwer verletzen. Oder wir konnten ein Opfer in ein neues Reich der Ekstase führen.

Ich hatte mich für Letzteres entschieden, vor allem, weil ich noch ein köstliches Stöhnen hören wollte, bevor ich ging. Meine süße Sklavin enttäuschte mich nicht. Sie sang, ihr Körper verkrampfte sich zusammen, als sie kam. Ein Orgasmus, um den ich sie beneidete.

Leider hatte ich noch zu tun.

Aber sobald ich fertig war, würde ich zurückkehren.

Und ich würde viel mehr tun, als Ismerelda nur zu beißen – ich würde sie vernichten.

„Ich bin bald zurück", sagte ich gegen die Wunde, die ich in ihrem hübschen rosa Fleisch hinterlassen hatte. Das Blut vermischte sich mit ihrer Erregung und lieferte mir den perfekten Nachtisch, aber ich erlaubte mir nur ein ausgiebiges Lecken – ein Lecken, das sie zu einem weiteren Höhepunkt trieb. Ihre schlaffe Hülle war bereit für meine Art zu ficken.

Anstatt sie zu heilen, ließ ich sie entblößt zurück. Der verbleibende Schmerz würde meinem eigenen ähneln und sie zusammen mit mir bestrafen, während ich das Unvermeidliche zwischen uns hinauszögerte.

Mein unsterbliches Blut, das durch ihre Adern floss, würde dafür sorgen, dass sie sich schnell erholte. Aber nicht so schnell wie mit dem Schließen der Wunde durch mich.

„Bald", wiederholte ich und ließ meine Zunge eine letzte Kostprobe nehmen, bevor ich mich von ihr löste und zur Tür ging.

Ich drehte mich nicht um, um sie zu beobachten oder mich zu vergewissern, dass sie meinen Befehlen folgte, nackt und bereit für mich im Bett zu sein. Ich wusste, dass sie gehorchen würde. Sie gehörte schließlich mir.

Ich genoss ihren Geschmack, während ich den Flur hinunterging, und befahl meinem Schwanz, sich zu beruhigen. Aber ihre Essenz in meinem Mund zu haben, half nicht.

Alles, was ich wollte, war, mich umzudrehen und sie zu verschlingen. Stundenlang in sie zu rammen. All diese aufgestaute Lust in ihre klatschnasse Pussy zu entlassen und sie mit meinem Samen zu ersticken.

Ich würde sie auf jede erdenkliche Weise nehmen, bis ich ihrer überdrüssig war.

Dann würde ich es wahrscheinlich morgen noch einmal tun.

Fuck!

Ich fuhr mit der Hand über mein Gesicht. Ihr Geruch war noch frisch auf meiner Handfläche. Und der stammte nicht einmal von ihrer Pussy, nur von ihrer Haut.

Deshalb hatte ich sie hierbehalten. Das musste es sein. Sie war verdammt verlockend.

Ich schloss die Augen und zwang mich zur Konzentration, dann schritt ich den Rest des Korridors hinunter zum Aufzug.

Dort wartete Michael auf mich, wie er es immer zu tun schien.

Verpiss dich!, wollte ich sagen. Ich war nicht in der

Stimmung für Formalitäten. Ich wollte mich umdrehen und meine *Erosita* verwüsten.

Stattdessen hob ich eine Braue und wartete darauf, dass er sprach.

„Mein Lehnsherr", begrüßte er mich und verbeugte sich tief. Ich verdrehte die Augen. „Die Techniker haben mir mitgeteilt, dass wir in den nächsten sechs bis zwölf Stunden die Kontrolle über unsere Kommunikationskonsole wiedererlangen sollten."

Nun, das war zumindest eine nützliche Information. „Haben sie eine Ursache festgestellt?"

„Noch nicht, mein Lehnsherr. Aber es ist sehr wahrscheinlich Damiens Interferenz, wie Mira gesagt hat. Er versucht wahrscheinlich, seine Schwester zu finden."

Eine solide Theorie, außer … „Wenn er schon vorher die Macht dazu hatte, unsere Systeme zu infiltrieren, warum hat er es nicht getan, nachdem er Liliths Handy in Besitz genommen hatte? Warum bis jetzt warten?" Denn das ergab für mich überhaupt keinen Sinn. Er hatte fast zwei Wochen lang an unseren Systemen herumgespielt. Wie war es ihm jetzt gelungen, unsere Sicherheitsmaßnahmen zu durchbrechen?

„Ich bin kein Technikexperte, aber ich denke, die bessere Frage ist: Was hat sich geändert? Was hat ihm plötzlich den Zugriff zu unseren Systemen ermöglicht?", entgegnete Michael. „Ich stimme zu, dass er anfangs über Liliths Handy hätte zugreifen können, aber er ist erst dann vollständig in unseren Kommunikationsserver eingedrungen, als Eure *Erosita* eingetroffen ist."

Ich studierte seinen Gesichtsausdruck und entzifferte den wahren Zusammenhang seiner Worte. „Willst du damit andeuten, dass Ismerelda etwas mit seiner Fähigkeit zu tun hat, unsere Sicherheitsmauern zu durchbrechen?"

„Sie ist eine der Veränderungen", erklärte Michael. „Es

könnte sein, dass sie die Inspiration war, die er gebraucht hat, um in das System einzudringen. Oder – was wahrscheinlicher ist – dass sie etwas getan hat, um sein Eingreifen zu ermöglichen."

Ich starrte ihn an. „Sie war tot und eingesperrt, als er in unsere Systeme eingedrungen ist, Michael. Sie hilft ihm nicht, wenn du das andeuten willst."

„Nun, vielleicht nicht wissentlich oder aktiv", erklärte er weiter. „Aber sie könnte einen Chip in sich tragen, der ihr erlaubt ..."

„Einen Chip?", wiederholte ich.

„Ja, ein kleines technisches Gerät, das unter die Haut implantiert werden kann", erläuterte er. „Ein Gerät, mit dem man sie aufspüren oder sich in unser System einklinken könnte, wenn sie in der Nähe ist."

So wie ich instinktiv alles über Computer wusste, war mir auch bekannt, was ein Chip war. Ich hatte den Begriff nicht wiederholt, um eine Definition zu erhalten, sondern vielmehr aus Ungläubigkeit.

„Ich bezweifle sehr, dass ihr Bruder einen *Chip* in sie implantiert hat, Michael. Aber wenn du einen Scanner oder ein anderes Gerät hast, mit dem du sie untersuchen kannst, dann kann ich das später bei ihr anwenden." Und wenn wir einen fanden, würden wir ihn entfernen. „Jetzt muss ich mich mit Mira treffen."

Ich drehte mich noch einmal in Richtung Aufzugsschacht.

„Soll ich sie daraufhin untersuchen, während Ihr mit Mira arbeitet?", schlug Michael vor.

Ich warf ihm einen Blick zu. „Nein."

Er runzelte die Stirn. „Aber wenn sie einen Chip in sich trägt, müssen wir diesen sofort entfernen. Andernfalls wird Damien unsere Bemühungen zunichtemachen und unsere Kommunikationsfähigkeiten weiterhin blockieren."

„Du hast gesagt, dass das Team die wahre Ursache bislang nicht entdeckt hat", erklärte ich. „Wenn du beweisen kannst, dass Damien dahintersteckt, werde ich dem Scannen meiner Blutsklavin neue Priorität einräumen. Bis dahin muss ich Fens Erweckung beaufsichtigen."

„Aber wenn sie einen Chip trägt, dann wissen wir, dass es Damien ist", argumentierte er, wobei mich seine Art und sein veränderter Tonfall überraschten.

Er stellte meine Autorität eindeutig infrage, und obwohl er nicht ganz unrecht hatte, reichte mir das nicht aus, um ihn in die Nähe meiner nackten *Erosita* zu lassen – eine Tatsache, der mein inneres Raubtier sofort zustimmte, indem es tief in meiner Brust knurrte.

„Wer ist hier der Lehnsherr, Michael?", fragte ich, als der Aufzug kam. Ich ignorierte die sich öffnende Tür und stellte mich ihm stattdessen direkt gegenüber.

Er schluckte und senkte leicht den Kopf. „Ihr seid es, mein Lehnsherr." Eine leise Antwort, die fast unangenehm klang, weil er bei den Worten die Zähne aufeinanderpresste.

„Ich bin der Lehnsherr", wiederholte ich. „Und ich sage dir, dass du ein Gerät finden sollst, das ich bei Ismerelda einsetzen kann, sobald ich Zeit habe. In der Zwischenzeit arbeitest du mit den technischen Teams zusammen, um die Ursache zu finden. Wenn du beweisen kannst, dass Damien dahintersteckt, werde ich deine Anfrage priorisieren."

Denn auf keinen Fall würde ich zulassen, dass er da reinging und meine erregte *Erosita* berührte. Sie war mein Geschenk, das ich später verschlingen würde, nicht seins.

„Hast du mich verstanden?" Der Aufzug schloss sich hinter mir, während ich den Mann niederstarrte.

Zumindest seinen Scheitel, denn er war nicht stark genug, mich anzuschauen.

Er schluckte erneut. „Ja, mein Lehnsherr."

„Gut." Ich tippte den Code ein weiteres Mal ein. „Und jetzt geh wieder an die Arbeit!"

„Ja, mein Lehnsherr", wiederholte er, wobei jedes Wort noch immer von dieser kratzigen Qualität geprägt war. Aber das war mir scheißegal. Er hatte mein Kommando infrage gestellt. Er war *mein* Abkömmling und *mein* Assistent. Es war das Beste, wenn er sich daran erinnerte und es mir überließ, mich um meine *Erosita* zu kümmern.

Ich betrat den Aufzug und wartete darauf, dass er sich zu mir gesellte. Es bestand kein Grund für ihn, in meinem Stockwerk zu bleiben, nachdem ich ihm befohlen hatte, sich von Ismerelda fernzuhalten.

Er folgte mir, aber ich spürte, dass es eine widerwillige Bewegung war.

Glücklicherweise sagte er nichts und wählte einfach das Stockwerk, welches ich aufsuchen musste, sowie das Stockwerk direkt darüber. Ich sagte nichts, als er ging, und gönnte mir einen letzten privaten Moment mit Ismereldas süßem Geschmack auf meiner Zunge.

Dann konzentrierte ich mich auf die Aufgabe, die vor mir lag.

Es war an der Zeit, einen weiteren Gesegneten zu wecken.

Fen.

IZZY

Wenige Minuten zuvor

„BALD." Das Wort vibrierte über meine nasse Hitze, gefolgt von dem Kuss einer heißen Zunge direkt auf meine pochende Klitoris.

Und dann war die Quelle verschwunden, das Geräusch einer sich schließenden Tür hallte durch den Raum, während mein Herz in meinen Ohren pochte.

O Gott …

Ich konnte kaum atmen. Ich konnte nicht einmal denken. Ich … ich existierte einfach. Ich lebte. Ich zitterte. Ich wäre fast wieder gekommen.

Alles war so *heiß*.

Cams giftiger Kuss hatte mich in ein Delirium versetzt. *Wie viele Endorphine hatte er in diesen Biss gepresst?*

Meine Beine zitterten immer noch, mein Inneres

kochte vor Intensität, nachdem ich von den Reißzähnen eines Vampirs in einen Orgasmus gezwungen worden war.

Wie …?

Warum …?

Ohhhh … Ich drückte die Beine zusammen, als ein weiterer Impuls meine Sinne durchströmte. Der Schmerz an der Stelle, an der er mich gebissen hatte, vermischte sich mit der verbleibenden Ekstase, die durch meine Adern floss. Es war ein schwindelerregendes Gefühl. Unnatürlich. Entkräftend. *Verheerend.*

Denn *mein* Cam hatte das nie getan. Oh, er war ein Meister mit seiner Zunge gewesen und hatte mich unzählige Male zum Höhepunkt gebracht.

Aber nie auf diese Art und Weise.

Niemals so schnell. Nein, es war mehr als schnell gewesen. *Unmittelbar.* Er hatte seine Reißzähne in meiner Klitoris versenkt und mich sofort in einen Strudel intensiver Gefühle geschickt.

Es war anders als alles, was ich je erlebt hatte.

Und teilweise hasste ich diesen neuen Cam dafür. Er hatte … er hatte mir ein Vergnügen bereitet, das ich nicht ignorieren konnte.

Ich hatte mich gefragt, wie es sich anfühlen würde, dort gebissen zu werden, hatte über die Vorstellung nachgedacht, als unzerbrechlich behandelt zu werden, anstatt als zerbrechlich …

Und jetzt wusste ich es.

Aber ich *wollte* es nicht wissen.

Ich wollte meinem Cam gegenüber treu sein. Seinem Andenken gegenüber. Ich wollte dieser niederträchtigen Version seiner selbst nicht nachgeben.

Es war falsch.

Ich fühlte mich schmutzig, als hätte ich ihn nicht respektiert, weil ich die Erfahrung *genossen* hatte. Und doch war mir keine Wahl gelassen worden. Ich hatte nicht einmal gewusst, was dieser Cam zu tun beabsichtigt hatte. Er hatte mir keinen Moment Zeit zum Nachdenken eingeräumt, sondern mich einfach in die tiefsten Abgründe des Vergessens geworfen – ohne einen Rettungsring – und mich dort in einem nicht enden wollenden Strom der Verzückung ertrinken lassen.

Meine Beine verkrampften sich noch einmal, als eine weitere Welle durch mein Wesen flackerte und sich genau zwischen meinen Schenkeln niederließ.

Er hat mich nicht geheilt, wurde mir klar. *Er wollte, dass ich die Qualen spüre, die sich mit den restlichen Nachwehen meines Orgasmus vermischen.*

Nein. Nicht Singular. *Plural.*

Ich war mindestens zweimal gekommen. Vielleicht auch öfter. Und das alles in einem Zeitraum, der sich wie Sekunden angefühlt hatte.

Ich rollte mich vorsichtig zu einem Ball auf dem Tisch zusammen, während ich die verbleibenden Krämpfe in meinem Inneren aushielt. Mein Herz raste ungesund in meiner Brust.

Gott sei Dank hat Mira ihn weg gerufen. Denn ich hätte diese Empfindungen nicht überlebt, wenn er weitergemacht hätte.

Tod durch Orgasmus, sinnierte ich. *Keine furchtbare Art, zu sterben. Und doch …*

Ich seufzte.

Das ist nicht mein Cam.

Ich musste einen Weg finden, um seine Erinnerungen zu aktivieren.

Was bedeutete, etwas Eigeninitiative zu zeigen, wie zum Beispiel von diesem Tisch aufzustehen. Aber um das zu tun, musste ich aufhören, ein sich windendes Wrack von überforderten Nervenenden zu sein.

Ich stöhnte auf, als mein Knie meine Brust berührte. Jeder Teil von mir war unglaublich empfindlich.

Tief einatmen, ermahnte ich mich. *Einatmen. Ausatmen. Und wieder von vorn.*

Oh, aber es brannte …

Die Stelle zwischen meinen Beinen. Meine Lunge. Sogar meine Kehle.

Wegen meiner Schreie. Ich schloss die Augen und konzentrierte mich darauf, meinen Herzschlag durch richtiges Atmen zu beruhigen. Es tat weh. Mein Inneres protestierte.

Und meine Klitoris … *pulsierte.*

Ich biss auf meine Zunge, um nicht zu stöhnen.

Komm schon, Ismerelda! Steh auf! Schnapp dir den Laptop! Konzentriere dich darauf, mehr über Cam herauszufinden!

Und das … Ritual, *das sie erwähnt hat.* Ich runzelte die Stirn. *Welches Ritual? Welche Vorbereitungen? Was machen sie? Warum ist Cam …?*

Meine Augen weiteten sich, als ich meinen Gedanken zu Ende führte. „Warum ist er involviert?", flüsterte ich zu mir selbst und blinzelte. *Hat das etwas mit dem Grund für seine Gehirnwäsche zu tun?*

Ich zwang mich, wieder aufzusitzen, als ein weiterer Schock von Lust-Schmerz meinen Körper durchzuckte. Cams Biss pulsierte zwischen meinen Beinen – ein Symbol für seinen brutalen Anspruch. Aber ich zwang mich, das Gefühl zu ignorieren.

Etwas Wichtiges ging vor sich.

Etwas, das ich … *sehen* … musste.

Ich warf einen Blick auf seinen Laptop. Er hatte ihn auf dem Bett liegen lassen, in Sichtweite der Kamera.

Aber er hatte nicht ausdrücklich gesagt, dass ich ihn nicht benutzen durfte. Stattdessen hatte er mir die Lüge abgekauft, eine Computer-Analphabetin zu sein – was einer meiner ersten Tests gewesen war. Wäre er der echte Cam gewesen, oder in diesem Fall ein Cam mit intaktem Gedächtnis, hätte er sich über meine Bemerkungen lustig gemacht.

Aber das war er nicht. Er glaubte, dass ich mich nicht einmal hatte einloggen können, obwohl ich schon eine Weile vor der Kamera an seinem Computer gearbeitet hatte. War er der Meinung, ich hätte die ganze Zeit über Passwörter geraten?

Oder hatte er mich gar nicht gesehen?

Ich betrachtete die Kamera und dann wieder den Laptop.

Vielleicht war er zu beschäftigt gewesen, um die Übertragung zu überprüfen. Was bedeutete, dass er vielleicht auch jetzt zu beschäftigt war.

Aber warum sollte er eine Kamera in seinem eigenen Schlafzimmer installieren, wenn er derjenige ist, der das Video überwacht?, fragte ich mich und runzelte wieder die Stirn. Das kam mir … merkwürdig vor.

Zugegeben, nichts davon ergab einen Sinn. Cams Gedächtnisverlust. Dass ich hierhergebracht worden war. Warum Lilith Cam eine Gehirnwäsche verpasst hatte. Miras Verrat.

Ich rutschte vom Tisch und zuckte angesichts des Schmerzes zwischen meinen Beinen zusammen. Ich würde da unten auf jeden Fall blaue Flecken davontragen. Aber immerhin würde meine unsterbliche Verbindung zu Cam mir helfen, schneller zu heilen.

Mit unbeholfenen und vorsichtigen Schritten machte ich mich auf den Weg zum Bett und kletterte darauf, während meine untere Hälfte protestierte.

Au, au, au, sang ich in meinem Kopf, während ein Stöhnen aus meinem Mund rutschte. Das Ganze war so widersprüchlich, aber ich konnte nichts gegen die Empfindungen tun, die durch mein Blut flossen.

Warum hat Cam mich dort noch nie gebissen?, fragte ich mich, als ich mich in die Kissen sinken ließ. Es tut weh, aber es ist auch ... Ich stockte, während ich mich wand und eine weitere Ladung Ekstase durch meine Adern floss. *Sooo gut ...*

Ich schluckte, meine Augen schlossen sich kurz, als ich den Drang bekämpfte, erneut zu kommen. Wahrscheinlich wäre es jetzt eher schmerzhaft als lustvoll. Und es fühlte sich falsch an, die Situation auszunutzen, vor allem weil ich wusste, dass mein Cam mich nie so gebissen hätte.

Aber jetzt wünschte ich mir irgendwie, er hätte es getan, gestand ich mir ein. *Was mich wahrscheinlich zu einer schrecklichen Gefährtin macht.*

Ich räusperte mich und griff nach dem Laptop, fest entschlossen, mich zu bessern. Um meinen Cam stolz zu machen. Seine wahren Erinnerungen zu respektieren. Die Gefährtin zu sein, die ich mir geschworen hatte, zu bleiben.

Selbst wenn er ...

Nein. Fang nicht damit an!

Ich gab das Passwort ein, das Cam zuvor benutzt hatte, denn die Tastatur war gut sichtbar gewesen, als er sich eingeloggt hatte, um das Abendessen zu bestellen.

Der blaue Bildschirm erwachte zum Leben, gefolgt von einer Reihe von Anwendungen. Ich suchte nach einer, die mit Videoübertragungen verbunden war, in der Hoffnung, Cam zu finden und zu sehen, wohin er unterwegs war und was er tat.

Aber nichts schien mit einem Sicherheitssystem zu tun zu haben. Es gab keine Überwachungsprogramme. Kein Livestream. Und keine Videosymbole.

„Das ist seltsam." Ich klickte mich durch alle

verfügbaren Programme und stellte fest, dass sie nicht nur minimal, sondern auch nutzlos waren.

Aufnahmen war eines der letzten Programme, die ich ausprobierte, und ich zuckte zusammen, als Liliths Gesicht auf dem Bildschirm erschien.

„Jahr einhundertundzwölf, Tag eins", sagte eine Stimme. Sie klang nach Lilith, doch ihre Lippen bewegten sich nicht, bis sie hinzufügte: „Hallo, mein Lehnsherr."

„Ja, nein, danke", murmelte ich und minimierte den Bildschirm. Ihre *Aufnahmen* könnten zwar Aufschluss über Cams Verhalten geben, aber das war nicht das, wonach ich im Moment suchte.

Ich verließ den aktuellen Bildschirm und sah mir die Liste der Videos in diesem Ordner an. Sie waren alle mit Daten versehen wie die, die ich zuvor gesehen hatte, aber enthielten Liliths Gesicht in Form von Thumbnails.

Keine laufende Überwachung. Hmm.

Ich beendete die Anwendung und wählte die verbleibenden aus, von denen eines ein Kommunikationspanel war, bei dem die Worte *Nicht verbunden* über den Bildschirm liefen.

Es gab weder ein Passwort noch sonst etwas, also nahm ich an, dass es sich um das Fehlen einer externen Verbindung zu dem Netzwerk handelte, das dieses System nutzte.

Trotzdem, wenn ich Damien anrufen könnte …

Ich betätigte ein paar Tasten, um es zu versuchen, und jedes Mal erschien eine Fehlermeldung. Nicht verbunden.

Ich atmete tief durch und suchte erneut nach den Live-Übertragungen.

Sie sind definitiv nicht hier. Das war seltsam, denn die Videos befanden sich im internen Netzwerk – was ich wusste, da ich sie über ein mit dem System verbundenes Gerät hatte abrufen können.

Warum also kann Cam sie nicht sehen? Hat er keinen Zugang?

Deshalb hatte er vielleicht so lange nichts dazu gesagt, dass ich seinen Computer benutzt hatte – er hatte weder gewusst noch gesehen, was ich tat. Das könnte auch erklären, warum er eine Kamera in seinem eigenen Schlafzimmer hatte.

Weiß er überhaupt von ihrer Existenz? Ich runzelte die Stirn, als ich einen Blick zu der Kamera an der Decke warf.

Wenn ich recht damit hatte, dass Cam keinen Zugang zu diesen Feeds hatte, dann wusste er wahrscheinlich nicht, dass sie existierten.

Okay, wer bist du?, fragte ich den unbekannten Beobachter, wohl wissend, dass er oder sie meine Gedanken nicht lesen konnte. *Mira, vielleicht?*

Nun, wer auch immer es war, die Person machte sich offensichtlich keine Sorgen darüber, dass ich an Cams Laptop saß. Vielleicht, weil der Beobachter annahm, dass ich wie Cam nur Zugriff auf bestimmte Dateien hatte.

Was darauf hindeutete, dass meine Hintertür-Methode von vorhin wahrscheinlich nicht entdeckt worden war.

Oder es ist dem Verantwortlichen egal.

Ich betrachtete die Kamera noch einmal, zuckte dann mit den Schultern und machte mich an die Arbeit. Wenn es den Beobachter interessierte, würde er oder sie vielleicht seine oder ihre Identität preisgeben.

In der Zwischenzeit würde ich Nachforschungen über dieses *Ritual* anstellen und herausfinden, was Cam und Mira vorhatten.

Ein weiterer Krampf durchfuhr meine Mitte und meine Schenkel zitterten, als eine Welle der Hitze durch mich rollte. Ich schluckte, der Schmerz war nicht mehr ganz so gewaltig wie zuvor. Vielleicht, weil ich dank meiner Verbindung zu Cams alten unsterblichen Genen zu heilen begann.

Es war ein Segen und ein Fluch, denn es beschleunigte den Prozess, was manchmal zu größeren Qualen führen konnte.

Hast du mich deshalb nicht geheilt?, fragte ich mich, während ich daran arbeitete, mich über das Hintertür-Protokoll in seinen Laptop zu hacken. *Ist das eine Art verdrehtes Vorspiel?*

Cam war immer sanft zu mir gewesen, seine Berührungen eher ehrfürchtig als leidenschaftlich. Aber diese Cam-Version war fast raubtierhaft. Bestialisch. Als hielte er seine niederen Instinkte nicht im Zaum und ließe mich an seiner Dunkelheit teilhaben.

Warst du tief im Inneren schon immer so? Oder ist das eine Folge unserer Trennung? Der Art deines Erwachens? Der Folter durch Lilith? Es gab so viele Fragen, so viele Optionen, von denen ich keine beantworten konnte.

Aber die größte Frage von allen stand im Vordergrund meines Denkens, die Frage, von der ich nicht sicher war, ob ich eine Antwort darauf wollte. *Ist diese Version von dir von Dauer?*

Was, wenn ich ihn nicht dazu bringen konnte, sich an mich zu erinnern?

Was, wenn seine Erinnerungen für immer verloren waren?

Was würde das für uns bedeuten?

Ich zitterte und meine Gedanken rasten ins Was-wäre-wenn-Land. Es war ein gefährlicher Denkansatz, von dem ich mich zwang, abzulassen, als die Administratorkonsole auf dem Bildschirm erschien.

Der Skript-Cursor blinkte und wartete auf meinen Befehl. Meine Finger flogen über die Tastatur, allzu begierig darauf, mich von meiner mentalen Achterbahn abzulenken.

Als Nächstes erschien eine Reihe von Backend-

Dateinamen, die mich durch einen Katalog von Überwachungsfeeds führten. Ich klickte mich durch und suchte nach Cam.

Ich entdeckte mich in einem Feed, genau wie beim letzten Mal, und ignorierte das Bild.

Da es in diesem Raum nur eine Kamera zu geben schien, konnte niemand genau erkennen, was ich tat, es sei denn, er versuchte, sich in den Computer einzuklinken. Und wenn das geschah, sollte ich darüber informiert werden, da ich bereits im Administratormodus war.

Als ich weitermachte, fand ich noch weitere Aufnahmen des berüchtigten Konvents. In verschiedenen Räumen saßen Mädchen und Jungen, einige allein, andere in Gruppen, die alle über ihr zukünftiges Leben als Blutsklaven unterrichtet wurden. Mein Magen drehte sich um, und die Galle stieg mir in die Kehle, als ein sadistisch aussehender Vampir eine der älteren Frauen über einen Tisch beugte – eine praxisorientierte Demonstration für ein Klassenzimmer voller junger Frauen. Der Vampir musterte sie alle mit glänzenden schwarzen Augen voller Interesse. Seine Vorlieben wurden für alle sichtbar in ein dunkles Licht gerückt.

Monster. Ich prägte mir sein Gesicht ein. Wenn ich ihm hier begegnete, würde ich versuchen, ein Messer in sein Herz zu rammen.

Schade, dass ich Liliths berüchtigten Dolch nicht zur Hand hatte. Offenbar hatte man ihn nicht bei ihrer Leiche gefunden, nachdem Ryder sie getötet hatte. Wahrscheinlich, weil sie nicht gewollt hatte, dass er ihn in die Finger bekam.

Zu ihrem Pech hatte er improvisiert und eine Axt in ihren Hals geschlagen.

Eine vergiftete Klinge wäre für mich viel einfacher zu handhaben, da ich bezweifelte, dass ich Ryders

Handlungen so einfach wiederholen könnte. Diese Art von Tat erforderte übernatürliche Kraft und fachmännische Präzision, wenn man es mit einem Unsterblichen zu tun hatte.

Ich schaltete den Bildschirm aus, da ich nicht sehen wollte, wie die Demonstration endete, und suchte weiter nach Cam.

Es gab verschiedene Flure – die meisten davon waren leer. Bisweilen hielt sich eine Wache in den Korridoren auf. Zwei weitere Schlafzimmer erschienen, beide leer.

In dem darauffolgenden Bild waren jedoch mehrere Personen zu sehen. Ein ganzer Berg von ihnen, wie es schien.

Tote Menschen, stellte ich mit einem Zusammenzucken fest.

Meine Finger bewegten sich, um ein anderes Bild auszuwählen, doch ich erstarrte, als mein Blick an der Wand hinter dem verstümmelten Fleischhaufen hängen blieb.

Eine Nachricht in Rot – *warte, das … das ist Blut.* Aber es war keine Sprache, die ich lesen konnte, sondern archaischer Natur. Eine Schrift, die Cam wahrscheinlich entziffern könnte.

Oder schreiben …

Hat … hat er das an die Wand geschrieben? Ich schluckte. *Zu welchem Zweck? Hängt es mit dem Ritual zusammen?*

Ich presste die Lippen aufeinander, als ich den Raum – der eigentlich eher eine Zelle war – nach Anzeichen von Cam absuchte. *Gibt es einen anderen Blickwinkel? Eine andere Perspektive?*

Ich wählte den nächsten Feed und fand eine weitere Ansicht eines Flurs.

Hmm.

Ich scrollte weiter und fragte mich, ob es wieder in den …

Meine Augen weiteten sich. *Oh. O Gott …*

Der Anblick, der sich mir bot, veranlasste mich dazu, mit vor Schreck offenem Mund innezuhalten. Zwei nackte Männer waren an etwas gekettet, das aussah wie ein Thron aus … Menschenfleisch und Knochen.

Ich hob den Handrücken an die Lippen, um mich nicht zu übergeben. Das war anders als alles, was ich je gesehen hatte.

Sie waren eindeutig im Begriff, zu verhungern. Und doch wurden sie von zwei anderen gefüttert, die ihnen Menschenopfer zum Verzehr vorhielten.

„Was zum …?", murmelte ich in meine Hand. „Warum? *Warum?*" Und wer waren diese beiden offensichtlich unersättlichen Männer?

Eine Andeutung von Schrift an der Wand verriet mir, dass dies derselbe Raum war wie zuvor, was darauf hindeutete, dass der Leichenhaufen ihr Werk war. Allerdings schienen sie keineswegs gesättigt zu sein. Sie wirkten halb wahnsinnig vor Hunger. Ich konnte es in ihren Augen sehen, die mit einem Hauch von Wahnsinn glühten, während sie in die Hälse ihrer neuen Opfer bissen.

Ich konnte nichts hören, aber ich vermutete, dass sie wie ungezähmte Bestien knurrten.

Und die Vampire, die sie fütterten … *grinsten?*

Ihnen gefiel der Anblick.

Aber warum? Was ist das? Wer sind sie?

Ich versuchte, ihre Gesichtszüge zu studieren. Ihre graue Haut und ihre langen weißen Haare waren ungewohnt und entschieden unmenschlich. Sie hatten die Hände frei, sodass sie ihre Opfer besser greifen konnten.

Ihre Nägel ähnelten Krallen, übergroß und ungepflegt. Allerdings wirkten sie fast brüchig.

Überhaupt wirkte das meiste an ihrem Aussehen zerbrechlich. Als wären sie zu schwach, um wirklich lebendig zu sein.

Wie Mumien. Ich zog die Stirn in Falten. Dann schossen meine Augenbrauen zum Haaransatz. *Wie. Mumien.*

„Nein", flüsterte ich, als eine beunruhigende Erkenntnis meinen Geist durcheinanderbrachte. „Auf keinen Fall. Auf gar keinen Fall."

Aber der Beweis dafür befand sich auf dem Bildschirm vor mir. Wimpern, die wie Asche aussahen, Iriden ohne Pigmentierung und Haut, die eindeutig seit geraumer Zeit weder die Sonne noch ein anderes Element gesehen hatte.

„Die Uralten", hauchte ich.

Wir befanden uns im Vatikan. *Nein, darunter … wo die Gesegneten ruhen.*

Gesegnete, die nur durch ein Ritual geweckt werden konnten.

Ein Ritual, das königliches Blut benötigte, um aktiviert zu werden.

Und es gab einen Vampir, mit dessen Blut man jeden Gesegneten erwecken konnte.

Der Älteste unter den Vampiren.

Cam.

IZZY

Ist das die Erklärung für Cams Gehirnwäsche? Warum sie ihn glauben lässt, der Lehnsherr zu sein? Um ihn dazu zu bringen, bei diesem Wahnsinn mitzumachen?

Aber warum bin ich hier? Welchem Zweck diene ich?

Und warum verfüttern sie Menschen an die Gesegneten?

Die Gesegneten tranken kein Blut. Sie waren unsterblich, ohne sterbliche Essenzen zu sich nehmen zu müssen. Alle Vampire wussten das. Und doch verschlangen die beiden diese Menschen wie Essbares.

Was. Zur. Hölle?

Ich suchte nach einer Möglichkeit, die Kameraaufnahme zu vergrößern, um nach Merkmalen zu suchen, anhand derer ich diese armen Seelen identifizieren konnte.

Es gab zwanzig Gesegnete.

Alle von ihnen waren Männer.

Und sie würden nach ihrem Erwachen alle diesen mumifizierten Gestalten ähneln.

Allerdings gab es auch einige Vampire, die sich für die ewige Ruhe entschieden hatten – wie Cams Bruder Cane. Es könnte sich also auch um Vampire handeln, nicht um Gesegnete.

Nein. Das konnte nicht stimmen. Wären sie Vampire und hätten sie sich an all den Menschen auf diesem Haufen gelabt, dann hätte das Blut ihnen längst zur Heilung verholfen.

Warum also geben sie den Gesegneten Blut?, fragte ich mich wieder, und mein Stirnrunzeln vertiefte sich.

Ich hatte das Ritual erlebt, als Cane sich für den Schlaf entschieden hatte. Es erforderte kein menschliches Opfer, sondern nur die Essenz eines ranghöheren königlichen Wesens oder eines Gesegneten. Da Cam der älteste existierende königliche Vampir war, hatte sein Blut für Canes Zeremonie mehr als ausgereicht.

Ebenso würde es für die erforderliche Aufwachzeremonie vollkommen genügen. Zumindest war das mein Verständnis. Cam hatte erklärt, dass es sich um vergleichbare Prozesse handelte, und war sogar so weit gegangen, mir die alten Worte beizubringen – nur für den Fall, dass ich jemals ein solches Ritual inszenieren müsste.

Nicht, dass mein Blut dafür ausreichen würde.

Allerdings hatte Cam nicht von dem gesprochen, was hier vor sich ging.

Warum sind sie …

Die Lichter um mich herum erloschen, wodurch ich in völlige Dunkelheit versank und der Laptop meine einzige Lichtquelle darstellte.

Ich blinzelte.

Was …

Ein schriller Alarm ertönte und meine Ohren klingelten.

„Au", hauchte ich und hob die Hände. In dem Moment nahm der Bildschirm einen seltsamen Rotstich an. Dann wurde er dunkel. Danach rot. Anschließend wieder pechschwarz. Wieder rot.

Ich betrachtete die Szene, als in der seltsamen Beleuchtung plötzlich Bewegungen zu sehen waren. Die beiden uralten Wesen stiegen von ihren makabren Thronen und entfernten sich aus dem Blickfeld.

Was ist mit ihren Ketten passiert?, fragte ich mich, während ich versuchte, meinen Blick auf das Bild zu fokussieren. Aber das Stroboskoplicht war zu grell, um Details zu erkennen.

Ich zuckte zusammen, als ein Körper durch das Bild flog und die karmesinrote Farbe eine groteske Szene der Brutalität schuf. Weitere Körperteile erschienen und brachten mich zum Würgen.

Genug davon. Ich wechselte zu einem anderen Bild; meine Ohren klingelten noch immer. Weitere rote Stroboskoplichter flackerten über den Bildschirm und lösten in mir ein Gefühl des Schwindels aus.

Ich kann mir das nicht weiter im Dunkeln ansehen.

Ich verließ schnell den Admin-Modus und vergewisserte mich, dass ich Cams Profil verlassen hatte, aber ich schloss den Deckel nicht. Denn wenn ich das täte, wäre der Raum stockdunkel.

Der Alarm ist hier also zu hören, die karmesinroten Stroboskoplichter sind aber nicht zu sehen.

Vielleicht, weil es sich um Cams Zimmer handelt und nicht um einen der Hauptbereiche? Natürlich war der Käfig, in dem die beiden Uralten eingesperrt waren, vermutlich eher eine Zelle als ein öffentlicher Raum.

Genauso wie einige dieser Klassenzimmer eher an ein Gefängnis erinnerten als an etwas anderes.

Ich schüttelte den Kopf, um die Bilder aus meinem Kopf zu vertreiben. Ich musste mich konzentrieren. *Cam soll helfen, die Uralten zu wecken.*

Und wieder fragte ich mich: *Warum bin ich hier?* Ich verstand zwar die Bräuche, aber mein Blut konnte bei den Ritualen nicht helfen. Das konnte also nicht der Grund sein.

Vielleicht hat mich derjenige, der das Sagen hat, hierhergebracht, um Cam zu kontrollieren?

Nein, das konnte nicht stimmen. Er erinnerte sich nicht an mich. Und die Mauer zwischen unseren Köpfen hinderte ihn daran, mich wiederzuerkennen.

Vielleicht war das die Sorge? Dass er versuchen könnte, mich ausfindig zu machen, wenn er nicht mit mir persönlich sprechen konnte?

Ich runzelte die Stirn. *Warum töten sie mich dann nicht einfach?* Ich war Cams beste Chance, sich an alles zu erinnern. Sicherlich war das gegen …

Das Geräusch der sich öffnenden Tür ließ mich erstarren; der Schimmer des Anmeldebildschirms war meine einzige Lichtquelle.

Scheiße … Ich schluckte. Mein Atem stockte. Es folgten keine weiteren Geräusche. Keine Schritte. Keine raschelnden Klamotten. Keine Atemzüge, nicht einmal deren Andeutung.

Aber Raubtiere konnten leise sein. Und sie benötigten kein Licht, um zu sehen.

Ich wartete. *Es ist so still. Zu still. Und dunkel …*

Meine Lunge brannte aus Sauerstoffmangel und ich zwang mich, scharf einzuatmen. Eine Gänsehaut überzog meinen Rücken. Das Gefühl, belauert zu werden, machte mir Angst und hielt mich auf dem Bett gefangen.

„Cam?", flüsterte ich. War er während des Blackouts zurückgekommen?

Keine Antwort.

Nur diese unheimliche Stille, die mir Unbehagen bereitete. Mein Nacken kribbelte.

Der Bildschirm des Laptops schlief ein und tauchte mich in ein Meer aus ewiger Dunkelheit, in dem ich weiterhin unbeweglich dasaß. Ein morbider Teil von mir dachte, dass mich das vielleicht als weniger interessante Beute kennzeichnete.

Was einfach lächerlich war.

Ich war ein Mensch. Mein Blut war ideal für jedes Monster, das in der Dunkelheit unter dem Vatikan lauerte.

Hör auf, hier herumzusitzen, und tu etwas!, befahl ich mir, genervt von meiner angeborenen Reaktion auf meine düstere Umgebung. Ich hatte eine hervorragende Lichtquelle auf meinem Schoß, die mir zeigen konnte, ob jemand in der Nähe war oder nicht. Ich musste sie nur benutzen.

Anstatt lange zu überlegen, betätigte ich eine Taste und drehte den Computer in Richtung der offenen Tür.

Nichts.

Ein kurzer Blick in den Raum zeigte, dass auch niemand in der Nähe des Bettes stand.

Natürlich könnte sich der Eindringling irgendwo verstecken, da ich so lange gebraucht hatte, um intelligent auf die Situation zu reagieren. Aber ein mickriger Laptop würde sich ohnehin nicht als gute Verteidigung gegen jemanden erweisen, der mich erschrecken wollte.

Anstatt mich damit zu befassen, rutschte ich von der Matratze. Den Laptop drückte ich an meine Brust, wobei der Bildschirm wie eine klobige Taschenlampe nach außen zeigte.

Ich schlich zur Tür, lauschte auf mögliche

Bewegungen um mich herum und blieb kurz vor der Schwelle stehen.

Ist das eine Art Test?

Ich runzelte die Stirn angesichts dieses Gedankens. Ein Test würde nicht erklären, was ich auf dem Monitor gesehen hatte – die Gesegneten in den Katakomben.

Es sei denn, es handelte sich um eine Art bizarren Plan. Aber zu welchem Zweck? Warum ließ man mich etwas so Groteskes sehen?

Nein, das konnte unmöglich ein Test sein. Etwas ging hier vor sich. Etwas, von dem ich nichts wissen sollte. Etwas, das Cams Rolle als Lehnsherr erforderte.

Etwas, bei dem es darum ging, uralte Wesen zu wecken.

Ich trat in den Korridor und betätigte erneut eine Taste, um den Bildschirm im Wachzustand zu halten. Er war nicht besonders hell, aber reichte aus, um ein Glühen vor mir zu erzeugen.

Leider ließ dieser Schein die Felswände eher abschreckend erscheinen. Als würde man in einer Höhle leben. Allerdings war die Struktur glatt und erinnerte mich eher an Beton als an normalen Fels.

Also doch ein Gefängnis, beschloss ich, als ich nach rechts abbog und mich langsam vorwärts bewegte.

In diesem Gang gab es keine weiteren Türen, lediglich leere Wände. Dann endete er. Ich drehte mich um und wanderte in die entgegengesetzte Richtung, vorbei am Eingang zu Cams Quartier, und gelangte schließlich in einen weitläufigen Bereich mit einer Reihe von Aufzügen und einem einzigen offenen Eingang.

Ich benutzte den Laptop, um in Letzteren zu spähen und stellte fest, dass er zu einer Treppe führte. Meine Augenbrauen wölbten sich. *Das fühlt sich jetzt definitiv nach einem Test an.*

Aber ich verstand den Zweck nicht.

Und wenn ich die Treppe nahm, wohin würde ich dann gelangen?

Ich war schon einmal in den Katakomben gewesen – als Cane sich für die ewige Ruhe entschieden hatte –, und ich hatte nicht gerade eine Führung mitgemacht. Außerdem waren seither mehrere hundert Jahre vergangen. Würde ich mich da unten überhaupt zurechtfinden?

Oder sind die Katakomben oben? Ich stellte fest, dass die Treppe sowohl nach oben als auch nach unten führte.

Wer wusste schon, was Lilith unter dem Vatikan verändert hatte? Offensichtlich hatte sie ein Wohnquartier für Cam gebaut. Hatte sie ihn dort all die Jahre festgehalten? Irgendwie bezweifelte ich das. Dafür waren seine Unterkünfte zu luxuriös.

Hatte sie ihn oben oder unten eingesperrt?

Ich erinnerte mich an jenen Tag, an dem ich Zeuge von Canes Ritual geworden war, und wie tief wir dafür unter die Erde gegangen waren.

Die Katakomben glichen einer unheimlichen Höhle, die Krypten waren alle aus altem Gestein und mit Edelmetallen eingefasst. Es war eine königliche Gruft, aber ohne den üblichen Pflegeaufwand. Zumindest zu jener Zeit. Lilith hatte die Räumlichkeiten wahrscheinlich zu einem verherrlichten Thronsaal umgestaltet, in dessen Mittelpunkt ihr übermäßig aufgeblasenes Ego stand.

Miststück. Ich kniff die Augen zusammen. Gott sei Dank hatte Ryder sie getötet. Ich wünschte nur, ich wäre dabei gewesen, um es zu bezeugen.

Also hoch oder runter?, sinnierte ich. Denn Test hin oder her, ich hatte vor, der Sache auf den Grund zu gehen. Wenn Cam mich entdeckte, würde ich einfach sagen, ich hätte ihn wegen des Blackouts gesucht.

Achselzuckend betrat ich das Treppenhaus. Der kalte, harte Boden erinnerte mich sofort daran, dass ich barfuß war, und der leichte Luftzug kitzelte die nackte Haut unter Cams Hemd. Ein weiterer Impuls – Cams Biss – durchzuckte mich.

Ich verkrampfte mich, zwang mich aber, das Gefühl zu ignorieren, während ich mich auf die Treppe zubewegte.

Okay, dann also runter, entschied ich und schlich auf Zehenspitzen die Zementtreppe hinunter, während ich den Laptop nach außen gerichtet hielt.

Ich ging zwei Stockwerke hinunter, bevor ich eine weitere offene Tür entdeckte. Dahinter befand sich ein weiterer Korridor, ähnlich dem, den ich gerade verlassen hatte.

Wahrscheinlich handelte es sich um einen weiteren Wohnbereich. Cams Quartier war etwa zwei Stockwerke hoch, es war also wahrscheinlich, dass alle Räume so groß waren. Nicht, dass es angesichts des Fehlens von Fenstern und Einrichtungsgegenständen viel Sinn ergeben hätte.

Ich ging weiter und stieß zwei Stockwerke tiefer auf einen ähnlichen Gang.

Hmm. Ich folgte ihm ein Stück, dann hielt ich inne und lauschte. *Wie weit nach unten geht es hier?*

Meine Ohren verrieten mir nichts.

Kein Alarm ertönte in der Ferne, keine Schritte, nicht einmal Stimmengemurmel.

Ich blickte über das Geländer, richtete das Licht nach unten, um den Boden zu lokalisieren, und zuckte zurück, als ich ein Paar glühend rote Augen entdeckte, das mich anstarrte.

Der Laptop fiel mir fast aus den Händen, aber ich schaffte es, ihn in letzter Sekunde an meine pochende Brust zu drücken.

Ein Schrei blieb in meiner Kehle stecken, als das

rotäugige Wesen vor mir auftauchte. Seine Schnelligkeit deutete auf seine Andersweltlichkeit hin.

Vampir, erkannte ich mit einem Keuchen. *Lykaner haben aufgrund ihrer inneren Wölfe gelbe Augen.*

Aber jetzt, da er mir näher gekommen war, konnte ich seine Gesichtszüge in der schummrigen Beleuchtung erkennen. Seine Augen leuchteten nicht mehr rot, sondern in einem kräftigen Grün. Und er hatte lange blonde Haare, die bis zu seinen Schultern reichten.

Ich verzog das Gesicht. „Michael?" Ich hatte ihn einmal getroffen, vor weit über einem Jahrhundert. Kurz bevor er *gestorben* war.

„Ismerelda", gab er zurück, sein Tonfall war flach. „Ein Fluchtversuch?"

Ich blinzelte ihn an. „Was?" *Warum sollte ich versuchen, zu fliehen?* Aber das war nicht die wichtigste Frage. „Warum bist du hier?" *Du solltest doch tot sein.* Die Menschen hatten ihn getötet. Das war einer der Gründe dafür gewesen, dass Lilith die Menschheit im Wesentlichen hatte versklaven wollen.

Zumindest war das die Theorie.

Aber wenn Michael am Leben ist …

„Wie ich sehe, hat dir unser Lehnsherr deine vulgären Angewohnheiten bislang nicht abgewöhnt", sagte er mit einer Arroganz in der Stimme, die mich an Lilith erinnerte. Er riss mir den Laptop aus den Händen und schloss den Deckel, wodurch wir beide in ein Meer aus ewiger Dunkelheit stürzten.

Instinktiv versuchte ich, nach ihm zu greifen, und stieß auf nichts als Luft. Mein Gleichgewicht geriet durch die Bewegung ins Wanken, meine Hände suchten nach etwas, woran sie sich festhalten konnten, und fanden nichts Substanzielles.

Ich versuchte, hinter mich zu greifen, meine Arme

kreisten, während ich mein Gewicht verlagerte, um stehenzubleiben. Aber ich konnte nichts sehen.

Verdammt!

Die Welt geriet aus dem Gleichgewicht.

Ich drückte mein Kinn an die Brust und bedeckte meinen Kopf, als ich mich dem Sturz hingab, wohl wissend, dass es jetzt kein Halten mehr gab. Der harte Zement bohrte sich zuerst in meine Knie, dann in meine Ellbogen. Mir entwich ein Schrei, als ich herumgewirbelt wurde und schließlich unsanft auf dem Rücken landete.

Ich bekam keine Luft; mein Brustkorb war für einen Moment wie betäubt und vergaß, wie er funktionieren sollte. Keuchend rollte ich mich zu einem Ball der Qual zusammen. Das Pochen begann zwischen meinen Beinen und schoss meine Wirbelsäule hinauf, um sich der Kakofonie intensiver Empfindungen anzuschließen, die durch meine Nervenenden schoss.

Offensichtlich hatte ich die Wunde aufgerissen, die Cam hinterlassen hatte – jetzt allerdings ohne die angenehmen Nachwirkungen. Nur Schmerz.

So. Viel. Schmerz.

„Oh, tut mir leid. Ist die übermütige Sterbliche von ihrem hohen Ross gefallen?", säuselte eine spöttische Stimme viel zu nah an meinem Ohr. „Eine solche Schande."

Ein stechender Schmerz strahlte von meinem Knöchel aus, als ein schweres Gewicht ihn niederdrückte.

Ist das seine Hand oder sein Fuß? Im nächsten Moment bohrten sich Gummirillen in meine Haut und beantworteten meine mentale Frage. *Eindeutig sein Fuß. Inklusive Stiefel.*

Ich keuchte, und der Schmerz verwandelte sich in ein erdrückendes Gefühl, das mich all meine anderen

Verletzungen vergessen und mich ganz auf mein Bein konzentrieren ließ.

„Menschen haben keine Rechte in dieser Welt. Selbst Menschen, die dem obersten Wesen unserer Art gehören. Wenn du leben willst, musst du diese Lektion lernen. Und zwar schnell."

Ein Schrei entrang sich meiner Kehle, als er noch mehr Druck ausübte.

„Sonst bist du leicht zu ersetzen. Zumal wir uns in einem Bunker voller Blutjungfrauen befinden. Ich bezweifle, dass Cam dich überhaupt vermissen würde. Schließlich erinnert er sich nicht an dich."

Er bewegte seinen Stiefel und verursachte damit qualvolle Empfindungen in meiner Wade. Aber seine Worte schmerzten mehr, genau wie deren Implikation.

Ich bin entbehrlich, weil Cam sich nicht an mich erinnert.

Er ... er könnte mich ersetzen.

„Ah, da ist es", sinnierte Michael. „Du beginnst, zu verstehen. Ausgezeichnet. Jetzt benimm dich wie eine gute kleine Bluthure und erzähl mir, wie du Damien dabei hilfst, unsere technischen Abläufe zu demontieren."

Sein Stiefel grub sich in meine Haut und zwang mich, auf meine Lippe zu beißen, um nicht aufzuschreien. Ich weigerte mich, ihm diese Genugtuung zu geben. So wie ich mich auch weigerte, zu sprechen. Ich war ihm nichts schuldig, schon gar keine Erklärung.

Obwohl ich wirklich gern wüsste, wie zum Teufel er noch am Leben war.

Der Druck auf meinen Knöchel wurde immer stärker und trieb einen weiteren Schrei in meine Kehle.

Lass ihn nicht gewinnen! Lass ihn nicht ...

„Sag mir, womit du Damien hilfst! Wenn mir deine Antwort gefällt, lasse ich dich vielleicht einfach die Treppe hinaufkriechen und in einem Stück in Cams Quartier zurückkehren."

Er befreite meinen Knöchel. Ich hätte mich am liebsten zusammengerollt, als mich erneute Qualen durchströmten. Doch seine Finger in meinen Haaren erregten plötzlich meine Aufmerksamkeit, als er an den Wurzeln riss.

„Sprich, Bluthure!" Sein Atem war heiß auf meinem Gesicht und bestätigte seine Nähe.

Ich blinzelte in die Dunkelheit und schloss dann abrupt die Augen, als alle Lichter auf einmal aufleuchteten. Es war blendend und grausam und unerwartet.

Aber Michael gab mir keine Zeit, mich zu akklimatisieren. Seine Finger verhedderten sich unsanft in meinen verknoteten Strähnen. „Antworte mir, Ism…"

Er ließ mich so plötzlich los, dass sich meine Welt erneut drehte, fast so, als hätte er mich eine weitere Treppe hinuntergeschleudert. Aber nur mein Kopf schien zu taumeln, nicht mein Körper.

Mein Magen rebellierte. Nein. *Nicht jetzt.* Ich drückte die Hand auf meinen Mund und zwang mich, zu schlucken, als das Unbehagen mich zu überwältigen drohte.

Ich fühlte mich gebrochen.

Geprellt.

Verletzt.

„Was zum Teufel ist hier los?" Cams Stimme durchdrang meine Gedanken und erfüllte mich mit einer Welle von sofortigem Trost und Sicherheit.

Bis die Schärfe seiner Worte meine Gedanken durchdrang.

Er klang verärgert. Nein, mehr als das. Hinter seiner Frage verbarg sich eine tödliche Absicht. Ein Befehl, der eine Antwort erforderte.

Aber ich war zu verwirrt, um es zu erklären.

„Mein Lehnsherr", murmelte Michael, sein ehrfürchtiger Tonfall war ganz anders als die finstere Stimme von vor Sekunden – oder waren es Minuten? „Ich habe die Quelle unserer technischen Störung verfolgt, als ich Eure *Erosita* bei einem Fluchtversuch entdeckt habe."

Ich runzelte die Stirn. „Ich bin nicht geflüchtet", krächzte sich. Alles fühlte sich wirr und falsch an. Ich versuchte, die Augen zu öffnen, um Cam zu entdecken, aber die Helligkeit verursachte Kopfschmerzen und ließ mich wieder in eine Abwärtsspirale geraten.

Warum ist mir so schwindlig? Ich habe mir bei meinem Sturz nicht den Kopf angeschlagen.

Oder?

Ach, ich weiß es nicht. Es tut einfach weh.

„Warum blutet meine *Erosita*?", fragte Cam, immer noch mit diesem scharfen Tonfall in seinem Akzent.

„Sie ist gestolpert und im Dunkeln die Treppe hinuntergefallen", erklärte Michael. „Offenbar hat sie in ihrer Eile ihre Sterblichkeit und ihre Unfähigkeit, ohne Licht zu sehen, vergessen."

Seine Beschreibung weckte in mir den Wunsch, zu knurren. „Ich bin nicht geflohen", wiederholte ich mit zusammengebissenen Zähnen und versuchte erneut, meine Augen zu öffnen.

„Und warum hast du meinen Laptop?", erkundigte sich Cam bei Michael, während er mich völlig ignorierte.

„Weil er die Quelle unserer technischen Störung ist. Ich habe ihn im Besitzer Eurer *Erosita* gefunden, was bestätigt, dass sie mit Damien zusammenarbeitet. Sie haben eindeutig die Sicherheitslücke verursacht."

Was? Das ergibt doch keinen Sinn. Ich hatte erfolglos versucht, auf ein externes Netzwerk zuzugreifen. Nur das interne System schien zu funktionieren. Wie könnte ich also mit Damien kommunizieren?

Und warum sollte sich mein Bruder in ihr System hacken?

Nun, ich nahm an, er könnte versuchen, mich und Cam zu lokalisieren. Aber …

„Ich verstehe." Cams Stimme durchdrang mein Gedankengewirr, und seine einfache Anerkennung von Michaels Worten brachte mich dazu, meine Stirn noch intensiver zu runzeln. „Und du hast Beweise, dass mein Laptop das Problem ist?"

Okay, vielleicht hatte er seine Erklärung nicht ganz akzeptiert.

„Das werde ich, sobald ich den Laptop dem technischen Team vorgelegt habe", antwortete Michael.

„Und das wird bestätigen können, dass Ismerelda diejenige ist, die Damien geholfen hat, sich Zugang zu verschaffen?", drängte Cam. Ein eisiger Tonfall unterstrich seine Worte, der mir einen Schauer über den Rücken jagte.

Ich öffnete den Mund, um die Anschuldigung zu bestreiten, aber Michael sagte bereits: „Ich bin mir nicht sicher, mein Lehnsherr. Ich habe versucht, sie zu befragen, als sie gestürzt ist. Aber sie hat nicht geantwortet."

„Es ist also durchaus möglich, dass sie nichts Unrechtes getan hat."

„Das ist möglich, ja. Aber unwahrscheinlich, wenn man bedenkt, dass ich sie dabei erwischt habe, wie sie versucht hat, mit Eurem Computer zu fliehen", sagte Michael, was mich wieder dazu brachte, ihn anzufauchen.

„Warum sollte ich fliehen, indem ich nach unten gehe?", schnauzte ich. Meine Augen schienen sich endlich auf meine Umgebung konzentrieren zu können.

Meine Sicht war ein wenig verschwommen und alles unglaublich hell, aber ich konnte Cam ausmachen, der ein

Stück vor mir auf dem Treppenabsatz stand. Michael schien ein paar Schritte weiter unten zu stehen, sein Körper wurde von Cams beeindruckender Gestalt verdeckt.

„Wir befinden uns unterhalb des Vatikans", fuhr ich fort, bevor einer der beiden Männer mich wieder ignorieren konnte. „Wenn ich fliehen wollte, würde ich nach *oben* gehen."

Keiner der beiden Männer antwortete, aber ich spürte eine Veränderung in der Luft. Etwas Subtiles. Etwas, das mir … Unbehagen bereitete.

„Sie hat recht, Michael", murmelte Cam. Er wandte seinen Körper mir zu, während er die Hände in seine Hosentaschen schob. „Was hast du dann gemacht, Ismerelda? Warum warst du mit meinem Laptop im Treppenhaus?"

CAM

Es kostete mich körperliche Beherrschung, nicht auf die verletzte Frau am Boden zu reagieren.

Meine Nase hatte mich in dem Moment zu ihr geführt, in dem ich aus dem Aufzug in mein Stockwerk getreten war. Aus welchem Grund auch immer hatten die Fahrstühle zu funktionieren begonnen, bevor das Licht wieder aufgeflackert war.

Ich war auf dem Weg gewesen, die Tür zu meinem Quartier zu überprüfen, als Ismereldas verführerischer Duft mich stattdessen zum Treppenhaus geführt hatte.

Ihr frisches Blut war wie ein Leuchtfeuer gewesen, das mein inneres Raubtier gerufen und mich nach unten geführt hatte.

Dort hatte ich sie zusammengekauert auf dem Boden gefunden, mit entblößtem Hintern, dank meines zerknüllten Hemdes.

Nicht, dass sie ihre prekäre Lage bemerkt zu haben

schien. Sie hatte sich zusammengerollt wie ein Fötus, ihr Schmerz war offensichtlich.

Ihre aufgeschürften Knie und Ellbogen verströmten den Duft ihrer Essenz, aber das war nicht der Kern des Aromas, das mich zu ihr geführt hatte.

Nein. Die Quelle meiner Faszination befand sich zwischen ihren Schenkeln und dem verlockenden Blut, das aus dem Biss sickerte, den ich ihr vorhin verpasst hatte. Ihr Treppensturz – wenn man Michaels Beschreibung des Unfalls Glauben schenken durfte – hatte die Wunde wahrscheinlich noch verschlimmert.

„Alles ist dunkel geworden, und dann ist deine Zimmertür aufgegangen", sagte sie und lenkte meine Aufmerksamkeit auf ihre Lippen. „Ich habe mir deinen Laptop geschnappt, um ihn als Taschenlampe zu benutzen und nach dir zu suchen. Aber auf deiner Etage ist nichts außer der Treppe, also bin ich nach unten gelaufen."

Sie sprach die Worte mit der Überzeugung einer Königin aus, und ihr Schmerz schien ihr Bedürfnis, sich zu erklären, in den Hintergrund zu drängen. Es machte mich fast stolz, was eine seltsame Reaktion war. Ihre tief verwurzelte Sturheit war etwas, das ich brechen musste, nicht loben.

Und doch kam sie mir in dieser Situation sehr gelegen.

„Du bist also nicht im Dunkeln gefallen?", fragte ich und wölbte die Stirn.

Ich vermutete, dass Michael nicht ganz ehrlich gewesen war, vor allem, weil er noch vor einer Stunde sehr daran interessiert gewesen war, Ismerelda zu befragen. Und ich hatte ihn zwar angewiesen, sich von ihr fernzuhalten, ihn aber nun allein mit ihr in einem Treppenhaus entdeckt.

„Doch", antwortete sie, wobei ihr Blick kühn den meinen hielt. „Ich bin gestürzt, nachdem Michael mir unvermittelt den Computer weggenommen und mich mitten auf der Treppe geblendet hat."

„Weil ich das Spiel, das du mit deinem Bruder treibst, beenden will", stellte mein Abkömmling unverblümt fest. „Was offensichtlich funktioniert hat, denn keine fünf Minuten, nachdem ich den Laptop zugeklappt habe, ist das Licht wieder angegangen."

Das war ein eindrucksvoller Beweis. *Aber* … „Haben die Technikteams bestätigt, dass der Eindringling seine Verbindung verloren hat? Oder haben sie ihn erfolgreich eliminiert?" Ich wandte mich wieder an Michael. „Und haben sie bestätigt, dass es sich tatsächlich um Damien handelt, der sich in unser Netzwerk gehackt hat?"

Das Zucken in Michaels Unterkiefer verriet mir seine Antwort, bevor er sie aussprach. „Nein, mein Lehnsherr, das haben sie nicht. Aber sie haben mich hierhergeschickt, um die Quelle mit diesem Gerät aufzuspüren." Er zog ein quadratisches Gerät aus seiner Tasche. „Und es hat mich zu Eurem Laptop geführt."

„Ist das ein Scanner?", fragte ich und beäugte das Gerät in seiner Hand.

„Es ist ein Tracker, der mit Farben pulsiert", erklärte er. „Die Techniker haben mir gesagt, aus welchem Stockwerk der Angriff zu kommen schien, und mich losgeschickt, um der Sache auf den Grund zu gehen. Je näher ich Eurem Laptop gekommen bin, desto heller wurde der Blitz."

„Jetzt ist er nicht mehr sehr hell", sagte ich und betrachtete immer noch den unscheinbaren schwarzen Apparat in seiner Handfläche.

„Es hat sich deaktiviert, als ich den Laptop geschlossen habe."

„Ich verstehe." Ich lenkte meine Aufmerksamkeit auf den fraglichen Computer. „Dann schlage ich vor, dass du ihn zum technischen Team bringst und darum bittest, ihn gründlich zu überprüfen."

„Ja, mein Lehnsherr." Er versuchte, an mir vorbeizuschauen. „Und was ist mit ihr?"

„Um Ismerelda kümmere ich mich", erklärte ich, wobei mein Ton keinen Widerspruch duldete.

„Aber das ist der Beweis dafür, dass sie mit Damien zusammenarbeitet, mein Lehnsherr."

„Ich verstehe nicht, wie ihr Gebrauch meines Laptops als Taschenlampe ein Beweis für etwas anderes sein soll, als dass sie erfinderisch ist, während sie Gebiete erkundet, die sie nicht erkunden sollte." Das war technisch gesehen mein Fehler, denn ich hatte ihr nicht ausdrücklich befohlen, in meinem Zimmer zu bleiben. Ich hatte es nur angedeutet.

„Vielleicht weiß sie nicht, dass sie ihm hilft", sagte er, und sein Tonfall drängte mich, das Ganze zu überdenken. „Ich habe einen Scanner gefunden, mein Lehnsherr. Ich kann ihn zu Euch bringen. Dann könnt Ihr wenigstens sicher sein, dass Damien keinen Chip in sie implantiert hat."

Er schien es mit dieser Anschuldigung sehr ernst zu meinen, wenn er in so kurzer Zeit einen Scanner gefunden hatte.

Allerdings lag er nicht falsch damit, Vermutungen anzustellen. Er wollte einfach nur die Operation schützen, und jemand – möglicherweise Ismereldas Bruder – erschwerte ihm das im Moment erheblich.

Derjenige, der in das System eingedrungen war, hatte es den Gesegneten ermöglicht, aus ihren Käfigen zu entkommen – ebenso wie mehr als ein Dutzend anderer Forschungsobjekte.

Mira und die anderen waren immer noch tief unter der Erde und jagten sie.

Ich hatte ihnen das Aufräumen überlassen, da es ihre

fehlerhaften Systeme gewesen waren, die dieses Chaos ermöglicht hatten. Denn wenn ein einzelner Hacker so viel Chaos anrichten konnte, dann hatte das Team, das diese Anlage gebaut hatte, es verdient, aus seiner eigenen Unfähigkeit zu lernen.

Meine letzten Worte an Mira waren gewesen: „Melde dich, wenn alles in Ordnung ist und wir unsere Experimente durchführen können. Erst dann werden wir Fen wecken."

Das Letzte, was wir jetzt gebrauchen konnten, war, dass der zweifelsfreie Vater der Lykaner diese Katastrophe verschärfte.

„Mein Lehnsherr", sagte Michael und unterbrach meine Gedanken. „Ich …"

„Bring meinen Laptop zur Inspektion und besorge mir diesen Scanner. Wenn Ismerelda einen Chip trägt, werde ich ihn finden, und dann sehen wir weiter", sagte ich. „Aber ich will weiterhin den Beweis, dass hier Damien am Werk ist."

Was der Chip vielleicht beweisen würde.

Ich bezweifelte jedoch sehr, dass wir etwas finden würden. Vor allem, weil es keine Ankündigung für Ismereldas Eintreffen hier gegeben hatte. Die Implantation eines Chips erforderte Voraussicht, und ich bezweifelte sehr, dass jemand dies hatte kommen sehen.

„Natürlich, mein Lehnsherr", antwortete Michael und verbeugte sich tief. „Ich werde zurückkehren."

Er ging ohne ein weiteres Wort, aber ich nahm einen Hauch seiner Zufriedenheit im Wind wahr.

Ich ignorierte den irritierenden Geruch und wandte mich einem weitaus faszinierenderen zu – Ismereldas Blut.

Sie lehnte nun mit dem Rücken an der Wand, die Beine in einem ungünstigen Winkel. Tränen glitzerten in ihren hübschen Augen, ihr Unterkiefer war verkrampft.

147

Eine Kämpferin. Ihr Anblick fesselte mich. Offensichtlich weigerte sie sich, diese verräterischen Emotionen zuzulassen, obwohl sie offensichtlich große Qualen empfand.

Ich nahm ihre Gestalt in Augenschein und bemerkte wieder die Schürfwunden an ihren Knien und Ellbogen. An ihren Unterarmen waren noch mehr, aber die Hauptquelle ihres süßen Dufts befand sich immer noch zwischen ihren Schenkeln.

Das lenkte meine Aufmerksamkeit auf ihre Beine, und die Bestie in mir sehnte sich danach, ihre Beine zu spreizen und eine wunderbare Mahlzeit aus Pussy und Blut zu verschlingen.

Nur der Bluterguss an ihrem Unterschenkel lenkte mein inneres Raubtier kurzzeitig ab und entlockte ihm ein Knurren ganz anderer Art. Ursprünglich. Bösartig. *Wütend.*

Ich ging vor ihr in die Hocke, um sie besser sehen zu können, und betrachtete ihrem Knöchel. Ihre anderen Blessuren stammten eindeutig von der Landung auf einer Stufe oder vielleicht auf dieser Zementplattform. Sie waren kleiner. Rund. Mit Blutblasen übersät.

Aber diese Verletzung hier … war länger. Mit Abdrücken, die sich in ihre Haut gegraben hatten. *Abdrücke, die einem Stiefelabdruck ähneln …*

„Was ist hier passiert?", fragte ich forsch und meine Finger verkrampften sich vor Verlangen, ihre zarte Haut zu berühren und den fremden Abdruck nachzuzeichnen. Das würde auf jeden Fall einen grässlichen blauen Fleck geben, der ihre ansonsten makellosen Züge entstellen würde.

Nur ich darf sie markieren. Und niemals auf diese Weise.

Ich blinzelte, die Reaktion war so intensiv, dass ich meine eigene mentale Stimme kaum wahrnahm.

Aber Ismerelda gab mir keine Zeit zum Nachdenken,

als sie antwortete: „Michael hat mich an meinen Platz in dieser neuen Welt erinnern wollen."

Mein Unterkiefer wurde hart. „Was?" Oh, ich hatte sie sehr gut verstanden. Aber ich wollte, dass sie es noch einmal sagte.

Sie atmete tief aus. „Michael hat mir eine Erinnerung an meine Sterblichkeit verpasst. Oder vielleicht wollte er damit seine eigene Unsterblichkeit beweisen." Sie hob eine Schulter und zuckte zusammen. „Das letzte Mal, als ich ihn gesehen habe, war er ein Mensch. Ich hielt ihn für tot. Ich schätze, er hat meine Neugierde nicht zu schätzen gewusst."

Ich griff nach ihrem Knöchel und gab meinem Bedürfnis, sie zu berühren, nach.

Und bereute es fast sofort, als sie mit einem Zischen von mir zurückwich und auf ihre Unterlippe biss.

Ein weiterer Hauch ihrer Essenz erwärmte die Luft, verhöhnte meine Geschmacksknospen und weckte in mir das Verlangen, das Blut von ihrem Mund zu lecken.

Aber der stärkere Teil meines Wesens musste sie in Ordnung bringen.

Sie heilen.

Und *rächen*.

Wie konnte Michael es wagen, sie anzufassen? Besonders nach dem, was ich vor einer Stunde zu ihm gesagt hatte?

Ismerelda war mein zu bestrafen. Mein zu kontrollieren. *Mein zu beschützen.*

Ich schluckte und verdrängte den letzten Gedanken. Dieses Bedürfnis, sie zu besitzen, sie zu *beanspruchen*, entstammte dem Band zwischen uns.

Deshalb hatte ich Lilith beauftragt, eine bessere Alternative zur Ergreifung einer *Erosita* zu finden. Diese besitzergreifenden Instinkte waren gefährlich und lenkten mich ab.

Dennoch konnte ich meinen Wunsch, Ismerelda zu heilen, nicht verleugnen.

Ich wollte nicht riskieren, sie wieder an den Tod und ihren bizarren Wachzustand zu verlieren. Nicht, solange ich sie nicht richtig gefickt hatte.

Sie war mein Spielzeug.

Meine Hauptnahrungsquelle.

Und in diesem Zustand konnte ich sie nicht richtig genießen.

Anstatt weiter darüber nachzudenken, hob ich sie in meine Arme – ich schaffte es gerade noch, ihr scharfes Einatmen zu ignorieren – und schritt die Treppe hinauf in mein Stockwerk und zu meinem Quartier.

Die Zeitspanne von zwei oder drei Sekunden reichte aus, um sie dazu zu bringen, erneut auf ihre Lippe zu beißen und noch mehr Blut zu vergießen, während sie den Drang bekämpfte, auf ihre Verletzungen zu reagieren. Und zwischen ihren Schenkeln musste sie unerträgliche Schmerzen haben.

Ich hatte in ihre Klitoris gebissen, um sie in einem erregten Zustand zu halten.

Das war eindeutig nach hinten losgegangen.

Das würde ich mir für die Zukunft merken.

„Du hättest nicht herumlaufen sollen", sagte ich, als ich sie auf mein Bett legte. „Wenn so etwas noch einmal passiert, wartest du hier auf mich."

Sie schluckte und senkte den Blick. „Ja, mein Lehnsherr."

Meine Lippen drohten, sich bei dem Zeichen ihrer Unterwerfung nach unten zu wölben. Was seltsam war, denn sie sollte sich mir unterwerfen, so wie alle anderen auch. Aber ich hatte ihre kriegerische Darbietung im

Treppenhaus sehr genossen. Das war viel verlockender gewesen als dieser fügsame Auftritt.

Interessant. Die Frau, die ich auf dem Treppenabsatz gesehen hatte, war eine, bei der ich in Erwägung gezogen hätte, sie in einen Vampir zu verwandeln – und sei es nur, weil ihr Geist den meisten Menschen offensichtlich überlegen war.

Aber diese Version war schwach und genau das, was man von minderwertigen Wesen erwartete.

Vielleicht habe ich sie deshalb als Blutsklavin gehalten, anstatt sie zu meiner Königin zu machen. Und vielleicht habe ich sie all die Jahre behalten, weil ich in ihr das Potenzial für mehr gesehen habe.

Doch dieses Schauspiel bewies, dass sie mit wahrer Unsterblichkeit nicht umgehen konnte.

Denn eine Königin würde sich niemals so leicht beugen. Nicht einmal vor ihrem König.

Seufzend hob ich mein Handgelenk zum Mund und biss zu. „Trink!", sagte ich, während ich die offene Wunde an ihre Lippen legte.

Glitzernde grüne Augen blickten zu mir auf, die Emotionen unter einem Schleier aus unvergossenen Tränen verborgen. Für einen Moment glaubte ich, einen Hauch von Überraschung in ihrem wässrigen Blick zu erkennen, aber der war im nächsten Augenblick verschwunden, als sie meinem Befehl gehorchte.

Meine andere Hand wanderte zu ihrem Hinterkopf und hielt sie an mir fest, während sie trank. Eigentlich wollte ich damit kontrollieren, wie viel sie trank, aber ihre verfilzten Strähnen lenkten mich von dieser Aufgabe ab.

Ihre Haare wirkten zerzaust. Als hätte sich jemand mit den Fingern grob in den Strähnen verheddert.

Die Hände eines anderen Mannes.

Ich kniff die Augen zusammen. „Hat Michael dich hier berührt?"

Ihre hübschen Augenlider trafen wieder auf meine, als sie ihr Kinn zur Bestätigung leicht neigte.

Ich nahm mein Handgelenk weg. „Warum waren seine Finger in deinen Haaren?"

Ihre Kehle rang nach einem letzten Schluck, ihre Wangen waren purpurrot – nicht aus Verlegenheit, sondern aufgrund der Erregung, die das Trinken aus der Ader eines Vampirs hervorrief.

„Er hat mich zu Damien befragt", sagte sie, und ihre Stimme klang wieder selbstsicherer. „Er hat gefragt, wie ich meinem Bruder geholfen habe."

„Und was hast du geantwortet?"

„Ich hatte keine Gelegenheit, zu antworten." Sie starrte mich an. „Aber damit das klar ist: Ich helfe Damien bei gar nichts. Ich müsste in der Lage sein, mich in ein externes Netzwerk einzuklinken, um ihn erreichen zu können, und dazu hatte ich eine Gelegenheit."

„Du hattest Zugang zu meinem Laptop", sagte ich und musterte sie, während sie weiterhin kühn meinen Blick erwiderte. „Und laut Michael hat das Technikteam die Störung auf diesen Laptop zurückgeführt."

Sie zuckte mit den Schultern. „Das kann ich nicht erklären. Ich kann Euch auch nicht sagen, welchen Zweck es für mich hätte, alle Türen zu öffnen *und* alle Lichter auszuschalten, während ich unter der Erde bin. Ich kann im Dunkeln nicht sehen. Offensichtlich."

Ein gutes Argument.

Ich konnte auch nicht erkennen, was sie davon hätte, die Gesegneten aus ihren Käfigen zu befreien. Sie wusste wahrscheinlich nicht einmal, dass sie wach waren.

Aber sie wusste eindeutig, dass wir uns unterhalb des Vatikans befanden, denn sie hatte es im Treppenhaus erwähnt.

„Warst du schon mal hier?" Denn wenn ja, könnte sie sich hier bereits auskennen.

Allerdings war sie nach unten, statt nach oben gegangen.

Was, wie sie gesagt hatte, keinen Sinn ergab, wenn sie zu fliehen versuchte.

Und warum sollte sie überhaupt fliehen wollen? Ich war ihre unsterbliche Lebensader. Ihr Gefährte. Sie war auf dem Rollfeld buchstäblich auf mich zugelaufen, nicht von mir weg.

Ihre Pupillen weiteten sich, als sie antwortete: „Ja. Mit dir. Als Cane die ewige Ruhe gewählt hat."

„Hmm." Daran konnte ich mich nicht erinnern. „Wir waren bei seiner Zeremonie." Das war keine Frage, sondern eine Feststellung.

Denn natürlich war ich bei dem Ritual dabei gewesen, um meinen Bruder in seinen gewählten Schlaf zu begleiten. Aber es war überraschend, zu erfahren, dass Ismerelda mit mir dort gewesen war.

„Wie lange ist es her, dass mein Bruder die ewige Nacht gewählt hat?" Ich hatte in den Akten nichts darüber gelesen. Aber wahrscheinlich war es für unsere heutige Welt nicht sehr relevant, da mein Bruder sich dafür entschieden hatte, während all dem zu ruhen.

„Vor ungefähr vierhundertfünfzig Jahren. Ich habe also nur die Katakomben besucht, in denen die Uralten aufbewahrt werden. Nicht", sie winkte durch den Raum, „das hier."

„Und du hast die ganze Zeremonie miterlebt?", fragte ich, immer noch auf den Gedanken fixiert, dass ich sie mitgenommen hatte.

„Ja."

Ich verengte den Blick. „Beweise es! Erzähl mir …"

Ein Klopfen unterbrach meine Forderung. *Michael.*

Ich runzelte die Stirn, als meine Finger Ismereldas Haare verließen. Ich hatte nicht einmal bemerkt, dass ich sie immer noch gehalten hatte. Mein Verstand war zu sehr von unserem Gespräch gefesselt gewesen, als dass ich über die Bewegungen meiner Hand nachgedacht hätte. Sie zu berühren, hatte sich normal angefühlt. Erwartet. Sogar beruhigend.

Mit einem Kopfschütteln trat ich von meinem Bett weg und ging zur Tür.

„Der Scanner, mein Lehnsherr", sagte Michael zur Begrüßung, den Kopf gesenkt.

Ich betrachtete ihn einen Augenblick, während die Bestie in mir mit dem Strategen in meinem Kopf kämpfte.

Er hat meine Frau berührt.

Er ist mein Assistent.

Er hat Ismerelda verletzt.

Er will nur unsere Mission schützen. Hätte er jemand anderen verhört, wäre es mir egal.

Ismerelda ist nicht irgendjemand.

„Mein Lehnsherr?", fragte er, als ich nicht sofort antwortete. „Soll ich Euch zeigen, wie das Gerät funktioniert?"

Hmm. Einerseits wollte ich ihm das Ding wegnehmen und ihn damit verprügeln.

Doch ich hatte einen anderen, intelligenteren Gedanken.

Eine Art von Idee.

Eine, die sich zu einem Plan entwickelte, der das Tier in meinem Kopf zwar nicht ganz besänftigte, aber die wilde Bestie so weit beruhigte, dass ich fortfahren konnte. „Ich nehme an, dass ich den Scanner einfach über ihre Haut gleiten lasse, ja?"

„Korrekt, mein Lehnsherr. Ihr legt einfach diesen Schalter um", er zeigte auf einen Kippschalter an der

Seite, „und könnt direkt loslegen. Ich empfehle, jeden Zentimeter ihres Körpers zu scannen, nur für den Fall, dass Damien einen, äh, *erfinderischen* Ort für einen Tracker gewählt hat."

Ich nickte und verstand, was er meinte – er wollte damit sagen, dass Ismerelda bei der Untersuchung nackt sein sollte.

Womit ich bereits gerechnet hatte.

„Du kannst bleiben, während ich sie untersuche, Michael", sagte ich, was mein inneres Raubtier zu einem missbilligenden Knurren veranlasste. Aber das Wissen, warum ich Michaels Anwesenheit während dieser intimen Prozedur gestatten wollte, besänftigte die meisten meiner besitzergreifenden Instinkte.

Michaels Lippen kräuselten sich, und noch mehr von diesem zufriedenen Duft strömte von ihm aus. „Natürlich, mein Lehnsherr."

Ich trat zur Seite, um ihm den Zugang zum Zimmer zu ermöglichen.

Dann wandte ich mich meiner *Erosita* zu.

Es war an der Zeit, herauszufinden, ob mein Instinkt in Bezug auf sie richtig war. Oder ob ich von der jahrtausendealten Verbindung zwischen uns geblendet worden war.

IZZY

„ZIEH DAS HEMD AUS, Ismerelda!", sagte Cam, als er Michael das Gerät abnahm.

Ich erschauderte, weil sich die Absicht hinter seinen Worten tief in mir festsetzte. *Er will, dass ich mich ausziehe. Dass ich nackt bin. Entblößt. Verwundbar. Vor einem anderen Mann.*

Mein Cam hätte das nie erlaubt, geschweige denn in Erwägung gezogen. Aber in dieser Welt – der neuen Welt, die von blutrünstigen Vampiren und Lykanern erschaffen worden war – waren die Menschen Vieh.

Und *dieser* Cam hatte die Absicht, mich daran zu erinnern.

Genau wie Michael es im Treppenhaus versucht hatte.

Nun gut. Wenn diese beiden mächtigen Wesen mich dazu bringen wollten, mich zu unterwerfen, würde ich mitspielen. So wie ich es jedes Mal tat, wenn ich Cam als *Lehnsherr* bezeichnete und formell adressierte.

Ich muss nur einen Weg finden, ihn an mich zu erinnern, dachte ich, während ich mich daran machte, mein Hemd aufzuknöpfen. *Aber das ist etwas, was ich vor Michael nicht tun kann.*

Ich musste mich auf dieses Verhalten einlassen, es wie ein Spiel behandeln und sein verletzliches Herz unter der harten Vampirhaut finden.

Und wenn das nicht klappt?, fragte sich ein Teil von mir. *Was dann?*

Dann bringe ich ihn dazu, sich wieder in mich zu verlieben, entschied ich. *Er ist mein Seelenverwandter. Das kann man doch nicht ausradieren, oder?*

Ich weigerte mich, der zynischen Stimme in meinem Kopf zu erlauben, darauf zu antworten, und knöpfte das Hemd ganz auf.

Cams Augen wanderten über meinen Oberkörper, als ich den Stoff von meinen Schultern löste. Anstatt das Hemd fallen zu lassen, faltete ich es auf dem Bett neben mir zusammen und wartete auf sein nächstes Kommando.

Wird er mich auffordern, aufzustehen? Denn ich war mir nicht sicher, ob ich das jetzt könnte. Ich hatte zwar genug von seinem Blut getrunken, um den Heilungsprozess in Gang zu setzen, aber es hatte gerade erst begonnen, zu wirken, wie das Kribbeln in meinem Knöchel bewies. Es würde noch ein oder zwei Stunden dauern, bis ich mich wieder normal fühlen würde. Vielleicht sogar etwas länger.

Ich biss auf meine Lippe, als der Scheitelpunkt zwischen meinen Oberschenkeln erneut brannte. *Ich bin definitiv kein Fan davon, dort gebissen zu werden*, beschloss ich. Am Anfang war es angenehm gewesen, sogar euphorisch, aber jetzt … jetzt nicht mehr so sehr.

Ich will nicht stehen. Aber wenn Cam es verlangte, hatte ich keine andere Wahl.

Stattdessen bewunderte er lediglich einen weiteren Moment lang meine Brüste, bevor er seinen Blick auf die

Markierung senkte, die er auf meinem Geschlecht hinterlassen hatte. Seine Nasenflügel weiteten sich und er trat näher, den Scanner in der Hand.

Anstatt zu sprechen, setzte er sich neben mich aufs Bett und kämmte mit der freien Hand meine Haare aus dem Gesicht.

„Es ist vielleicht einfacher, wenn sie steht, mein Lehnsherr", sagte Michael, als er näher an uns herantrat. „Nur, um sicherzustellen, dass Ihr jeden Zentimeter scannen könnt, meine ich."

Cam betrachtete mich einen Moment lang, sein Blick huschte zwischen meinem Mund und meinen Augen hin und her. Ich hielt den Atem an, wartete darauf, dass er den Befehl gab, und hoffte, dass ich das Gleichgewicht finden würde, um ihn zu befolgen.

„Einfacher, ja", murmelte er, und in seinen blauen Augen blitzte eine Dunkelheit auf, die mich unter seinem Blick erschaudern ließ. „Aber ich bevorzuge Herausforderungen."

„Natürlich, mein Lehnsherr", erwiderte Michael.

Cam betrachtete weiterhin mein Gesicht, während seine Finger meine Haare mit sanften Zügen entwirrten. Sein Blick schien sich in meinen zu brennen, seine Kraft war ein Peitschenhieb für meine Sinne, der meine Adern belebte und mein Herz schneller schlagen ließ.

Etwas an dieser Sache fühlte sich gefährlich an.

Hypnotisch.

Beängstigend und doch erregend.

Sein Scanner würde nichts verraten. Das wusste ich. Aber seine Bewegungen hatten einen brutalen Charakter, der mich im Unklaren darüber ließ, was als Nächstes kommen würde.

Ich fürchte diese Version von Cam, stellte ich fest. Was auch Sinn ergab, nach allem, was er getan hatte. Aber diese

Gefühle für meinen Gefährten, für die Liebe meines Lebens, waren verwirrend. Sowohl beunruhigend als auch belebend.

Denn ich konnte seinen nächsten Schritt nicht vorhersehen.

Er war nicht die Version, die ich kannte und der ich vertraute. Er war ein uraltes Wesen mit einem umprogrammierten Sinn für Menschlichkeit. Oder dem Mangel daran. Weder ich noch die Sterblichen waren ihm wichtig.

Dennoch streichelte er mich weiterhin mit einer Zärtlichkeit, die mich an meinen Cam erinnerte. Aber der Mann, den ich liebte, hätte nie zugelassen, dass ein anderer Mann mich so sah. Er hätte niemals meine Privatsphäre verletzt. Er hätte mich niemals gezwungen, mich derart zu unterwerfen.

Ich schluckte, als seine Finger sich zu meinem Hals hinunterwagten und sein Daumen über meinen rasenden Puls strich. „Hmm, du hast Angst." Er legte den Kopf schief. „Weil ich herausfinden werde, dass du in Bezug auf die Zusammenarbeit mit deinem Bruder gelogen hast?"

„Nein." Ich war mir sicher, dass er überhaupt nichts herausfinden würde.

„Warum rast dann dein Puls, kleine Maus?", fragte er mit flüsterweicher Stimme, die von tödlicher Absicht erfüllt war.

Aber ich war zu sehr auf den Spitznamen fixiert, um mich von der Drohung in seinem Tonfall beirren zu lassen. *Kleine Maus?*, wiederholte ich im Geiste, und meine Lippen kräuselten sich ein wenig. „Normalerweise nennt Ihr mich *kleiner Schwan.*"

Er starrte mich kurzzeitig an. „Kleiner Schwan?"

„Oder süßer Schwan", erklärte ich.

Er konzentrierte sich auf meinen Mund; seine

Handfläche umschloss meinen Nacken. „Ich schätze, du hast ein paar schwanenähnliche Züge." Seine Aufmerksamkeit wanderte zu meinem Hals und er drückte leicht zu. „Wenn du mir sagst, wo ich dich zuerst scannen soll, um den Prozess zu beschleunigen, bin ich vielleicht geneigt, deine Strafe zu mildern."

Ich kniff die Augen zusammen. „Ihr werdet jeden Zentimeter meines Körpers scannen müssen, mein Lehnsherr. Denn ich verberge nichts."

Nun, das stimmte nicht ganz. Technisch gesehen verbarg ich eine ganze Vergangenheit vor ihm. Aber das war nicht meine Schuld. Lilith hatte etwas mit seinem Verstand gemacht, was sie zur Schuldigen machte und nicht mich.

Und ich konnte ihn nicht einfach mit der Wahrheit bombardieren. Zumindest nicht unter diesen Umständen. Er würde mir nicht glauben. Ich war im Moment lediglich ein Spielzeug für ihn.

Eines, das ihn im Moment sehr zu interessieren schien, denn er ließ seinen Blick erneut über mich gleiten, und seine Lippen zuckten. „Hast du das gehört, Michael? Sie besteht darauf, dass sie nichts falsch gemacht hat."

Michael grunzte. „Unsere derzeitigen technischen Probleme lassen etwas anderes vermuten."

„Hast du deshalb versucht, sie zu verhören?" Cam warf einen Blick über seine Schulter auf den blonden Mann, der neben dem Bett stand. „Weil ich mich nicht daran erinnere, dass du bisher den Beweis erbracht hast, dass die Störung von Damien verursacht worden ist."

„Ich habe ihr ein paar Fragen gestellt, mein Lehnsherr. Nachdem ich ihren Fluchtversuch vereitelt habe. Das war eine angemessene Reaktion auf ihr Verhalten."

Ich presste die Zähne zusammen, machte mir aber nicht die Mühe, ihn erneut zu korrigieren. Michael wusste, dass ich nicht versucht hatte, zu fliehen. Er hatte nur seine Unsterblichkeit demonstrieren wollen.

„Dann werden wir wohl feststellen müssen, ob deine *Reaktion* gerechtfertigt war", erwiderte Cam und richtete seine Aufmerksamkeit wieder auf mich, während seine Hand von meinem Nacken zu meiner Kehle wanderte. In seinen saphirblauen Augen tanzte Brutalität und ich schluckte gegen seine Handfläche.

Er rechnete fest damit, dass er etwas in mir finden würde.

Ich konnte es an der Art sehen, wie er mich so aufmerksam musterte, als könnte er es kaum erwarten, mir den Hals umzudrehen, weil ich mich ihm widersetzt hatte.

Das war eine Seite von Cam, die ich noch nie gesehen hatte – das wahre Raubtier unter der Oberfläche. Normalerweise hatte er diesen Teil von sich versteckt und seine menschliche Maske über seine vampirische Seite gelegt.

Jetzt wirkte er noch wilder. In Einklang mit seinem Hunger. Es kümmerte ihn nicht mehr, dass die Sterblichen um ihn herum seine wahre Natur fürchten könnten. Er verlangte von allen, die unter ihm standen, sich zu beugen.

Irgendwo in dir steckt mein Cam, dachte ich, während mein Blick kühn den seinen hielt. *Ich werde einen Weg finden, ihn wieder zum Leben zu erwecken. Das schwöre ich.*

Er schürzte die Lippen, als wäre er von meinem mentalen Versprechen fasziniert, aber ich wusste, dass er mich nicht hören konnte. Zwischen unseren Gedanken existierte eine Barriere – eine, die er kontrollierte, nicht ich.

Ich würde es sofort wissen, wenn er die Mauer niederriss, denn dann könnte ich die Worte hören, die den gefährlichen Ausdruck in seinem viel zu hübschen Gesicht nährten.

Was bedeutete, dass die Blockade zwischen uns immer noch sehr präsent war.

„Ein Schwan, hm?", sinnierte er. Sein Daumen streichelte meinen Puls, als er den Spitznamen nannte, den ich erwähnt hatte. „Das ist interessant. Passt zu deinen zarten Zügen." Er ließ seinen Blick über mich schweifen. „Aber deine Augen sind im Moment eher katzenhaft als vogelartig."

Er drückte meine Kehle zusammen und hinderte mich an einer Antwort – nicht dass ich gewusst hätte, was ich sagen sollte. Abrupt ließ er mich wieder los.

„Heb deine Haare an!", befahl er, während er den Scanner einschaltete. „Ich fange mit deinem Nacken an."

Ich raffte meine verirrten Strähnen zu einem Pferdeschwanz zusammen, mein *katzenhafter* Blick blieb an seinem haften.

Seit wann bin ich katzenartig?, fragte ich mich. *Cam hatte mich immer als Schwan beschrieben.*

„So zerbrechlich und doch so schön", hatte er oft gesagt.

Nicht ein einziges Mal hatte er mich mit einer Katze verglichen.

Auch hatte er mich nie als Maus bezeichnet.

Wenn ich diese Liebkosungen – oder vielleicht auch Beleidigungen – aus seinem Mund hörte, hatte ich fast den Eindruck, dass dieser Mann besessen war.

Oder dass ich Cam überhaupt nicht kannte.

Aber das stimmte nicht. Wir waren vor seiner Gefangennahme tausend Jahre lang zusammen gewesen. Ich kannte ihn besser als jeder andere.

Doch diese Version …, dachte ich, als er den Scanner an meine Kehle setzte. *Diese Version erkenne ich überhaupt nicht wieder.*

Seine Pupillen weiteten sich, als er sich auf das Gerät

konzentrierte, das über meine Haut glitt. Das leise Summen der Elektrizität war das einzige Geräusch zwischen uns.

Er bewegte den Scanner langsam über meine Haut und überprüfte jeden Zentimeter meines Halses, bevor er das Gerät an meinem Nacken entlang nach oben und in meine Haare schob.

Ich hielt meinen Pferdeschwanz in einer einzigen Faust und war wie erstarrt unter seinen Berührungen. Er arbeitete um meine Hand herum, untersuchte meinen Kopf und die Seiten, bevor er sagte: „Lass los und presse beide Handflächen auf deine Oberschenkel!"

Ich gehorchte und studierte seinen immer noch dunklen Gesichtsausdruck, während er seinen Weg entlang meines Hinterkopfes fortsetzte.

Das elektrische Summen vibrierte in meinen Ohren und jagte mir einen Schauer über den Rücken. Dann wandte er sich meinem Gesicht zu.

Ich weigerte mich, die Augen zu schließen. Nicht, dass er mich darum gebeten hätte. Er hielt meinen Blick eine ganze Weile fest. Seine Lippen zuckten wieder, bevor er seine Aufmerksamkeit auf meine Schultern und meinen oberen Rücken richtete.

Mit einer Hand zog er mich am Nacken nach vorn. Sein Oberkörper drückte gegen meinen nackten Arm, während seine andere Hand meine Wirbelsäule bis hinunter zu meinem Hintern erkundete.

Ich wartete darauf, dass er mir befahl, auf alle viere zu gehen, so wie er es getan hatte, als er mich hatte ficken wollen. Aber er sagte nichts. Stattdessen hielt er mich im Wesentlichen an sich gedrückt, während er mich untersuchte, und benutzte seine Hand, um mich nach Bedarf zu manövrieren.

Er untersuchte meine Seiten und meine Arme, dann

fuhr er mit meinem Oberkörper fort, bevor er sich wieder zu meinen Brüsten hocharbeitete.

Es war alles sehr klinisch, und doch hatte die Art und Weise, wie er mich bewegte, um seine Anforderungen zu erfüllen, etwas unbestreitbar Sinnliches. Seine Berührungen waren nicht hart, nur fest. Selbstbewusst.

Aber als er meine Beine erreichte, schien er ein wenig zu zögern. Vor allem, als er den Scanner in die Nähe meiner Innenseiten der Oberschenkel brachte.

Das Blut aus seiner Wunde war auf meiner Haut getrocknet, mein Körper hatte den Biss größtenteils geheilt, dank seiner Essenz, die durch meinen Körper floss.

Er betrachtete die Verletzung eine Weile. Der Hunger schien seine Iriden zu einem tiefen, ozeanischen Blau zu verdunkeln. Ich fragte mich, ob er mich sauber lecken wollte, und ich konnte mich nicht davon abhalten, es mir vorzustellen.

Seine Zunge an meiner Klitoris. Sein Mund, der diese intime Stelle von mir erwärmt. Seine Finger ...

Ich schluckte, der Gedanke brachte meine unteren Gliedmaßen dazu, sich zu verkrampfen, als das Gerät zwischen meinen Schenkeln eintauchte. Aber das Metall war nicht das, wonach ich mich sehnte. Es war überhaupt nicht das, was ich benötigte oder begehrte.

Und das leichte Kräuseln von Cams Lippen verriet mir, dass er das wusste.

Langsam scannte er meinen Intimbereich und versetzte mich tiefer in einen seltsamen Zustand des Verlangens.

Das sollte mich nicht anmachen. Ich ... ich will das nicht genießen ...

Meine Kehle war wie zugeschnürt und mein Verstand schien zu zersplittern zwischen der Erinnerung an meine Realität und dem Verlieren in der Berührung meines Gefährten.

Aber er ist nicht mein Cam. Er ist … er ist jemand … etwas …

Er umfasste meine Hüfte und bewegte sich dann mein Bein hinunter, während er mich weiter wie eine Puppe steuerte. Jede Berührung war zielgerichtet und effizient, aber als er sich meinem verletzten Knöchel näherte, wurde sein Griff lockerer.

Er streichelte die Haut dort, und ich zuckte leicht zusammen, weil das federleichte Streicheln kitzelte. „Tut das weh?", fragte er mit trügerisch sanfter Stimme.

Ich betrachtete meinen Knöchel und stellte überrascht fest, dass er nicht mehr schmerzte. „Er ist weitgehend verheilt", gab ich zu. Das bedeutete, dass er mich schon viel länger scannte, als es mir bewusst gewesen war.

Angesichts der Gründlichkeit, mit der er vorging, war das nur logisch. Ich war eher überrascht, wie einfach ich in seinen Bann geraten war und vergessen hatte, was genau wir eigentlich taten.

Anstatt mir eine Antwort zu geben, nickte er und untersuchte meine unteren Gliedmaßen.

Das Gerät hatte keinen einzigen Ton von sich gegeben, genau wie ich es erwartet hatte. Umso befriedigender war es, seinem Blick standzuhalten, als er mich endlich wieder ansah.

„Setz dich auf mich, Löwin", sagte er, und die Wahl seines Spitznamens überraschte mich fast so sehr wie seine Forderung. „Jetzt!"

Er drehte seinen Körper von mir weg und stellte die Füße auf den Boden.

Dadurch war ich gezwungen, um ihn herumzukriechen und mich auf seinem Schoß niederzulassen, was mir normalerweise nichts ausgemacht hätte. Aber die Handlung erinnerte mich an Michaels stille Gegenwart. Er stand ein paar Schritte vom Bett entfernt, sodass er meine nackte Gestalt sehen konnte, als ich meine Beine über Cams muskulöse Schenkel spreizte.

Eine Gänsehaut kribbelte auf meinen Armen, und mein Rücken fühlte sich den Blicken des anderen Mannes völlig ausgeliefert.

Doch dann legte Cam erneut seine Handfläche um meinen Nacken, und plötzlich war er der Einzige, den ich sehen konnte. Seine schönen Iriden. Sein markantes Kinn. Seine grausam gut aussehenden Lippen. So voll und perfekt. Seine markanten Wangenknochen. Seine dichten dunklen Haare.

Ich konnte seine Stärke unter mir spüren, seine Seele, die mit der meinen verbunden war.

Ich bin in Sicherheit.

Aber ich war überhaupt nicht sicher. Die Gefahr strömte praktisch in dunklen, giftigen Wellen von ihm aus und ertränkte mich in einem Meer von Bosheit.

Ich verstand das nicht. Ich hatte seinen Test bestanden. Ich hatte nichts falsch gemacht.

Und doch konnte ich seine Absicht spüren. Er wollte bestrafen. Er wollte verletzen. Er wollte *töten*.

Sein Griff wurde fester, als er mich nach oben zog und mich zwang, mein Gewicht auf den Knien zu balancieren, während er meinen Hintern Michael gegenüber völlig entblößte.

Ein Schauder durchfuhr mich, holte mich in die Realität zurück und ließ mich fragen, was er als Nächstes zu tun gedachte. *Wird er mich dem anderen Mann anbieten? Wird er ihm erlauben, mich zu schlagen? Was habe ich falsch gemacht? Warum ist er ...*

Metall berührte die Rückseite meines Oberschenkels.

Der Scanner. Ich blinzelte. *Er untersucht meinen Arsch auf das Implantat.*

Oh.

Das war die letzte Stelle, die er untersuchen konnte. *Natürlich.*

Ich holte tief Luft und konzentrierte mich auf die scharfen Konturen seines Gesichts, während er arbeitete. Furchteinflößende Linien bestimmten seine Züge, sein Zorn war spürbar. Er schien mich bestrafen zu wollen, doch das Gerät gab keinen Laut von sich.

Weil ich unschuldig bin. Zumindest teilweise.

Wäre ich in der Lage gewesen, Damien zu erreichen, hätte ich es getan. Aber ich hatte keinen Grund, den Alarm auszulösen, die Türen zu öffnen oder was auch immer in dieser kurzen Zeitspanne geschehen war. Was hätte ich dadurch gewonnen?

Und warum sollte ich versuchen, zu fliehen?

Ich hatte über ein Jahrhundert damit verbracht, mich nach meinem verlorenen Gefährten zu sehnen. Er war vielleicht nicht mehr der Mann, den ich einst gekannt hatte, aber er war immer noch Cam. Ich hatte jetzt die Verantwortung, ihn zu retten und ihn an seinen eigenen Verstand zu erinnern. Wegzulaufen, würde nichts bewirken.

Er ließ meinen Hals los und warf den Scanner neben uns aufs Bett. „Sie ist clean, Michael." Cams Hände wanderten zu meinen Hüften, als er mich von sich wegzog und neben das Gerät auf die Matratze setze. Ich zuckte ein wenig zusammen, als er mich berührte, aber es war sein Tonfall, der meine Aufmerksamkeit erregte.

Denn er klang unglaublich ruhig. Das passte nicht zu der Dunkelheit, die in seinem Blick lag, oder zu der starren Art, wie er sich bewegte, als er aufstand.

Etwas kommt auf uns zu, flüsterten meine Instinkte. *Etwas Böses.*

„Das macht sie nicht unschuldig, mein Lehnsherr", erwiderte Michael, sein längliches Gesicht ohne jegliche

Emotion. Entweder bemerkte er die Feindseligkeit nicht, die unter Cams gelassener Fassade brodelte, oder er wusste, dass sie nicht für ihn bestimmt war.

Ich zitterte. *Kann ich das nur wegen unserer Verbindung spüren?*

Cam war noch nie ein sehr wütender Mann gewesen, auch nicht, als er mit Liliths Vorschlägen zur Veränderung der Gesellschaft konfrontiert worden war. Er war immer strategisch und gelassen vorgegangen und hatte es vorgezogen, die Dinge mit Worten zu regeln, anstatt zu kämpfen.

Aber diese Version von ihm schien Letzterem nicht abgeneigt zu sein.

Es sei denn, ich lese ihn völlig falsch.

„Sie könnte trotzdem mit Damien zusammenarbeiten", fuhr Michael fort. „Ich habe die Störung zu Eurem Laptop zurückverfolgt. Es ist gut möglich, dass er ihr beigebracht hat, wie sie ihn erreichen oder wie sie den Angriff von innerhalb des Geländes orchestrieren kann. Sie muss gründlich verhört werden."

„Hast du es deshalb auf dich genommen, sie zu befragen?", fragte Cam, in dessen Worten immer noch diese unheimliche Gelassenheit mitschwang.

„Ich habe angefangen, sie zu befragen, als ich sie mit Eurem Laptop im Treppenhaus angetroffen habe, mein Lehnsherr. Sie war nicht sehr entgegenkommend."

„Vielleicht, weil du dich zunächst für Gewalt entschieden hast." Cam ließ die Hände in seine Hosentaschen gleiten, während er sich vor mich schob und Michael aus meinem Blickfeld nahm. „Hast du deshalb beschlossen, ihren Knöchel zu brechen, ja?"

Michael schnaubte. „Sie ist bei dem Sturz umgeknickt. Ich habe nur ein wenig Druck ausgeübt, um sie zum Sprechen zu bringen."

„Und hat es funktioniert?"

„Nein. Sie hat sich geweigert, mir etwas zu sagen, was wiederum beweist, dass sie schuldig ist. Oder zumindest, dass sie etwas verheimlicht."

Nun, da hatte er nicht unrecht.

„Du glaubst also, dass sie in der Lage ist, Laptops zu benutzen, um unser Sicherheitssystem lahmzulegen?", fragte Cam weiter. „Du glaubst, dass sie Sota und Troph freigelassen hat?"

Ich starrte auf seinen Rücken, während ich die Namen in meinem Kopf wiederholte. Das waren zwei der Gesegneten. Die Väter von Sahara und Lajos. *Sind sie es, die ich auf dem Video gesehen habe?*

„Was hätte sie davon, ihre Lektion zu stören?", fügte Cam hinzu, wobei sein Tonfall ein wenig nachließ und Dunkelheit enthüllte. „Möchtest du andeuten, dass sie hier ist, um die gesamte Operation zu sabotieren? Das würde bedeuten, dass sie weiß, was wir tun. Ist das öffentlich bekannt?"

„Nun, nein, aber …"

„Warum sollte sich *meine Erosita* mir widersetzen? Ihrem Lehnsherrn?" Er trat einen Schritt vor. „Willst du behaupten, ich hätte sie nicht richtig dazu ausgebildet, mir zu dienen?"

„Nein, natürlich nicht, mein …"

„Dann frage ich noch einmal. Was würde sie in dieser Situation gewinnen, Michael? Warum sollte sie versuchen, unsere Operation zu Fall zu bringen?"

„Weil sie nicht ersetzt werden will", sagte Michael schnell. „Der ganze Zweck der Operation ist die Herstellung von unsterblichen Blutbeuteln. Wenn dieser Prozess perfektioniert ist, werdet Ihr sie nicht mehr brauchen."

Meine Lippen klafften auseinander. *Was? Das ist …
das …? Aber … aber wie?*

Ich blinzelte, und mein Verstand gab mir schnell eine
Antwort auf das, was Michael gerade gesagt hatte. Sie
erschufen weitere Gesegnete.

Die Gesegneten brauchten kein Blut, um zu überleben,
nur ihre Kinder brauchten es. Und doch waren die
Gesegneten unsterblich.

Das machte sie zur perfekten Nahrungsquelle für
Vampire.

Weil sie nicht sterben können.

Und dann … dann würde Cam mich nicht länger
brauchen. Seine *Erosita*. Seine Gefährtin. Seine
unsterbliche Blutquelle, aber mit seelischem Band.

Verdammt …

CAM

DAS SCHARFE EINATMEN hinter mir verriet mir alles, was ich wissen musste. Trotzdem warf ich einen Blick über meine Schulter, um den schockierten Ausdruck auf den Zügen meiner *Erosita* zu sehen. Vor allem aber wollte ich sicherstellen, dass Michael ihn auch sehen konnte.

„Sieht ihr Gesicht aus wie das einer Frau, die bereits über unsere Absichten Bescheid weiß, Michael?", fragte ich unverblümt. „Denn auf mich wirkt sie definitiv überrascht."

Michael räusperte sich. „Sie könnte schauspielern."

Ich schnaubte. „Zweifelhaft." Die Tränen in ihren Augen waren zu echt, um gespielt zu sein, was ich nur deshalb wusste, weil sie an meiner Seele zerrten.

Ironischerweise war das der Grund, warum ich die Verbindung zu diesem Menschen abbrechen musste.

Ismerelda weckte in mir irrationale Sehnsüchte, die mich auch in diesem Moment beherrschten. Wie das

Verlangen danach, Michael zu *töten*, weil er meine *Erosita* berührt hatte.

„Ihr … erschafft … und ersetzt …" Ismerelda verstummte. Sie blinzelte heftig, während sie versuchte, ihre Emotionen unter Kontrolle zu bringen.

Ich wölbte eine Augenbraue und wartete darauf, dass sie noch mehr sagte. Aber meine süße Löwin war hinter einer Wolke des Zweifels verschwunden. Der selbstbewusste, katzenhafte Teil von ihr hatte nicht länger die Kontrolle.

Eine Schande, wirklich.

Während der Benutzung des Scanners war ich von diesem Aspekt ihrer Persönlichkeit äußerst fasziniert gewesen. Sie hatte sich kühn und selbstbewusst gegeben. Ihr Blick hatte meinen festgehalten, ohne mit der Wimper zu zucken. Wortlos hatte sie mir zu verstehen gegeben, mich nicht verraten zu haben.

Dann hatten ein paar unbedachte Worte von Michael die wilde Löwin verjagt und den *Schwan* zurückgelassen.

Was für ein aufregendes Mysterium, staunte ich und starrte sie immer noch an. Ihre Komplexität musste mich so gefesselt haben, dass ich sie behalten hatte.

Nun, das und ihr köstliches Wesen.

Vielleicht hatte auch Sex eine Rolle gespielt. Obwohl ich diesen Aspekt bislang nicht erlebt hatte.

Bald. Sobald ich mit Michael fertig bin.

„Welchen anderen Grund sollte sie also haben, unsere Pläne zu unterwandern?", fragte ich und konzentrierte mich wieder auf den fraglichen Mann. „Weil sie offensichtlich nichts von unserem Ziel gewusst hat, bis du es erwähnt hast."

Michaels grüne Augen verengten sich leicht. „Ihr Bruder ist ein bekannter Akteur in der Revolution, und er ist technisch versiert."

„Dessen bin ich mir bewusst", murmelte ich.

„Und sie", er deutete auf Ismerelda, „ist seine Schwester. Sie hat bei einem Clan gelebt, der ebenfalls dafür bekannt ist, gegen unsere Prinzipien zu sein. Es ist nur logisch, dass sie ihrem Bruder hilft, unsere Operationen zu vereiteln, unabhängig von unseren Zielen."

Das war ein viel besserer Grund, sie zu beschuldigen, ihrem Bruder zu helfen. *Aber* ... „Wir wissen weiterhin nicht, ob Damien wirklich verantwortlich ist."

„Wer auch immer dahintersteckt, will offensichtlich unsere Arbeit hier sabotieren. Und die Einzigen, die ein Motiv dafür haben, sind Mitglieder der Revolution Eures Cousins." Michael verschränkte die Arme vor der Brust. „Und die Probleme haben mit ihrer Ankunft hier begonnen."

„Als sie bewusstlos war", erinnerte ich ihn. „Das bedeutet, dass sie sich nicht in das System gehackt haben könnte, um einen Kommunikationskanal mit ihrem Bruder zu öffnen. Aber er – oder jemand anderes – hatte in dieser Zeit Zugang zu unseren Daten."

Michaels Kinn zuckte, aber er sagte nichts weiter.

Gut, denn ich war noch nicht fertig.

„Ich habe sie von Kopf bis Fuß auf einen Chip gescannt. Sie ist clean, was deine Theorie widerlegt, dass Damien ihr einen Chip eingepflanzt hat, den er dann auf irgendeine Weise benutzt hat, um sich mit unseren Systemen zu verbinden."

Michael äußerte sich immer noch nicht, nickte aber auch nicht bestätigend. Er starrte nur vor sich hin und wartete auf mehr.

„Selbst wenn Ismerelda heute Abend auf wundersame Weise über meinen Laptop eine Verbindung zu Damien hergestellt haben sollte, erklärt das immer noch nicht den anfänglichen Angriff auf unser System", fuhr ich fort. „Und es erklärt auch nicht, warum sie ihm heute Abend plötzlich zu Hilfe kommen müsste."

Denn auch hier gab es kein anderes Motiv als den Wunsch, unsere Operationen zu zerschlagen.

Ismerelda musste jedoch wissen, dass eine Beeinträchtigung unserer Ziele auch ihr selbst schaden würde. Sie gehörte mir. Wenn ich versagte, scheiterte sie. Es ergab keinen Sinn, dass sie versuchte, mich zu bekämpfen, wenn ich sie bereits besaß.

„Vielleicht hat sie ihn heute Abend kontaktiert, um ihm ein Update zu geben. Vielleicht hat mich der Tracker deshalb zu Eurem Laptop geführt", schlug Michael vor.

„Aufgrund des Angriffs verfügt mein Laptop über keine externen Kommunikationsmöglichkeiten", gab ich zu bedenken. „Oder gehst du davon aus, dass sie einen Ausweg kennt, den unser gesamtes technisches Team bislang nicht gefunden hat?"

Das erschien mir ziemlich unwahrscheinlich. Ich schaute sie an, neugierig auf ihren Gesichtsausdruck, und erschrak über das grimmige Glänzen in ihren Augen.

Die Löwin ist zurück und sie ist sauer, bemerkte ich erstaunt. *Ausgezeichnet.*

„Weißt du mehr über Computer, als du mir weismachen wolltest?", fragte ich.

„Wollt Ihr mich durch einen unsterblichen Blutbeutel ersetzen?", konterte sie, offensichtlich immer noch von dieser Offenbarung überwältigt.

„Nicht heute", antwortete ich. „Oder in nächster Zeit. Schließlich hat Lilith mich komplett im Stich gelassen."

Daraufhin schnaubte sie, ein Geräusch, das mir sehr missfiel. Es war sowohl unhöflich als auch inakzeptabel.

Ich sah ihr direkt ins Gesicht. „Hast du deinen Platz vergessen, *kleiner Schwan*?" Ich machte einen Schritt auf sie zu. „Soll ich dich in die Knie zwingen und an deine Aufgabe hier erinnern?"

Die Raubkatze tanzte wütend in ihrem Blick und ich wurde sofort hart.

Diese Frau war keineswegs gebrochen. Sie war voller Feuer und Leben, was sie von Sekunde zu Sekunde faszinierender machte.

Kein Wunder, dass sie mir gehört. Tausend Jahre, und sie sieht mich immer noch so an? Mit so viel Leidenschaft und Selbstvertrauen?

Außerdem hat sie bewiesen, dass sie weiß, wann sie sich beugen muss. Wann sie sich zu unterwerfen hat.

So exquisit.

Ich wollte sie beißen. Sie beherrschen. Sie beanspruchen und ihr Brüllen hören.

„Ich kenne mich ein bisschen mit Computern aus, mein Lehnsherr", sagte sie und schreckte mich aus meinen hungrigen Gedanken auf. „Genug, um mich einzuloggen, nachdem Ihr mir Euer Passwort gezeigt habt. Aber Ihr hattet keine Verbindung zu einem externen Netzwerk, und selbst wenn ich meinem Bruder eine Nachricht hätte schicken wollen, wäre es mir nicht möglich gewesen."

„Du gibst also zu, dich auf seinem Laptop eingeloggt zu haben?", unterbrach Michael den Moment und vergaß dabei seinen Platz in diesem Raum.

„Ich habe mich eingeloggt, um eine E-Mail zu schreiben. Um Damien wissen zu lassen, dass es mir gut geht", antwortete Ismerelda, ihren Blick immer noch auf mich gerichtet.

„Ohne meine Erlaubnis?"

Sie runzelte die Stirn. „Ihr wart immer damit einverstanden, dass ich mit ihm spreche. Mir war nicht klar, dass ich eine Erlaubnis benötige."

„Weil du deine Rolle in dieser neuen Welt erst noch lernen musst", brummte Michael hinter mir.

Ja, apropos Rolle ...

Ich drehte mich noch einmal zu ihm um.

Zeit, meine Bestie loszulassen.

„Ismerelda ist meine *Erosita*, Michael. Nicht deine." Ich machte einen Schritt in seine Richtung. „Ich habe bereits erklärt, dass *ich* derjenige bin, der sich um sie kümmern wird. Nicht du."

Er wich einen Schritt zurück. „Natürlich, mein ..."

„Nein", unterbrach ich ihn. „Diese Antwort ist inakzeptabel, Michael. Denn du hast bereits bewiesen, dass du meine Position nicht respektierst oder verstehst."

Ich stürzte mich auf ihn und packte seinen Hals, bevor er etwas erwidern konnte. Die Wucht meiner Bewegung schleuderte ihn gegen die Wand neben der Tür.

Seine Augen weiteten sich, seine Lippen bewegten sich lautlos, als ich zudrückte. Anders als bei Ismerelda machte ich mir bei Michael nicht die Mühe, meine Kraft zu kontrollieren. Er hatte es verdient, meine Macht zu spüren und zu erkennen, wen er mit seinem unvorsichtigen Handeln verärgert hatte.

„Ismerelda mag ein Mensch sein und deshalb im Rang unter dir stehen, aber es ist weder deine Aufgabe noch dein Recht, sie auszubilden. Sie gehört *mir*. Wenn ich will, dass sie diszipliniert oder verhört wird, werde ich das tun. Niemals du. Denn du hast kein Recht, *sie anzufassen*."

Ich hob ihn gegen die Wand, woraufhin seine Beine herunterbaumelten.

„Ich habe dich gewarnt, dich von meiner *Erosita* fernzuhalten, aber du hast Spuren auf ihrer zarten Haut hinterlassen. Blutergüsse mit deinem Abdruck. Und das alles nur, weil du das Gefühl hattest, es sei dein Recht, das zu tun."

Er schüttelte den Kopf, was mich nur noch wütender machte.

„Ich habe den Abdruck gesehen, Michael. Du kannst nicht leugnen, was du getan hast, und es gibt auch keine Entschuldigung dafür. Ich habe mich klar ausgedrückt und du hast mir nicht gehorcht."

Er legte seine Hand auf meine; seine Augen tränten aufgrund des Sauerstoffmangels. Aber in seinem Blick fehlte die Trauer, er zeigte keine Anzeichen von Reue oder bat um Nachsicht.

Stattdessen war alles, was ich sah, Wut. Wahrscheinlich, weil er nicht glauben konnte, dass ich ihn wegen eines Menschen bestrafte. Es war herabsetzend und grausam, aber genau diese Arroganz war der Grund, warum dies geschehen musste.

„Sie ist nicht nur ein Mensch", erinnerte ich ihn. „Sie ist *mein* Mensch. Mein Haustier. Mein Schützling. Das macht sie auf eine Weise überlegen, wie es andere Sterbliche nicht sind, denn *ich bin dein König*. Und man rührt das Eigentum eines Königs nicht ohne Erlaubnis an."

Ich ließ ihn los, bevor er ohnmächtig wurde. Sein schmerzhaftes Keuchen hallte durch den Raum, als seine Knie unter ihm nachgaben.

Er sackte zu Boden und hustete, seine langen blonden Haare verdeckten sein Gesicht.

„Rühr sie nicht noch einmal an, Michael. Oder ich werde dir deine unsterbliche Gabe schneller nehmen, als du blinzeln kannst."

Ich stellte meinen Lederschuh auf seinen Knöchel und übte so viel Druck aus, wie es mir möglich war. Er schrie auf, das Geräusch war heiser und brüchig und bei Weitem nicht so laut wie das Brechen seiner Knochen.

Aber meine innere Bestie war weiterhin nicht zufrieden.

Ich brauchte *mehr*.

Er hatte mir nicht gehorcht. Er hatte meine Frau berührt. *Sie gezeichnet.*

Mit dem nächsten Atemzug zerschmetterte ich seinen anderen Knöchel, beugte mich hinunter, um ihn am Hals zu packen, und öffnete mit der anderen Hand meine Tür.

„Betrachte dies als deine einzige Warnung, Michael. Beleidige mich nicht noch einmal, indem du mein Eigentum anrührst." Ich ließ ihn im Flur fallen und knallte die Tür zu.

Entweder das oder sein Ende.

Leider war er in den vergangenen Wochen besonders hilfreich gewesen, als ich aus meinem langen Schlaf erwacht war. Also war ich bereit, ihm diese eine Chance zu geben.

Allerdings würde sie nur von kurzer Dauer sein, wenn er Ismerelda auch nur wieder ansah.

Ich strich mit der Hand über mein Hemd und wandte mich der Frau zu, die mich mit ihrem katzenhaften Blick aufmerksam beobachtete.

In ihren Zügen lag ein Hauch von etwas, das ich nicht genau definieren konnte. Es war weder Angst noch Abscheu, noch war der Ausdruck aus Schock oder Überraschung geboren.

Ich legte neugierig den Kopf schief. „Du hast keine Angst." Das war keine Frage, sondern eine Feststellung. „Aber du starrst mich so seltsam an. Warum?"

Sie sagte eine ganze Weile nichts, was mich dazu brachte, sie an unsere Rollen hier erinnern zu wollen. Aber auf eine ganz andere Art und Weise, als ich Michael gerade in seine Schranken verwiesen hatte.

Ich machte einen Schritt nach vorn, bereit, eine neue Lektion zu beginnen, als sie sagte: „Ihr habt mich gerade an jenen Abend erinnert, an dem wir uns zum ersten Mal begegnet sind."

„Den Abend, an dem wir uns begegnet sind?",
wiederholte ich und runzelte die Stirn.

Ihre Lippen kräuselten sich ein wenig. „Ja."

„Wie haben wir uns kennengelernt?" Ich war mir nicht
sicher, warum das so wichtig war, aber ich wollte es
unbedingt wissen.

„Ihr habt mich vor einer Gruppenvergewaltigung
gerettet", antwortete sie und versetzte mir damit einen
gewaltigen Schrecken.

„Ich habe was?" Ich runzelte die Stirn. „Das klingt
ganz und gar nicht nach mir." Ich war kein Held.
Außerdem vermied ich normalerweise menschliche
Interaktionen und überließ sie, wann immer möglich,
ihrem eigenen Schicksal. „Warum zum Teufel habe ich das
getan?"

Sie lachte leise und schüttelte den Kopf. „Weil Ihr mich
gejagt habt und sie Euch Euer geplantes Mahl verderben
wollten."

„Oh." Das klang schon viel plausibler.

„Aber ich hatte keine Angst vor Euch", fuhr sie fort.
„Und das hat Euch fasziniert."

Ich starrte sie an. Ja, natürlich. Denn ich hatte die
Löwin in ihrem Blick gesehen. Genau wie heute Abend
auch.

„Ich wusste schon durch meinen Bruder über Vampire
Bescheid", fuhr sie fort. „Also wusste ich auch, was Ihr
seid. Oder habe es zumindest vermutet. Dann habe ich
Ryder erwähnt."

Ich rückte näher ans Bett, während ich zuhörte,
gefesselt von dieser Begegnung, an die ich mich nicht
erinnern konnte.

„Und das hat alles verändert", schlussfolgerte sie.

„Weil ich das Eigentum eines anderen Royals nicht

verletzen wollte", mutmaßte ich, wohl wissend, wie ich jetzt in einer ähnlichen Situation handeln würde.

Es spielte keine Rolle, dass ich älter war und daher einen höheren Rang in der Blutlinie innehatte als Ryder. Auseinandersetzungen mit anderen Royals waren zeitaufwendig und blutig. Ich hätte so etwas nicht wegen eines Essens riskieren wollen.

„Trotzdem habe ich dich offensichtlich behalten." Ich ließ meine Hände in die Taschen gleiten, als ich neben dem Bett stehen blieb, meine Schenkel nur wenige Zentimeter von der Matratze entfernt. „Und was ist dann passiert?"

„Ich habe Euch von meiner Verbindung zu Damien und Ryder erzählt. Und dann habe ich Euch angefleht, mich zu beißen." Ihre Wangen röteten sich ein wenig. „Ich wollte wissen, wie sich das anfühlt."

„Und ich habe gehorcht?"

Sie schnaubte, und das Geräusch ärgerte mich weniger als zuvor. „Kaum. Ich glaube, Ihr habt zweimal genippt, bevor Ihr darauf bestanden habt, dass ich von Euch trinke, um mich zu heilen."

„Warum sollte ich das tun?"

Sie zuckte mit den Schultern. „Weil Ihr Angst hattet, mich zu verletzen."

„Ich verstehe." Wahrscheinlich hatte ich Angst vor den Konsequenzen Ryders. Er hatte ihren Bruder verwandelt und sie damit gewissermaßen zu einer Angehörigen seines Stammbaums gemacht. Er wäre ihr gegenüber sehr beschützerisch gewesen.

Wahrscheinlich war er das immer noch, obwohl sie mir gehörte.

„Dann seid Ihr über Monate bei mir geblieben, während wir auf die Rückkehr von Ryder und Damien gewartet haben. Damals gab es noch keine Technologie, also hatten wir keine andere Wahl."

„Ich bin bei dir geblieben?" Das war überraschend. Vielleicht hatte ich etwas mit Ryder besprechen wollen.

„Das seid Ihr. Wir haben immer wieder Blut ausgetauscht, was zu anderen Dingen geführt hat." Ihre hellgrünen Augen tanzten vor Vertrautheit. „Und schließlich habt Ihr mich beansprucht."

„Bevor Ryder und Damien zurückgekommen sind?", riet ich.

„Ja. Etwa drei Wochen vor ihrem Besuch."

„Wie haben sie reagiert?" Denn ich konnte mir vorstellen, dass Ryder nicht erfreut gewesen war.

„Wie überfürsorgliche große Brüder", murmelte sie. „So verhalten sie sich immer noch."

Was bedeutete, dass Ryders und Damians Handlungen dadurch bestraft werden könnten, dass ich meine *Erosita* vor ihren Augen tötete.

Aber natürlich könnte mich das auch verletzen.

Hmm, ich würde diesen Gedanken später noch einmal aufgreifen müssen. Am besten, *nachdem* ich Ismerelda gebührend genossen hatte.

Ich bewunderte ihre nackten Brüste, dann ihre schlanke Taille und schließlich ihre wohlgeformten Oberschenkel. Mein Blut hatte sie schnell geheilt – genau wie vorgesehen. Nun saß eine erfrischte Frau vor mir, die darauf wartete, geschändet zu werden.

Aber wie soll ich sie zuerst nehmen?, sinnierte ich und meine innere Bestie schnurrte in böser Absicht. Sie hatte nicht viel von meiner Essenz aufgesogen, aber sie verfügte über genügend Energie, um meinen Ansprüchen gerecht zu werden.

Zumindest hoffte ich das.

Sie schluckte und lenkte meine Aufmerksamkeit erst auf ihre zarte Kehle und dann wieder auf ihre Augen. Die

Erweiterung ihrer Pupillen bestätigte, dass sie meinen wachsenden Hunger spüren konnte. Und der süße Duft der angstbedingten Erregung verriet mir, dass sie ebenfalls voller Erwartung war.

Ich hatte ihr gesagt, was sie zu erwarten hatte, wenn ich zu ihr zurückkehrte. Es geschah lediglich früher, als erwartet – mit einem kleinen Umweg über einen ungehorsamen Abkömmling.

Er hat sie angefasst. Ich wurde erneut wütend. *Er hat meine Frau angefasst.*

Nun, jetzt würde ich ihn restlos von ihr entfernen.

Indem ich jeden Zentimeter ihres Körpers in Besitz nahm, innen wie außen.

Indem ich sie fickte, bis sie nicht mehr laufen konnte.

Indem ich sie stundenlang schreien ließ, bis sie heiser war.

Ich wollte ihre Tränen schmecken. In ihrem Vergnügen schwelgen. Sie zwingen, für mich zu kommen, auch wenn sie nicht mehr konnte.

Und dann wollte ich sie zerstören.

Sie mit meinem Wesen erfüllen und sicherstellen, dass sie nie wieder von einem anderen berührt werden konnte.

Um es dann erneut zu tun, bis sie an meinem Schwanz erstickte, in meinem Samen ertrank und mit mir in ihr vergraben wieder erwachte. Sie fickend. Sie nehmend. Sie *beanspruchend.*

Ich erlaubte ihr, in meinem Gesichtsausdruck das Bedürfnis zu sehen, das Raubtier in mir, das bereit war, sich seiner Beute zu bemächtigen.

Das würde weh tun.

Denn ich hatte nicht die Absicht, mich zurückzuhalten.

„Auf alle viere, Ismerelda", sagte ich zu ihr, bereit, loszulegen. „Und wehe, du bist nicht feucht für mich. Denn ob du bereit bist oder nicht, ich werde mir nehmen, was mir gehört. Und zwar sofort, verdammt noch mal."

Der überraschende Themenwechsel und meine veränderte Stimme schienen Ismerelda nicht zu stören. Sie gehorchte einfach und präsentierte mir den verführerischen Anblick ihres wohlgeformten Hinterns, während sie auf Händen und Knien balancierte.

Ich bewunderte sie von hinten, während ich mein Hemd aufknöpfte. Mein Mund lechzte nach ihr. Mein Schwanz auch.

Der Stoff flatterte über meinen Oberkörper, als ich das Hemd von meinen Schultern zog und auf den Boden fallen ließ. Meine Schuhe waren als Nächstes dran, dann mein Gürtel. Aber ich hielt inne, als ich den Knopf meiner Hose erreichte.

Etwas stimmt hier nicht.

Die Stellung war perfekt und genau das, was ich wollte. Sie roch exquisit – nach angstinduzierter Lust. Der Blick auf ihre Pussy zeigte mir, dass sie für mich glitzerte.

Doch ein seltsames Ziehen in meinem Bauch hielt mich davon ab, meine Hose auszuziehen.

Es ergab keinen Sinn. Mein Tier hechelte förmlich nach ihr, mein Schwanz war hart und bereit, aber dieses Gefühl der Ungerechtigkeit nagte an meinen Instinkten.

Ich machte einen Schritt zur Seite und betrachtete ihren Körper aus einem neuen Blickwinkel.

Ihre Titten waren fest und voll und warteten darauf, dass ich sie ergriff. Auch ihre Nippel waren hart und rosig.

Sie war definitiv erregt. So ganz anders als beim ersten Mal, als ich sie in diese Position gezwungen hatte. Und das war gut so, denn ich wollte, dass sie begierig darauf war, gefickt zu werden. Begierig darauf, mir zu gehören. Begierig darauf, *gebissen z*u werden.

Ich bewegte mich weiter, umkreiste sie, wie es ein

Raubtier tat, und hielt inne, als ich die andere Seite des Bettes erreichte.

Ihre Augen.

Sie waren es, die ich brauchte.

Diese wunderschönen grünen Iriden, die so katzenartig und voller kalkulierter Absicht waren. Fast so, als wüsste sie etwas, was ich nicht wusste. Eine Art Geheimnis.

Nein, kein Geheimnis.

Eine Herausforderung.

Eine, von der ihr Blick mir sagte, dass sie sie unbedingt gewinnen wollte. Allerdings wusste ich nicht, welches Spiel wir spielten. Aber ich war neugierig, es herauszufinden.

„Komm her und zieh mir die Hose aus!", forderte ich sie auf. Ich wollte ihre Augen fast so dringend auf mir spüren wie ihre Hände.

Sie kroch nach vorn und setzte sich mit leicht gespreizten Knien auf ihre Fersen. Ich bewunderte ihre Oberschenkel und die Andeutung ihres rasierten Venushügels, bevor ich meine Aufmerksamkeit auf ihren flachen Bauch und ihre Titten lenkte.

Und ich beendete meine Betrachtung mit diesen süchtig machenden Iriden.

Ich fühlte mich von ihr hypnotisiert, völlig verzaubert von dem gerissenen Schimmer, der in diesen smaragdgrünen Tiefen lauerte.

Wie habe ich das nur übersehen können?, fragte ich mich wie gebannt von ihrem Blick. Nicht einmal ihre Finger auf meiner Hose konnten mich ablenken. *So bezaubernd …*

Deshalb war das *Erosita*-Band so gefährlich. Deshalb musste es zerstört werden. Es schwächte selbst die ältesten Wesen, mich eingeschlossen.

Aber Ismerelda würde diesen Kampf zwischen uns nicht gewinnen.

Ich würde sie an ihren Platz erinnern – *unter mir.* Und ich würde dabei in ihre verführerischen Augen blicken.

Das Geräusch meines sich öffnenden Reißverschlusses ließ das Blut in meine Leistengegend strömen und machte mich für die Frau vor mir unendlich härter.

Eindeutig gefährlich. Aber auch süchtig machend.

Seit ich aufgewacht war, hatte ich keine andere Frau mehr berühren können. Ismerelda war die Einzige, nach der ich mich sehnte. Und das lag nicht an einem Mangel an Angeboten im Untergrund. Ich hatte ein ganzes Buffet von Blutjungfrauen zur Auswahl, und keine von ihnen hatte mich so angezogen, wie Ismerelda es in diesem Moment tat.

Zum Teil lag es an unserem Band. Aber ich vermutete, dass es viel tiefer ging. Ich hatte diese Frau aus einem bestimmten Grund gewählt. Und ich konnte es kaum erwarten, den Grund zu erfahren.

Sie kam noch ein Stück näher und schob meine Hose an den Schenkeln nach unten, bis mein pochender Schwanz zu sehen war. Doch ihre Augen hielten die meinen fest. Ihre athletische Gestalt bewegte sich auf den Boden, um zu meinen Füßen zu knien, während sie arbeitete.

Fuck.

Ihr Anblick, wie sie so vor mir kniete, war weitaus reizvoller als sie auf allen vieren zu sehen. Vor allem, weil ich ihr Gesicht sehen konnte. Ihren Blick. *Und diese unglaublichen Augen.*

Es war, als hätte man mich unter Drogen gesetzt. Meine Besessenheit von ihr wurde von Sekunde zu Sekunde stärker. Das Heilmittel war einfach – sie zu ficken.

Aber ich wollte nichts überstürzen. Ich wollte sie auskosten. Meinem Verlangen in vollen Zügen frönen. *Mich endlich lebendig fühlen.*

Die Vorfreude war unerwartet, aber willkommen. Ebenso wie Ismereldas sanfte Berührung meiner Beine, als sie mir Hose und Socken vom Leib zog.

Ich konzentrierte mich auf ihren Mund und stellte vor, wie sich ihre prallen feuchten Lippen um meinen Schaft legten. Sie würde mich tief in sich aufnehmen, während sie mich mit ihren katzenartigen Augen anstarrte. *Ja. Ja, das will ich.*

Aber ich wollte sie auch schmecken. Dieses Mal richtig. Nicht nur einen Bissen nehmen, sondern mich ausgiebig an ihr laben.

Wir haben den Rest der Nacht und den ganzen Tag Zeit, dachte ich, während meine Hand ihren Kopf fand, um ihre weichen Haare zu streicheln. *Kein Grund, etwas zu überstürzen. Ich kann sie nach Herzenslust auf jede nur erdenkliche Weise ficken.*

Und ich musste nie aufhören.

Sie gehörte mir.

Sie war mein Spielzeug.

Meine ewige Quelle des Blutes.

Meine *Erosita.*

„Du schuldest mir noch ein Dessert", sagte ich, nachdem ich beschlossen hatte, damit anzufangen. „Ich beabsichtige, dich zu vernaschen, bis du nicht mehr laufen kannst." Und im Gegenzug würde ich ihr etwas zum Schlucken geben. „Komm wieder ins Bett, kleine Löwin. Ich will, dass du mein Gesicht reitest."

IZZY

MEINE SCHENKEL VERKRAMPFTEN und das Blut in meinen Adern erhitzte sich, als ich Cams Worte verarbeitete.

„Ich will, dass du mein Gesicht reitest."

In all unserer gemeinsamen Zeit hatte Cam so etwas noch nie zu mir gesagt. Ich hatte nicht einmal realisiert, dass mir das gefallen könnte, bis er den Befehl ausgesprochen hatte.

Jetzt konnte ich nicht aufhören, die Worte in meinem Kopf zu wiederholen, während er aufs Bett rutschte. Seine Muskeln wölbten sich, als er sich bewegte, und gewährten mir einen verlockenden Blick auf diesen athletischen Mann.

So viel Kraft und Geschicklichkeit.

So viel Schönheit.

So viel *Tödlichkeit*.

Und er wollte, dass ich mein zartestes auf sein brutalstes Körperteil presste.

Ich schluckte.

Es war zweifellos seine Absicht, mich wieder zu beißen. Ich konnte es an seinem hungrigen Gesichtsausdruck erkennen, als er seinen Kopf in die Kissen legte.

Wird er dafür sorgen, dass es wehtut? Wird er mich wieder allein heilen lassen?

„Ich beabsichtige, dich zu vernaschen, bis du nicht mehr laufen kannst", hatte er gesagt.

Ein Schauer lief mir über den Rücken. *Wie weit würde er es treiben?*

Würde ich einen Weg finden, die mentalen Barrieren zwischen unseren Köpfen zu durchbrechen? Ich bezweifelte es.

Aber welche Wahl hatte ich schon?

Er plant, mich zu ersetzen. Meine Augen wurden schmal. *Weil Lilith ihn darauf programmiert hat.*

Nun, ich würde ihn umprogrammieren und dazu bringen müssen, sich an mich zu erinnern. Auch wenn es wehtat.

Ich stand auf und platzierte mein Knie auf dem Bett; mein Blick fixierte den seinen. *Du wirst wieder mir gehören. Das gelobe ich.*

Seine Lippen zuckten, fast so, als empfände er meine Gedanken als amüsant. Wenn er nur hören könnte, was ich zu sagen hatte. Er würde aus den Latschen kippen.

Deshalb musste ich mitspielen. Um die Barrieren zwischen uns zu durchbrechen, einen Moment der Schwäche im Feuer der Leidenschaft zu finden und mich durchzudrängen.

Sein Gesichtsausdruck verriet mir, dass das nicht einfach werden würde. Das Raubtier bereitete sich bereits auf den Kampf gegen mich vor, obwohl es nicht einmal wusste, welcher Kampf uns bevorstand.

Er könnte mich mit Leichtigkeit vernichten. Das wusste ich. Aber ich weigerte mich, seinen derzeitigen Zustand zu akzeptieren. Mein Cam existierte irgendwo in diesem Mann, und nichts würde mich davon abhalten, ihn zu finden.

Er beobachtete träge meine Bewegungen, während ich auf dem Bett zu ihm kroch. Ich fühlte mich wie Beute, wohl wissend, dass ich gleich von einem Vampir mit scharfen Zähnen *verschlungen* werden würde.

Mein Puls beschleunigte sich mit jedem Zentimeter, den ich ihm näher kam. Meine Handflächen waren schweißnass. Ich konnte nicht unterscheiden, ob ich erregt war oder Angst hatte. Oder eine verrückte Kombination aus beidem.

Ich hielt neben ihm inne, um die beste Art und Weise zu bestimmen, wie ich mich auf ihn setzen konnte.

Eine seiner perfekten Augenbrauen wanderte nach oben, als er sagte: „Nervös, *kleiner Schwan*?"

Diese Liebkosung hatte sich auf seinen Lippen immer süß angehört, doch aus dem Mund dieser Cam-Version wirkte es wie eine Beleidigung.

Oder vielleicht meinte er es als Herausforderung.

Ich griff nach dem Kopfteil über ihm und machte Anstalten, mich zu bewegen, aber seine Hände auf meinen Hüften hielten mich auf. „*Andersrum*, Ismerelda. Du wirst meinen Schwanz lutschen, während ich aus deiner Pussy trinke."

Meine Hände landeten links und rechts von ihm auf der Matratze, als er meine untere Hälfte nach oben zog. Automatisch spreizte ich meine Knie über ihm, wobei die Kissen meine Position unterstützten. Aber nichts von alledem hielt das unberechenbare Pochen meines Herzens auf.

Cam hatte mich nie auf diese Weise behandelt.

Er hatte mir immer Zeit gegeben, mich zu akklimatisieren, mich wohlzufühlen, um …

Er ließ seine Zunge über meine Schamlippen gleiten und ich zuckte überrascht zusammen. „Verdammt köstlich", murmelte er, und meine Knie wurden weich.

Es war, als wäre ich mit einem neuen Mann zusammen. Mit jemandem, den ich noch nie zuvor getroffen hatte. Einem Fremden.

Zählt das als Betrug?, fragte ich mich fassungslos. *Nein. Es ist ja Cam, nur eben in einer anderen Version als der, die ich kenne.*

„Hmm, vielleicht bist du wirklich ein Schwan", murmelte er gegen meine Mitte, als er meine Beine noch weiter auseinanderdrückte, sodass ich mich mehr oder weniger auf seinem Mund saß. „Eine Löwin würde meinen Schwanz schon längst lutschen."

Er streichelte meinen Hintern und ließ seine Finger langsam meine Wirbelsäule hinauffahren.

„Soll ich dich führen?" Sein tiefer Tonfall beinhaltete subtilen Spott, der sich noch bedrohlicher anfühlte, weil sein Mund direkt an meiner intimsten Stelle war. „Brauchst du Hilfe?"

Ich grub die Finger in das Bettzeug zu beiden Seiten seines Unterleibs, während seine Finger zu meinen Schulterblättern wanderten.

Das ist nicht neu, redete ich mir ein. *Wir haben bereits damit experimentiert.*

Aber damals hatte ich Cam vertraut, dass er mir nicht wehtun würde. Jetzt … jetzt war ich mir nicht mehr so sicher.

Aber etwas daran erregte mich. Vielleicht, weil es sich so frisch und neu anfühlte. Die Ungewissheit unserer Situation entfachte ein Feuer in mir, das mich dazu brachte, diese neue Seite von Cam erleben und seine Dunkelheit akzeptieren zu wollen.

Ich wollte als stark behandelt werden, nicht als zart. *Gleichberechtigt.*

Eine verrückte Vorstellung, angesichts seines Alters und seiner übernatürlichen Existenz, aber hier – im Schlafzimmer – könnte ich mich behaupten. Ich könnte diesen König in die Knie zwingen.

Denn er würde es tatsächlich zulassen, ohne unser Tempo zu diktieren oder sicherzustellen, dass ich mich bei jedem Schritt wohlfühlte. Diese Cam-Version erklärte mir, was sie wollte, und nahm kein Blatt vor den Mund.

Ich fand seine Direktheit fast beruhigend, auch wenn sie mir Angst machte.

Er will meinen Mund auf sich haben, dachte ich, als seine Handfläche meinen Nacken erreichte. *Okay.*

Und dabei würde ich in seinen Verstand vordringen.

Ich beugte mich nach vorn, bevor er mich zwingen konnte, mich zu bewegen, und meine Lippen streiften die Kuppe seines dicken Glieds, bevor ich meine Zunge zum Ansatz wandern ließ.

Sein Körper spannte sich unter meinem an und er krallte seine Finger um meinen Hals, während er gegen mein pulsierendes Zentrum knurrte. „Mehr."

Ich grinste; das Bedürfnis in diesem einen Wort stärkte mein Selbstvertrauen.

Ich wusste, was ich zu tun hatte.

Denn auch wenn Cam im Moment nicht er selbst sein mochte, war sein Körper einer, den ich schon tausendmal gemeistert hatte. Und es war über ein Jahrhundert her, seitdem er meine Berührung, meine Zunge, meine *Zähne* zuletzt zu spüren bekommen hatte.

Ich knabberte an seinem festen Fleisch und entlockte ihm ein Zischen – eines, das ich direkt an meinem empfindlichen Knubbel spürte. Sein Griff wurde noch fester, seine Vorfreude beflügelte meine Bewegungen und mein Verlangen. Ich spürte, wie ich in seinen Mund tropfte. Mein Körper war bereit für mehr, trotz der Lust, die er mir vor ein paar Stunden bereitet hatte.

Es war so lange her. So, so lange.

Dies war vielleicht nicht das Wiedersehen, nach dem ich mich gesehnt und von dem ich geträumt hatte, aber das hielt meinen Körper nicht davon ab, auf seinen Gefährten zu reagieren.

Auf meinen Cam.

Ich ließ meine Zähne an seinem Schaft entlangfahren, zurück zur Eichel, und leckte den Lusttropfen, der dort auf mich wartete. Sein Geschmack war mir vertraut, sein Stöhnen noch viel mehr.

Aus diesem Blickwinkel konnte ich weder die Grausamkeit in seinem Blick noch den fremden Ausdruck auf seinem viel zu schönen Gesicht sehen. Also stellte ich mir das Gesicht vor, das ich kannte und verehrte, das mir sagte, dass ich zu ihm gehörte, für immer und ewig, egal was passierte.

Diese Gedanken schürten das Feuer in mir und meine Schenkel krampften sich um ihn zusammen. Er hatte mich noch nicht gebissen, sondern atmete nur weiter gegen meine triefende Hitze und lockte mich mit dem Versprechen auf mehr.

Ich nahm ihn in den Mund. Ich hatte beschlossen, den Einsatz in diesem Spiel zu erhöhen. Cams Fluch erschütterte meine Falten und brachte mich dazu, gegen seine harte Länge zu stöhnen, während ich ihn tief in meine Kehle schob.

Ja. Ich schwelgte in der natürlichen Bewegung, die ich schon so oft ausgeführt hatte.

Cam hatte immer perfekt zu mir gepasst. Oder vielleicht hatte er meinem Körper einfach beigebracht, den seinen zu akzeptieren. Wie auch immer – ich kannte das, ich kannte *ihn.*

Und ich bewies es mit jedem Zungenschlag.

„*Scheiße*, Ismerelda!" Seine Finger verknoteten sich schmerzhaft in meinen Haaren, seine andere Hand wanderte zu meinem Hintern, während sich sein Mund um meine Klitoris schloss.

Ich keuchte um seinen Schwanz herum, mein Körper zuckte als Reaktion auf seinen heißen Kuss. Ich hatte damit gerechnet, aber nicht mit dem Gefühl, das damit einherging.

Er hielt sich nicht zurück und saugte an mir, als wäre ich sein persönliches Dessert. Das Ganze war rauer als sonst, *intensiver* und von der Drohung seiner Reißzähne begleitet.

Er hielt meine Haare noch fester, als er mich zwang, ihn tiefer zu nehmen; seine Begierde und sein Bedürfnis waren spürbar. Hier existierte keine Rücksicht. Keine Sorge, mich zu verletzen. Nur reine, unverfälschte *Lust*.

Das war eine Seite, die er vor mir versteckt hatte – das Monster in seinem Inneren, von dem er befürchtete, es könnte mich verletzen.

Die Entfesselung dieser grausamen Seite hätte mich eigentlich erschrecken müssen, aber ich konnte sie nur begrüßen.

Ich ließ zu, dass er meinen Kopf auf seinen Schwanz drückte. Ich nahm ihn über den Punkt der Erträglichkeit hinaus und versuchte, nicht an seiner Härte zu ersticken.

Ihm ausgeliefert zu sein, fühlte sich … natürlich an.

Als wären wir schon immer dafür bestimmt gewesen, so zusammen zu sein, dass ich ihm die Kontrolle überließ und seiner Führung folgte.

Und doch war dies anders als alles, was wir je zuvor getan hatten, und dieses Gefühl der Neuartigkeit löste ein Kribbeln tief in mir aus.

LEXI C. FOSS

Ein Prickeln, das Cam mit jedem seiner Zungenschläge vertiefte.

Meine Oberschenkelmuskeln spannten sich an, und ich konzentrierte mich darauf, ihn zu befriedigen und den Rausch zu genießen, den er in mir auslöste.

„Du machst süchtig, kleine Löwin." Seine Worte hallten in meinem Innersten wider und sandten ein Pulsieren und Pochen durch meine Adern.

Wie ist es möglich, dass ich dem Abgrund schon so nah bin?

Dann erinnerte ich mich an sein Blut.

O Gott …

Vampirblut verstärkte die menschlichen Sinne und machte Sterbliche extrem empfindlich für alles. Kein Wunder, dass ich für ihn brannte. Es war nicht nur die Tatsache, dass viel Zeit vergangen war, seit ich das zum letzten Mal erlebt hatte – mein Körper war bereit, für ihn zu explodieren.

„Ich werde die ganze Nacht damit verbringen, deinen Mund zu ficken." Er stieß seinen Schwanz nach oben, um seinen Standpunkt zu unterstreichen, woraufhin ich fast würgen musste. „Dann werde ich mir deine Pussy vornehmen." Seine Faust straffte sich und zog scharf an meinen Haarspitzen. „Und danach deinen Arsch."

Er knabberte an meiner Klitoris und entlockte mir einen Aufschrei. Sein heißer Schwanz dämpfte das Geräusch und es verstummte ganz, als er erneut in mich stieß.

„Jeder Zentimeter dieses Körpers gehört mir", keuchte er, seine Hüften hoben sich vom Bett, als er meinen Kopf nach unten drückte und meinen Mund fickte, wie er es gesagt hatte.

Ich entspannte meine Kehle, so gut ich konnte, entschlossen, ihn zu nehmen, ihn zu reizen, bis er auseinanderfiel. Denn ich wusste, wie zerbrechlich sein

Verstand im Rausch des Höhepunkts wurde, wie offen unsere Verbindung sein konnte.

Komm zurück zu mir, Cam, flüsterte ich ihm zu. *Erinnere dich an mich.*

Seine Zähne streiften meinen Kern. „Wehe, du schluckst nicht, Ismerelda", säuselte er. „Selbst wenn du schreist."

Er gewährte mir kaum eine Sekunde zum Atmen, bevor sich seine Reißzähne in mein zartes Fleisch bohrten und mich kopfüber in einen Orgasmus schickten, während sein Schwanz in meinem Mund zuckte.

O Gott, ich … ich werde … ertrinken …

Nichts an dieser Sache war gefühlvoll. Es war animalisch. Wild. Brutal. Denn er stieß immer weiter in meinen Mund, als er kam, und ich hatte keine andere Wahl, als zu schlucken, während die Ekstase mir die Sicht und die Gedanken raubte.

Ich konnte nichts anderes tun, als alles zu nehmen, in einem Rausch, wie ich ihn noch nie zuvor erlebt hatte. Denn das … das waren nicht wir. Das waren nicht unsere Handlungen. Das war nie unsere Art gewesen, miteinander zu schlafen.

So fickt eine Bestie.

Das Raubtier, das ich nie wirklich kennengelernt habe.

Der Vampir tief in seiner Seele.

Meine Lunge schrie, als ich weiterschluckte. Luft war nicht vorhanden. Ich konnte nicht atmen, denn sein Schwanz blockierte meine Kehle mit jedem seiner Stöße. Er hielt meinen Kopf fest, während seine Hüften sich unaufhörlich bewegten und meine Augen sich mit Tränen füllten.

Ich war blind.

Verloren in einer Wolke des Vergessens.

Ertrunken in einem Meer von Sünde.

Cam, hauchte ich und versuchte verzweifelt, die Mauer zwischen uns zu durchbrechen. Aber sie war zu dick, zu undurchdringlich.

Das ist nicht … Normalerweise tun wir das nicht …, stotterte ich, während ich gezwungen wurde, noch mehr zu schlucken.

Er kam immer noch.

Und ich auch, denn seine Reißzähne steckten tief in meinem Fleisch und verlangten, dass ich mich noch mehr unterwarf. Ein weiterer Höhepunkt. Tieferes Eindringen. Kein Sauerstoff.

Meine Sicht schwamm.

Meine Lunge brannte.

Mein Magen krampfte sich zusammen, als die Lust mein ganzes Wesen eroberte.

Nichts ergab mehr einen Sinn, meine Kontrolle war in dem Moment verschwunden, als er das Kommando übernommen hatte. Ich war nur ein Spielzeug. Ein Wesen, das er ficken konnte. Das er benutzen konnte. Und er war ein Tier, das die Bedürfnisse eines ganzen Jahrhunderts befriedigte.

Ich keuchte, als ich mit dem Rücken auf der Matratze aufschlug. Meine Welt hatte sich unerwartet verschoben. Meine Brust weinte sofort vor Freude über die neu entdeckte Quelle des Lebens, meine Kehle arbeitete gierig bei jedem rauen Einatmen. Aber dann veränderte sich alles erneut, und ich wurde auf den Kopf gestellt …

Nein, nicht auf den Kopf. Nicht ganz.

Nur über den Rand der Matratze geschoben.

Ich …

Cams Schwanz drängte sich wieder in meinen Mund, verkeilte sich darin und verkürzte meine Atemzüge aufs Neue.

Fuck … Er ließ mich über die Bettkante baumeln,

während er selbst die Füße fest auf dem Boden verankert hatte. Mit neugewonnener Kraft fickte er so meinen Mund.

Ich würgte, der Winkel war zu heftig, mein Körper noch nicht bereit für mehr.

Aber ich konnte ihn nicht aufhalten, nicht einmal meine Fingernägel, die sich in seine Oberschenkel bohrten – etwas, von dem ich bis jetzt nicht wusste, dass ich es tat –, drangen zu ihm durch. Wenn überhaupt, machte ihn all das nur noch aggressiver. Seine Stimme fuhr über mich hinweg, als er all das aussprach, was er mit mir machen wollte.

„Du wirst mehr schlucken", sagte er. „So viel mehr." Sein Mund war wieder an meiner Pussy, was mich dazu veranlasste, mich zu winden und zu protestieren, da mein Inneres nicht bereit war. „Genau wie ich." Seine Reißzähne bohrten sich erneut in mich und schickten mich in einen tiefen Pool der Dunkelheit.

Es … es fühlte sich gut an.

Es tat weh.

Es war zu viel.

Und gleichzeitig war es das nicht.

Sein Blut, dachte ich im Delirium. *Sein Blut heilt mich, während er mich tötet.*

Er sorgte dafür, dass ich bei Bewusstsein blieb. Und mitbekam, wie er mich folterte – mit Zungenschlägen extremer Befriedigung, gefolgt von exquisiten Qualen.

Ich versuchte, seinen Namen zu sagen, ihn um eine Minute der Erholung zu bitten. Aber das Wort klang verzerrt an seinem langen Schwanz. Seine Eichel hämmerte mit jedem seiner Hüftstöße tief gegen meine Kehle.

Einen normalen Menschen würde das umbringen. Oder zumindest etwas in ihm zerschmettern.

Aber ich … ich war kein normaler Mensch. Meine Seele war an ein uraltes Wesen gebunden, und dieses uralte Wesen hatte mir vor etwa einer Stunde etwas von seiner Essenz gegeben.

Das veränderte alles.

Es machte mich widerstandsfähiger.

Aber es hielt mich nicht davon ab, zu leiden.

Es hielt mich nicht davon ab, Angst zu empfinden und mir Gedanken darüber zu machen, auf welch schreckliche Weise dieser Mann mir wirklich schaden könnte. *Das ist nicht mein Cam, auch wenn er mein Cam ist.* Es war ein betäubender Gedanke, der mich benommen machte, als sein Schwanz wieder zu zucken begann.

Schon?, wunderte ich mich. *Oder ist schon so viel Zeit vergangen?*

Ich konnte unsere Bewegungen nicht mehr nachvollziehen, mein Geist verlor sich in einer orgastischen Wolke. Trotzdem versuchte ich, zu schlucken. Oder zumindest dachte ich das. Mein Körper hatte keine andere Wahl. Entweder das oder in seinem Samen ertrinken.

Cam …

Immer noch nichts … Diese Mauer … Sie war … *niemals zu durchbrechen.*

Ich hatte über hundert Jahre lang versucht, sie zu durchbrechen, mit meinem Gefährten zu reden. Aber nichts hatte funktioniert.

Nicht einmal dies.

Eine Träne entwischte meinem Auge – eher aus emotionalem als aus physischem Schmerz. Doch sie verschwand unter den anderen, mein Gesicht war bereits nass vom Weinen, während er meinen Mund benutzte, als wäre er ein endloses Loch. Ohne Rücksicht darauf, dass ich ihn zum *Atmen* brauchte.

Meine Glieder waren taub vom Sauerstoffmangel. Oder vielleicht, weil er so viel von mir trank.

Kann ich auf diese Weise verbluten?, fragte ich mich. Er trank nicht von meiner Arterie, aber er sättigte sich mit Sicherheit zwischen meinen Schenkeln.

Ich konnte meine Klitoris nicht mehr spüren.

Ein Segen.

Aber das war Cam. Die Liebe meines Lebens. Derjenige, der mich beschützen sollte. Mich in Ehren halten. Damit ich mich wie eine Königin fühlte.

Aber hieran war nichts *Königinnenhaftes*.

Er tötet mich schon wieder. Würde sein Blut das zulassen? Oder würde mich das an den Rand des Wahnsinns treiben und mich zu einer brutalen Erholung im Wachzustand zwingen?

Ich erschauderte bei dem Gedanken, schloss die Augen und stellte mir die morbide Möglichkeit vor.

Alles fühlte sich kalt an. Überwältigend. *Es tut weh.*

Meine Lunge glich Eis. Bei jedem Einatmen zuckte ich zusammen, weil es sich anfühlte, als würde die Luft an scharfen Speerspitzen vorbeiströmen müssen, um in meine Lunge zu gelangen. Dann berührte etwas Warmes meine Kehle.

Schon wieder?, rief ich, verwirrt und an der Grenze zum Wahnsinn.

Ich hatte einen Weg in seinen Verstand finden wollen. Stattdessen hatte er einfach mit meinem gefickt. Er hatte mich glauben lassen, es wäre so einfach, seine Erinnerungen an mich zu wecken, meinen Cam aus der Grube zu ziehen, in der Lilith ihn begraben hatte.

Ich habe mich geirrt. So sehr geirrt.

Womöglich hatte es mein Selbstvertrauen gestärkt, als ich gesehen hatte, wie er Michael verletzt hatte. Er hatte sich in gewisser Weise für mich eingesetzt, seine besitzergreifende Seite gerade lange genug gezeigt, um einen Hauch von Optimismus in meinem Herzen zu wecken.

Aber dieser Optimismus war jetzt weg.

Verloren im Meer, zusammen mit meiner Würde.

Ich würde sie wiederfinden, vorausgesetzt, ich überlebte.

Die Taubheit hatte mich nun völlig eingenommen und stürzte mich in eine Welt der Dunkelheit. *Ja, er bringt mich definitiv um.* Ich hatte vielleicht noch ein paar Minuten.

Dann würde ich aufwachen.

Nur, um diese Hölle erneut zu erleben …

CAM

„Du bist exquisit", murmelte ich und strich mit meinen Fingern durch Ismereldas Haare, während ich meine andere Hand in die Nähe ihres Mundes hielt und mein offenes Handgelenk gegen ihre Lippen presste.

Sie konnte mich nicht hören, vor allem, weil ich sie in einen schlafähnlichen Zustand versetzt hatte, um sie bei ihrer Heilung zu unterstützen.

Ich war mir nicht sicher, warum ich mich dazu gezwungen fühlte, aber es war mir richtig erschienen. Ismerelda hatte es nicht verdient, zu leiden, vor allem nicht nach dem immensen Vergnügen, das sie mir gerade bereitet hatte.

Es hatte auch den Vorteil, dass sie sich schneller erholte, sodass wir weiterficken konnten – ich redete mir ein, dass das der Grund war, um den Teil meines Wesens zu beruhigen, der sich Sorgen machte, zu nachsichtig mit meiner *Erosita* zu sein.

Sie gehörte nicht grundlos mir.

Es war vernünftig, für ihre umfassende Rehabilitation zu sorgen, denn das kam mir zugute. Je gesünder meine *Erosita* war, desto mehr konnte ich mit ihr spielen.

Dass ich mich zudem gut fühlte, sie zu heilen, war Nebensache.

„Ich hätte dir etwas mehr Zeit geben sollen, dich zu erholen", gab ich zu, während ich unsere erste Wiedervereinigung analysierte und feststellte, wo ich Fehler gemacht hatte. „Es ist schon eine Weile her, seit ich zuletzt einen Menschen gefickt habe. Offensichtlich. Und ich hatte vergessen, wie verletzlich eure Art sein kann."

Wäre Ismerelda wirklich sterblich gewesen, hätte ich sie mit einigen dieser Stöße getötet, entweder indem ich versehentlich ihr Genick brach oder sie an meinem Schwanz ersticken ließ.

Das war mir mehrmals passiert, vor langer Zeit in meiner Jugend. Bevor ich gelernt hatte, mir meine Kraft zunutze zu machen.

Aber zu viel Zeit war vergangen, seitdem ich die Freuden einer Frau – meiner Frau – genossen hatte. Die Kontrolle, die ich über meine Bestie hatte, war in dem Moment gebrochen, als ich in ihren Mund eingedrungen war. Es war meine Absicht gewesen, sie von innen heraus zu markieren, meine Essenz in sie zu gießen und von ihr zu verlangen, dass sie alles nahm, was ich zu geben hatte.

Und das hatte sie getan.

„Weil du perfekt bist", sinnierte ich laut. „Deshalb habe ich dich behalten." Auch, weil sie meine Form der Brutalität immer und immer wieder ertragen konnte. „Eine wahre Löwin."

Ich nahm mein Handgelenk von ihrem Mund. Ich war mir sicher, dass ich ihr mehr als genug Blut gegeben hatte, um ihre Genesung zu beschleunigen.

„Schlaf", murmelte ich, und mein Befehl lullte sie in einen tieferen Zustand der Bewusstlosigkeit.

Ich hatte sie bewusst an der Schwelle zur Bewusstlosigkeit festgehalten, um sicherzustellen, dass sie meine Essenz schluckte, ohne zu ersticken. Aber jetzt wollte ich, dass sie sich wirklich ausruhte.

Zumindest, bis mein Blut seine Arbeit getan hatte.

Danach würde ich sie wieder ficken.

Und wieder.

Bis sie nicht mehr laufen konnte.

Ich glitt aus dem Wirrwarr der Decken und ging hinüber in die Küche, um mir einen Drink einzuschenken. Dem Rotwein fehlte Ismereldas besondere Note, was mich dazu veranlasste, wieder zu ihr aufs Bett zu blicken.

Ich hatte ein Zimmer nur für sie eingerichtet, und doch hatte ich kein Verlangen, von ihr zu fordern, es zu benutzen. Seltsam, wie ein Tag meine Sichtweise ändern konnte. Aber sie sah gut aus in meinen Laken. Ihre blonden Haare waren auf dem schwarzen Stoff ausgebreitet und ihr cremefarbener Teint schimmerte durch die Wirkung meines Blutes.

Mmm, zum Anbeißen. Ich bewunderte ihre entblößten Brüste. *Heile schneller, kleine Löwin. Ich bin hungrig nach …*

Ein Klopfen schallte von der Eingangstür durch den Wohnraum.

Ich schürzte irritiert die Lippen. Ich hatte mich bei Michael sehr klar ausgedrückt – *keine Störungen*. Also hatte entweder mein Abkömmling Todessehnsucht oder jemand anderes hatte beschlossen, meiner Anwesenheit zu trotzen.

Ich stellte mein Weinglas ab und ging zurück zum Bett, um meine Boxershorts vom Boden zu holen und anzuziehen. Dann zog ich die Decke über Ismereldas Brüste, da ich nicht wollte, dass jemand anderes diesen Anblick zu sehen bekam.

Als ich mich auf den Weg zur Tür machte, stieg mir der vertraute Duft der Frau in die Nase, die im Flur wartete.

Nicht Michael.

Aber ich war mir nicht sicher, ob die Alternative besser war.

Ich öffnete die Tür und stand Mira gegenüber. Meine Augenbraue wölbte sich fragend, meine Lippen hatte ich aufeinandergepresst. Ich hatte ihr aufgetragen, mich nicht aufzusuchen, bevor sie nicht einen neuen Sicherheitsplan ausgearbeitet hatte, der garantierte, dass die Gesegneten nicht entkommen konnten.

Und ich bezweifelte sehr, dass dieser Plan bereits in Kraft getreten war.

Ich lehnte mich gegen den Türrahmen und verschränkte die Arme vor der Brust, um deutlich zu machen, dass sie nicht willkommen war.

„Es tut mir leid, Euch zu stören, mein Lehnsherr", erklärte sie. „Aber wir müssen das Meeting besprechen, das Lilith angesetzt hat. Es findet in drei Tagen statt, und um es ganz offen zu sagen, mein König, wir sind noch nicht bereit, die Allianz zur Sprache zu bringen. Nicht angesichts unserer Sicherheitsprobleme und Verbindungsschwierigkeiten."

Zumindest kam sie direkt zum Grund dieser Unterbrechung. „Ich nehme an, du hast einen Vorschlag?"

„Den habe ich, ja. Ich denke, Ihr solltet eine Ankündigung Eurer Rückkehr aufzeichnen und die Allianz wissen lassen, dass wir das Treffen auf nächste Woche verschieben werden. Ich werde diese Nachricht persönlich nach Lilith City bringen, wo sie an die Allianz weitergegeben werden kann."

„Ich verstehe." Ich dachte kurz über ihre Logik nach,

die mir nicht ganz einleuchtete. „Gibt es einen Plan, um unsere derzeitigen Sicherheitsprobleme zu lösen?"

Denn ich bezweifelte stark, dass dies in den vergangenen Stunden geschehen war.

Verdammt, wahrscheinlich hatten sie noch nicht einmal alle gefangen, die während des Blackouts geflohen waren. Und selbst wenn sie diesen Teil der Arbeit erledigt hätten, wären sie immer noch damit beschäftigt, sie alle wieder zu sichern.

Miras Unterkiefer zuckte. „Nein, mein Lehnsherr. Es gibt keine Protokolle für diesen Fall, da er von der vorherigen Leitung nicht vorhergesehen wurde."

„Du meinst Lilith."

„Ja." Eine unverblümte Antwort, die einen Hauch von Verärgerung enthielt.

Wahrscheinlich, weil ich Mira damit beauftragt hatte, das Chaos der anderen Frau zu beseitigen.

Oder vielleicht war sie von Liliths Versagen genauso genervt wie ich.

„Aber deshalb schlage ich vor, dass wir das Treffen verschieben", fuhr sie fort. „Nach allem, was ich unten gesehen habe, sind wir bislang nicht bereit, die Allianz anzusprechen."

Normalerweise würde ich darauf hinweisen, dass es ihr nicht zustand, diese Entscheidung zu treffen. Aber in diesem Fall stimmte ich ihr tatsächlich zu. Und ich schätzte ihre offene Einschätzung.

In einem Punkt war ich jedoch anderer Meinung. „Warum musst du nach Lilith City gehen, um die Botschaft zu verkünden? Du könntest doch sicher mit Helias, Sofia oder Hazel zusammenarbeiten, oder nicht?"

All diese Regionen grenzten an das ehemalige Italien und waren uns damit wesentlich näher als Lilith City, das früher als Chicago bekannt gewesen war.

Sie wirkte kurzzeitig nachdenklich, dann nickte sie. „Ja, ich denke, das könnte ich tun." Sie sprach die Worte langsam aus, was mich veranlasste, eine Augenbraue hochzuziehen.

„Du klingst unsicher."

Sie zuckte mit einer ihrer schlanken Schultern. „Ich habe mehr als ein Jahrhundert damit verbracht, die Rolle der gehorsamen Gefährtin Lukas' zu spielen. Es ist mir nicht in den Sinn gekommen, dass ich mich in Eurem Namen in das Territorium eines anderen Königs wagen könnte, oder dass ich zulassen könnte, dass meine wahre Identität bekannt wird."

Hmm. „Sie halten dich alle für eine normale Lykanerin."

„Das tun sie, ja." Sie runzelte die Stirn. „Obwohl sich meine wahre Natur wahrscheinlich schon herumgesprochen hat, nachdem Jace und Darius mein Geheimnis gelüftet haben."

„Wieder eines von Liliths Versäumnissen", murmelte ich und dachte daran, wie leicht Jace und seine neue *Erosita* die Sicherheitsprotokolle in den verschiedenen Bunkern durchbrochen hatten.

Natürlich hatte Damien ihnen dabei geholfen. Aber er war vor allem deshalb erfolgreich gewesen, weil er sich in Liliths Handy gehackt hatte.

Was darauf schließen ließ, dass ihre Protokolle nicht sehr robust gewesen waren.

Oder er ist einfach so gut.

Wie auch immer, es bestätigte, dass Liliths Operationen Schwächen hatten.

Und ich mochte keine Schwächen.

Da ich jedoch nicht viel gegen ihre Versäumnisse unternehmen konnte, hatte ich mich dafür entschieden, die Situation zu meinem Vorteil zu nutzen und Jace'

Neugierde freien Lauf zu lassen. Ich hatte gehofft, dass es ihm helfen würde, unser Ziel hier zu verstehen und ihn vielleicht auf unsere Seite zu ziehen.

Aber er hatte Calina, seiner *Erosita*, erlaubt, ihre Suche zu leiten.

Die Frau hatte sich hauptsächlich auf ihre Herkunftsgeschichte konzentriert – die sie darüber informiert hatte, dass sie das Produkt von Michaels Sperma und Miras Eizelle war, was sie zu einer einzigartigen Rasse von unsterblichem Menschen machte.

Schade, dass Lilith dieses Experiment nicht in anderen Versuchen hatte wiederholen können.

Etwas an der goldblütigen Leihmutter war der Schlüssel zu Calinas Entstehung gewesen.

Leider hatten meine Brüder alle verbliebenen goldblütigen Sterblichen auf der Welt getötet. Die einzigen verbliebenen Menschen mit einer ähnlichen genetischen Veranlagung waren die Blutjungfrauen.

Lecker, ja.

Geeignete Kandidaten für die Geburt von Unsterblichen, nein.

Deshalb waren wir zu den Gesegneten übergegangen.

„Wenn ich an die Oberfläche gehe, kann ich vielleicht eine Verbindung zu einem Satelliten herstellen und mit einem der Royals in der Nähe kommunizieren. Möchtet Ihr, dass ich das tue?", fragte Mira.

„Welchen König würdest du kontaktieren?", fragte ich, neugierig darauf, wen sie in dieser Situation für *vertrauenswürdig* hielt. Ich hatte meine eigene Meinung, die auf Liliths Protokollen basierte, aber Mira hatte vielleicht eine erfrischende Perspektive.

„Helias", antwortete sie, ohne zu zögern. „Er wird den Ego-Boost zu schätzen wissen."

„Und Hazel?", fragte ich.

„Hazel hat Liliths Herrschaft nie gebilligt", antwortete Mira. „Ich würde ihr damit nicht vertrauen."

„Was ist mit Sofia?"

„Sie ist eine Unbekannte. Ähnlich wie Khalid und Naomi."

Ich nickte. Das entsprach meinem Verständnis von Liliths Berichten. Natürlich würde ich mich mit allen anderen Königen treffen müssen, um ihre Loyalität richtig einzuschätzen. Nur die Loyalität Kylans, Ryders und Jace' war wirklich bekannt, ihre Bindung an die revolutionäre Denkweise absolut.

Die Lykaner würden eine ganz andere Bewertung erfordern.

Einschließlich der, die vor mir stand. Ich ließ meinen Blick über Miras athletische Gestalt schweifen. Anstatt einen Kommentar abzugeben, stieß ich mich vom Türrahmen ab und trat ein, wobei ich die Tür für sie offen ließ, damit sie mir folgen konnte.

Sie hatte sich als recht nützlich erwiesen, ihre Ansichten und ihre Herangehensweise waren mit den meinen vergleichbar. *Vielleicht werde ich sie noch ein wenig testen,* dachte ich und ging in die Küche, um mir ein weiteres Glas Rotwein einzuschenken. Es war die Marke, von der Ismerelda behauptet hatte, dass sie mir schmeckte, und sie hatte nicht unrecht. Der Wein besaß einen schönen rauchigen Unterton, den ich mochte.

Allerdings war er nichts im Vergleich zu ihrem Blut. Das war ein ganz anderes Aroma. *Süß. Berauschend. Mein.*

Seufzend führte ich das Glas an meine Lippen und blickte auf die verführerische Blondine auf meinem Bett. Ihr gleichmäßiger Atem verriet mir, dass sie sich noch ausruhte, aber ich spürte eine leichte Veränderung in ihrem Herzschlag, die darauf hindeutete, dass sie kurz davor war, sich zu bewegen.

Gut. Wir können weitermachen, wo wir aufgehört haben.

Aber in der Zwischenzeit würde ich ein Spiel mit der Lykanerin spielen, die in meinem Wohnbereich stand.

„Hast du eine Rede für mich vorbereitet?", fragte ich sie und bezog mich dabei auf die Botschaft, die sie vorgeschlagen hatte, an die Allianz zu übermitteln.

Miras helle Augenbrauen wanderten nach unten, ihre eisigen Augen verengten sich. „Nein. Ich bin nur gekommen, um meinen Vorschlag zu unterbreiten, mein Lehnsherr. Ich würde mir nie anmaßen, in Eurem Namen zu sprechen."

Hmm. „In der Tat", murmelte ich. „Aber Lilith würde es tun."

Die Lykanerin wurde stutzig. „Ich bin nicht Lilith."

„Nein, du bist ganz sicher nicht Lilith." Ich nahm einen weiteren Schluck meines Weins und hielt den Blick der Lykanerin fest, während ich unsere aktuelle Situation und ihren potenziellen Wert betrachtete.

Bisher hatte sie sich als nützlich erwiesen. Sie hatte meine *Erosita* in Sicherheit gebracht und sie auf meine Bitte hin ausgeliefert. Mira hatte es außerdem geschafft, ihre Zugehörigkeit über hundert Jahre lang geheim zu halten, indem sie Lilith mit wertvollen Details über die wachsende Rebellion versorgt und gleichzeitig ihre Position unangefochten gehalten hatte.

Und nun stand sie ruhig in meinem Wohnbereich und wartete wie eine brave kleine Soldatin auf Anweisungen.

Doch ich konnte das berechnende Glitzern in ihrem eisigen Blick sehen.

Etwas an ihr juckte meine Instinkte und es fiel mir schwer, ihr zu vertrauen, trotz all der positiven Beweise, die auf ihre unbestrittene Loyalität hindeuteten.

Hmm. Wie aufrichtig wird sie mir gegenüber sein? Wird sie direkt sein oder sich an Wortspielchen versuchen?

Es gibt nur einen Weg, das herauszufinden …

CAM

„GIB mir deine ehrliche Einschätzung der Operation hier und was du anders machen würdest!" Ich formulierte die Worte als Forderung, nicht als Bitte.

Mira reagierte nicht auf meinen Themenwechsel, stattdessen wurde ihr Blick nachdenklich. „Nun, die Infrastruktur ist solide."

Ich wölbte eine Braue. „Das heißt?"

„Das heißt, dass es klug war, alle Forschungstunnel unter den Katakomben zu bauen. Dieser Bereich gilt nicht nur als neutrales Gebiet, sondern ist auch heilig. Niemand käme auf die Idee, hier zu suchen. Und selbst wenn wäre ein physischer Einbruch schwer zu bewerkstelligen, ohne Aufmerksamkeit zu erregen."

„Korrekt", stimmte ich zu. Es war ein strategischer Ort, aber auch ein bedeutender, denn hier ruhten alle Gesegneten. Aber wir waren nicht hier, um ihren ewigen

Schlaf zu feiern. Wir waren hier, um unsere ewige Existenz zu sichern.

Dennoch war es ein symbolischer Ort voller Macht.

Daher war es naheliegend gewesen, ihn zu unserer Forschungszentrale zu machen.

„Abgesehen davon hat Lilith menschliche Wächter beschäftigt", erklärte Mira mit einem Hauch von Verärgerung.

Ich nippte an meinem Wein und wartete darauf, dass sie fortfuhr, während das Raubtier in mir die Herzfrequenz des *Menschen* im Raum überwachte.

Ismereldas Puls hatte sich noch ein wenig mehr erhöht, was mir bestätigte, dass ich recht damit hatte, dass sie sich zu regen begann. Ich könnte sie zwingen, weiterzuschlafen, aber ich wollte nicht länger auf sie warten.

Denn – wach oder nicht – ich hatte fest vor, sie in dem Moment zu ficken, in dem Mira den Raum verließ.

Ich bedeutete Mira, fortzufahren, und war gespannt auf ihre vollständige Einschätzung. Und das am besten schnell, denn ich hatte noch mehr Pläne von Interesse umzusetzen.

Mira warf mir einen Blick zu, der mir verriet, dass sie dachte, ihre Aussage wäre deutlich genug gewesen. Und obwohl das stimmte, wollte ich trotzdem, dass sie sich erklärte.

„Ich verstehe, dass man die Wächterposition nutzt, um den Sterblichen ein konkurrenzfähiges Ziel zu geben", erklärte sie langsam. „Aber Menschen sind zu zerbrechlich, um sie als Wächter in den Bunkern und hier im Herzen unserer Operation einzusetzen."

Anstatt ihr zuzustimmen, trank ich einfach meinen Wein aus.

„Außerdem ist das Unternehmen zu technologieabhängig", fügte sie hinzu. „Wie wir herausgefunden haben, kann diese Technologie leicht manipuliert werden. Sie kann auch zu viel verraten. Ich meine, jede Facette der Infrastruktur wird in Videoprotokollen aufgezeichnet. Was, wenn Damien darauf Zugriff hat?"

„Wir wissen weiterhin nicht, ob Damien dahintersteckt", erinnerte ich sie.

„Es ist Damien", antwortete sie zuversichtlich. „Da bin ich mir sicher. Aber im Grunde spielt es keine Rolle. Der Kern des Problems ist, dass unsere Sicherheit davon abhängt, dass die Technologie richtig funktioniert. Und dass wir davon abhängig sind, dass die *Menschen* sie angemessen bewachen. Das ist ein großes Manko, das überarbeitet werden muss."

Hmm. Auf jeden Fall eine logische Einschätzung. Und auch unverblümt.

„Was schlägst du vor, Mira?"

„Zum einen, die Überwachungsmaßnahmen einzuschränken", antwortete sie sofort. „Die Überwachung der Blutjungfrauen ist sinnvoll. Die Überwachung unserer Experimente an den Gesegneten jedoch nicht. Das ist ein Geheimnis, das wir nicht so schnell lüften wollen. Warum zeichnen wir also alles auf? Warum machen wir uns auf diese Weise angreifbar?"

„Weil Lilith alles dokumentiert hat." In erster Linie, um mich nach meinem Erwachen auf den neuesten Stand zu bringen. Aber Mira hatte sicherlich recht, wenn es um die Anfälligkeit ging, sich auf Technologie zu verlassen, um unsere Geheimnisse zu schützen.

„Vielleicht hätte sie nicht alles dokumentieren sollen", murmelte Mira. „Wenn die Videos von dem, was sie mit den Lykanern gemacht hat, an die Öffentlichkeit gelangen …"

Ich nickte, wohl wissend, was sie meinte. „Dann steht uns ein sehr schwieriges Treffen mit der Allianz bevor."

Natürlich hatten Jace und Darius bereits einige dieser Aufnahmen gesehen. Es war nur eine Frage der Zeit, bis sie diese an andere weitergaben, was wahrscheinlich zu einer weiteren Rebellion führen würde.

Es sei denn, ich könnte sie überzeugen, unsere Sache zu unterstützen.

Ein Kunststück, das einiges an Überzeugungskraft erfordern wird.

Glücklicherweise würden sich die meisten meiner Vampirbrüder nicht für die Lykaner-Experimente interessieren. Den Wölfen jedoch wäre unser Vorgehen absolut nicht egal. Sie wären mit Sicherheit erzürnt.

Was dazu führen würde, dass ich die Lykaner an ihren Platz in unserer übernatürlichen Hierarchie erinnern müsste.

„Ihr habt mich nach meiner Einschätzung gefragt und danach, was ich tun würde." Mira hielt meinen Blick fest. „Ich würde die Überwachungsmaßnahmen reduzieren, insbesondere bei unseren sensiblen Experimenten. Ich würde mich nicht mehr nur auf die Technologie verlassen, um für Sicherheit zu sorgen. Und ich würde zusätzliche vertrauenswürdige übernatürliche Kräfte zur Bewachung der Einrichtungen hinzuziehen."

Das waren alles gute Ideen, bis auf ... „Der letzte Punkt wird nicht leicht zu bewerkstelligen sein, bis wir unsere Verbündeten gründlich überprüft haben."

Sie neigte zustimmend den Kopf. „Ja. Und um diese Verbündeten zu gewinnen, müssen wir ihnen positive Ergebnisse vorlegen."

„Die wir nicht haben."

Wieder neigte die Lykanerin das Kinn. „Leider glaube ich nicht, dass sich das in den nächsten Tagen ändern wird. Wir können Fen auch erst wecken, wenn wir eine geeignete Zelle für ihn haben – eine mit einer richtigen Tür, keine, die von einer unsicheren Technologie kontrolliert wird."

Ich stimmte ihr in allem zu, aber anstatt das zu zeigen, ging ich in die Küche und stellte mein leeres Weinglas in die Spüle.

„Aus diesen Gründen empfehle ich, das Treffen zu verschieben. Wir benötigen eine stärkere Argumentation für die Allianz, mein Lehnsherr. Eine, die helfen wird, einige von Liliths widerwärtigen Experimenten zu erklären."

„Wie die Lykaner-Versuche", folgerte ich.

„Ja." Eine schlichte Antwort, doch dieses eine Wort enthielt einen Hauch von Abscheu. „Wir müssen ihnen etwas zeigen, das unsere Bemühungen hier bestätigt."

„Etwas, das sie befürworten können, selbst auf Kosten von Lykaner-Leben", ergänzte ich. „Ja, das sehe ich auch so."

„Ihr stimmt also zu, eine Videobotschaft zu senden?"

„Ich denke nicht, dass ein Video erforderlich ist. Eine einfache schriftliche Mitteilung sollte genügen." Das würde Neugierde und Angst auslösen, zwei Emotionen, die gut zu meinem Wiedersehen mit der Allianz passen würden. „Schicke einfach eine Nachricht raus, dass das Treffen um eine Woche verschoben wurde. Das gibt uns zehn Tage, um unsere Probleme zu lösen. Oder denkst du, wir benötigen mehr Zeit?"

„Zehn Tage sollten ausreichen, um unsere Operationen zu optimieren, aber ich bezweifle, dass wir bis dahin eine brauchbare Lösung für das Problem der menschlichen Unsterblichkeit haben werden. Aber es wird uns Zeit geben, unsere Ergebnisse auf eine konstruktivere Weise zu präsentieren."

„Oder gar nicht", konterte ich. „Der Schwerpunkt des

Treffens wird auf meinem Erwachen und meiner Rückkehr zur Macht liegen. Ich könnte einfach sagen, dass ich Liliths Arbeit während meiner Abwesenheit noch prüfe und ihre Bemühungen zu einem späteren Zeitpunkt vorstellen werde."

„Und wie würdet Ihr die Rebellen – Ryder und Jace – handhaben?"

Ich lächelte. „Mit meinem Cousin werde ich schon seit Jahrtausenden fertig. Und was Ryder angeht ..." Ich warf einen Blick auf Ismerelda. „Ich vermute, dass seine Beziehung zum Bruder meiner *Erosita* mir einen gewissen Vorteil verschafft."

Die Frau auf dem Bett bewegte sich nicht und reagierte auch nicht, aber ihr Herzschlag war in den letzten Minuten etwas schneller geworden, was bestätigte, dass sie kurz davor war, aufzuwachen.

Zeit zu gehen, dachte ich, als ich mich wieder auf Mira konzentrierte. „Gibt es noch etwas, das du besprechen möchtest?"

Sie betrachtete mich kurz und ihr Blick verriet, dass sie mehrere Dinge auf dem Herzen hatte. Doch dann schüttelte sie klugerweise den Kopf. „Nein, mein Lehnsherr. Ich werde Eure Nachricht abwarten und dann einen Besuch bei Prinz Helias arrangieren."

„Gut. Ich werde bis Mitternacht einen Entwurf für dich erstellen. Dann kannst du aufbrechen." Das würde ihr einen halben Tag Zeit geben, um Vorbereitungen zu treffen, während ich mich wieder mit meiner *Erosita* vertraut machte.

Eine Ankündigung für eine Terminänderung zu erstellen, würde nicht viel Zeit in Anspruch nehmen.

Was bedeutete, dass ich den größten Teil des Tages damit verbringen konnte, Ismerelda zu ficken.

„Was unser Vorgehen hier betrifft, so schalten wir die Live-Überwachung der Gesegneten aus und stellen unsere Vampirwachen zum Schutz unserer Anlagen neu auf. Die Wächter können über die Blutjungfrauen wachen und sicherstellen, dass sie sich an die Regeln halten. Behalte einfach ein paar unserer Art in Position, um die Operation zu überwachen."

Es war keine perfekte Lösung, da wir nicht viele Vampirwächter hatten, aber für den Moment würde es reichen müssen.

Ich machte mich auf den Weg zum Bett und entließ Mira ohne ein weiteres Wort. Allerdings verweilte die Lykanerin in der Nähe der Tür und ihr Geruch irritierte mein inneres Raubtier. Vor allem, weil ich nicht in der Stimmung für ein Publikum war. Ich wollte mit meiner *Erosita* allein spielen.

„Ja?", fragte ich und blieb neben der Schönheit unter meiner Bettdecke stehen.

„Ich habe … eine Frage." Die Neugier, die in Miras Ton mitschwang, brachte mich dazu, mich ein Stück zu ihr umzudrehen und meine Augenbraue in stillem Interesse nach oben zu ziehen. „Das Ziel unserer Operation ist es, unsterbliche Blutspielzeuge zu erschaffen, die das *Erosita*-Band ersetzen können. Und ich weiß, dass Ihr kurz nach Eurem Erwachen Zeit mit den potenziellen Kandidatinnen – den Blutjungfrauen – verbracht habt."

Ich lehnte mich gegen den Bettpfosten und wartete darauf, dass sie zu ihrer vermeintlichen Frage kam.

„Jetzt, da Ihr Euch also wieder mit Eurer *Erosita* vertraut gemacht habt …" Sie verstummte. Ihr Blick wanderte von mir zu der Blondine auf dem Bett. Vielleicht, weil sie das leichte Einatmen gehört hatte, wie ich es gerade getan hatte – ein Zeichen, das bestätigte, dass

Ismerelda entweder bereits wach war oder gerade zu sich kam.

Wird auch Zeit. Ihr Puls war schon seit einer gefühlten Stunde konstant.

Mira räusperte sich. „Nun, ich frage mich, wie die Blutjungfrauen im Vergleich zu Eurer *Erosita* sind? In Bezug auf den Sex, meine ich."

Daraufhin wanderte meine Augenbraue noch weiter nach oben. „Dich interessiert der Grad meiner Befriedigung?"

Ismereldas Herzschlag beschleunigte sich noch weiter. *Eindeutig wach. Und wahrscheinlich dachte sie jetzt über unsere* wechselseitige Befriedigung *von vor einer Stunde nach.*

„Nein." Miras volle Lippen bewegten sich zur Seite. „Ich bin neugierig, ob das Programm für Blutjungfrauen angemessen ist oder ob es verbessert werden muss. Sie sind so ausgebildet, dass sie über die Fähigkeiten einer *Erosita* hinausgehen. Ich möchte also wissen, ob die Blutjungfrauen, die Ihr ausprobiert habt, die Fähigkeiten Eurer *Erosita* erfüllen oder übertreffen. Oder ob sie noch verbessert werden müssen."

Ah. Das ergab mehr Sinn.

Leider konnte ich keine vernünftige Antwort geben, da ich die Angebote letzte Woche nicht wirklich getestet hatte. Ich hatte die Blutjungfrauen lediglich als Nahrungsquelle benutzt, nicht für Sex. Sie hatten mich nicht gereizt.

Jedenfalls nicht so wie die Schönheit in meinem Bett.

Wahrscheinlich war das eine Folge unseres alten Bandes. Mein Körper schien nicht in der Lage zu sein, in der Nähe von jemand anderem als Ismerelda zu funktionieren.

Bedauerlicherweise konnte ich das nicht laut zugeben.

Meine Anziehung zu meiner *Erosita* war eine

Schwäche, die ich zu bekämpfen beabsichtigte. Aber eben nicht sofort.

Das bedeutete, dass ich jetzt vorsichtig sein musste, denn ich konnte es mir nicht leisten, jemandem von dieser Schwäche zu erzählen.

„Ich evaluiere noch", sagte ich zu Mira. „Sobald ich mich wieder mit meiner *Erosita vertraut* gemacht habe, werde ich dir sagen, wie die Blutjungfrauen im Vergleich abschneiden."

Mira musterte mich und nickte dann, offenbar zufrieden mit meiner Antwort. „Bitte tut das. In der Zwischenzeit werde ich mich mit unseren Technik- und Sicherheitsteams an die Arbeit machen, um die entsprechenden Änderungen umzusetzen."

„Gut." Ich entließ sie wieder zugunsten der Blondine in meinem Bett.

Dieses Mal gab Mira keinen Kommentar ab, sondern entfernte sich einfach.

Ich wartete darauf, dass Ismerelda sich bewegte, aber sie verharrte regungslos.

„Hmm", brummte ich, fasziniert von dem Spiel, das sie zu veranstalten versuchte. Sie schien so zu tun, als würde sie schlafen. Aber ich hatte keine Ahnung, warum.

„Ich kann dein Herz schlagen hören", murmelte ich, während ich meine Boxershorts auszog. „Ich weiß, dass du wach bist."

Stille.

Meine Lippen kräuselten sich. „Soll ich dir beweisen, wie wach du bist, *kleiner Schwan*?", fragte ich, als ich hinter ihr ins Bett glitt.

Immer noch nichts. Nicht einmal der Spott in meinem Tonfall, als ich diesen lächerlichen – oder vielleicht auch *passenden* – Spitznamen aussprach, löste eine Reaktion aus.

Ich drückte meine wachsende Erektion gegen ihren

Hintern und genoss die Art und Weise, wie ihre natürlichen Rundungen meine Härte abfederten. *So verdammt perfekt.* Ich konnte es kaum erwarten, sie dort zu nehmen. Sie nach vorn zu beugen, jedes Stückchen von ihr zu besitzen, sie als *mein* Eigentum zurückzufordern.

Aber zuerst wollte ich ihre Pussy.

In so vielen verdammten Stellungen.

Von hinten. Von vorn. *Von der Seite.*

Wenn sie so tun wollte, als schliefe sie, würde ich das zulassen. Denn sie zum Schreien zu bringen, wäre so noch viel berauschender.

„Mal sehen, wie lange du dich ruhig verhalten kannst", flüsterte ich in ihr Ohr und meine Hand wanderte zu ihrer Hüfte. „Je länger du schweigst, desto mehr werde ich dich belohnen."

Meine Lippen wanderten hinunter zu ihrem Hals und meine spitzen Schneidezähne streiften ihren nun donnernden Puls.

Der Duft der Angst erwärmte meine Sinne und brachte mich dazu, sie beißen zu wollen. Schmecken. *Markieren.*

Aber da war noch etwas anderes in diesem Geruch. Etwas Scharfes. Ein Gefühl, das ich nicht definieren konnte. Nicht ganz Erregung, aber beinahe. Leidenschaftlich. Intensiv. *Verlockend.*

Ich atmete tief ein und meine Augen schlossen sich.

Sie so zu halten, brachte mich auf viele Ideen. Sie zu nehmen, während sie schlief. Sie mit einem Orgasmus zu wecken, um sie dann erneut in die Dunkelheit zu ficken.

Bei den Göttern, ich brauchte diese Frau. Es tat weh, dieses so überwältigende Verlangen, dass ich fast die Kontrolle aufgeben und meine Bestie dominieren lassen wollte.

Sie gehört mir, schien mein inneres Raubtier zu flüstern. *Lass mich sie haben! Lass mich sie ficken!*

Ich knabberte an Ismereldas rasendem Puls, mein Schwanz steif und bereit an ihrem Arsch.

Es wäre sinnlos, sie vorzubereiten. Ihr Körper war wie geschaffen für mich, meinen Bedürfnissen unterworfen, geformt, um meine Brandzeichen der Aggression zu ertragen.

Außerdem hatten wir bereits eine orale Aufwärmphase hinter uns.

Jetzt war es an der Zeit, sie zu *ficken*, sie von innen zu spüren, diese alberne stille Schlacht zu gewinnen, indem ich sie zum Schreien brachte.

Ich schob meinen Arm unter sie und streckte die Hand aus, um ihre Kehle zu streicheln, während meine andere Hand von ihrer Hüfte zu ihrer glitschigen Hitze glitt. Sie war bereits feucht für mich, ihre endlosen Orgasmen vorhin hatten sie scharf und bereit für meinen Schwanz gemacht. Genau wie sie es sein sollte.

Ihr Puls sang unter meinem Mund, doch sonst gab sie keinen Laut von sich. Sie bewegte sich nicht einmal.

Ich testete ihre Entschlossenheit, indem ich meinen Daumen gegen ihre Klitoris drückte. Ihr Hintern bewegte sich unmerklich gegen mich, aber ansonsten reagierte sie nicht.

Mein inneres Raubtier knurrte zustimmend, dieses Spiel erinnerte mich an die Jagd. Ein Ziel. Eine Reaktion. Das Laben an der Angst und der Erregung des Opfers.

Bei den Göttern, ich war so verdammt hart für sie. Bereit, zu nehmen. Bereit, zu markieren. *Bereit, zu beanspruchen.*

Alles an ihr rief nach mir, von ihrem Duft bis zu ihren köstlichen Kurven, von der Art, wie sie sich nach

Widerstand zu sehnen schien, bis zu ihrer angenehmen Unterwürfigkeit.

Ich war betrunken von ihr.

So gefährlich.

Zu verzehrend.

Ich muss sie töten.

Aber noch nicht …

Ich wollte spielen. Schmecken. *Ficken.*

Ich hatte mich ihr schon tausend Jahre lang hingegeben. Was waren da ein paar Tage oder Wochen oder Monate mehr? Nichts weiter als ein Weg, sie für immer aus meinem System zu verbannen.

Und sie möglicherweise dazu zu benutzen, Ryder und seinem Abkömmling eine Lektion zu erteilen.

Sie zu behalten, war praktisch. Eine Entscheidung, die mir in der Zwischenzeit ein gewisses Vergnügen bereitete, aber auch langfristig einen Zweck erfüllte.

Ich nahm meine Hand von ihrem Geschlecht, um ihren Oberschenkel zu ergreifen und ihr Bein über meines zu ziehen.

„Es wird Zeit, dass du brüllst, kleine Löwin", flüsterte ich ihr zu und bewegte meine Hüften gegen ihre, um mich mit ihrem triefenden Eingang in Einklang zu bringen.

Ihre Pussy glich einem heißen Kuss auf meinem Schaft und meine Eier spannten sich an, als ich in sie eindrang – ein Gefühl, das meine Selbstbeherrschung gefährlich bedrohte. Wilde Instinkte kämpften gegen meine Beherrschung und drängten mich, meinem inneren Raubtier freien Lauf zu lassen.

Lass mich sie haben!, knurrte die Bestie. *Lass mich nehmen, was mir gehört!*

Sie fühlte sich so gut an. *Zu* gut. Ich konnte nicht denken. Ich konnte nur *sein*, nur *fordern*. Tief. Gründlich. *Exquisit.*

Und verdammt, sie war eng. Perfekt für mich geformt. Sie umklammerte meinen Schwanz mit einer Aggressivität, die ich bewunderte. Sie nahm mich völlig in Besitz und ließ mich zum ersten Mal seit meinem Erwachen Frieden empfinden.

Deshalb habe ich sie also behalten, dachte ich und verlor mich völlig in der Lust, die mich ergriff. Ich bewegte mich kaum noch, genoss nur noch die Wärme und gab mich ihrer Makellosigkeit hin.

Ich vergrub meinen Kopf an ihrem Hals und presste meine Lippen fest auf ihren nun rasenden Puls.

Ob Ismerelda zusammengezuckt war, als ich in sie eingedrungen war, wusste ich nicht. Ich war zu sehr von unserer intimen Verbindung eingenommen gewesen, um das zu beachten. Aber abgesehen von einem kleinen Keuchen war sie ruhig geblieben, ihre straffe Form fest an meine gepresst.

Ihr Schenkel verkrampfte sich unter meiner Handfläche. Meine Löwin wollte, dass ich mich bewegte, dass ich meine Macht spürte, dass wir uns in einem Vergnügen verloren, das wir seit über hundert Jahren nicht mehr erlebt hatten. Ich konnte es an der Art und Weise spüren, wie sie sich um mich herum zusammenzog und mich zum Handeln aufforderte.

Sie verlangte, dass ich etwas tat.

Sie verlangte, dass ich sie in Besitz nahm. Sie markierte. Sie an ihren Platz in meinem Leben erinnerte. Unser Band neu entfachte. *Sie nahm.*

Meine Schneidezähne streiften ihre zarte Haut, eine Hand lag noch immer an ihrem Hals, während die andere ihr Bein festhielt. „Das wird wehtun, Ismerelda."

Denn wenn ich erst einmal anfing, würde ich mich nicht mehr zurückhalten können.

Ich drückte meine Lippen auf ihr Ohr und fügte

hinzu: „Aber ich verspreche dir, dich zu belohnen, wenn du es erträgst."

Und dann ließ ich meiner Bestie freien Lauf.

Sie zu ficken.

Sie zu markieren.

Das zu tun, was immer sie wollte.

Denn diese Frau gehörte mir. Als meine *Erosita* war sie genau dafür gemacht. Mein unsterbliches Blutspielzeug. *Mein.*

IZZY

Meine Handflächen prallten auf die Matratze, als mir ein Schrei entfuhr. Dieser Schrei wurde fast sofort von einem Kissen erstickt, das mein Gesicht traf.

Brutale Hände packten meine Hüften und zwangen sie nach oben, als Cam in mich eindrang, wobei seine Bewegungen an Raserei grenzten.

Ich grub meine Fingernägel in die Matratze, während ich mühsam versuchte, die Position zu halten, in die er mich so grob manövriert hatte.

„Das wird wehtun", hatte er mich gewarnt. „Aber ich verspreche dir, dich zu belohnen, wenn du es erträgst."

Ich hatte nicht einmal Zeit, darüber nachzudenken, was das bedeutete, bevor er mich umdrehte und in diese unterwürfige Position auf dem Bett zwang.

Meine Zähne bohrten sich in meine Lippe, während ich vergeblich versuchte, nicht zu wimmern. Mein Herz war ein einziger Scherbenhaufen in meiner Brust.

Ich war durch Stimmen aufgewacht. Ein Gespräch über unseren Standort. Sicherheit. Technologie und Kameras. Etwas über Lykaner-Experimente.

Zuerst hatte ich alles für einen Traum gehalten. Dann hatte mich die Realität langsam wieder eingeholt. Die Erinnerung daran, wie Cam meinen Mund gefickt hatte, war so heftig gewesen, dass ich beinahe aufgeschossen wäre.

Aber dann hatte ich Miras Stimme erkannt.

„Das heißt, dass es klug war, alle Forschungstunnel unter den Katakomben zu bauen. Dieser Bereich gilt nicht nur als neutrales Gebiet, sondern ist auch heilig. Niemand käme auf die Idee ... "

Dann war ihre Stimme verklungen und die Bewusstlosigkeit hatte mich wieder eingeholt, bevor ich erneut aufgewacht war.

Allerdings war ich so sehr auf die Details unseres Aufenthaltsortes konzentriert gewesen, dass ich ihr Gespräch gar nicht richtig mitbekommen, sondern nur Bruchstücke aufgeschnappt hatte.

„Nun, ich frage mich, wie die Blutjungfrauen im Vergleich zu Eurer Erosita sind? In Bezug auf den Sex, meine ich. "

Diese Worte hatten sich in meine Brust gebohrt und dann tief in meinem Kopf verankert.

Woher soll Cam das wissen?, hatte ich mich gefragt.

Doch keine Minute später hatte Mira meine Frage im Wesentlichen beantwortet.

„Ich bin neugierig, ob das Programm für Blutjungfrauen angemessen ist oder ob es verbessert werden muss. Sie sind so ausgebildet, dass sie über die Fähigkeiten einer Erosita hinausgehen. Ich möchte also wissen, ob die Blutjungfrauen, die Ihr ausprobiert habt, die Fähigkeiten Eurer Erosita erfüllen oder übertreffen. Oder ob sie noch verbessert werden müssen. "

In diesem Moment hatte ich die Luft angehalten und

war seitdem nicht mehr in der Lage gewesen, richtig zu atmen.

Cam hatte die *Blutjungfrauen* ausprobiert.

Und ich wusste, dass Mira nicht nur ihr Blut, sondern auch ihre Körper gemeint hatte.

Cam rammte sich in mich, erdete mich in diesem Moment und verlangte, dass ich ihm Aufmerksamkeit schenkte. Aber wie könnte ich anders, als mich verraten zu fühlen?

Gebrochen? Erzürnt?

Seine Hüften trafen meine, sein Schwanz steckte tief in mir.

Er war in einer anderen Frau gewesen.

Vielleicht in mehreren.

Dieses Band zwischen uns erforderte seine Treue nicht, nur meine. Ich hatte die Magie nie verstanden, wusste nur, dass sie existierte. Und dass es Regeln gab.

Regeln, die ich befolgt hatte.

Regeln, die ich mir zu Herzen genommen hatte.

Regeln, die sich natürlich und richtig angefühlt hatten.

Aber Cam …

Ich schluckte einen gequälten Schrei hinunter, als sich seine Reißzähne in meine Kehle bohrten, die Endorphine meinen Körper durchfluteten und mich in einen unwillkommenen Höhepunkt stürzten.

Cam knurrte zustimmend, während seine Handfläche von meinem Hals zu meinem Nacken wanderte. Das Kissen unter meinem Gesicht drohte, mich zu ersticken, und der seidige Stoff behinderte meine Fähigkeit zu atmen.

Es war alles zu viel.

Zu überwältigend.

Zu *falsch*.

So schliefen Cam und ich nicht miteinander. *Denn das ist nicht* mein *Cam.*

Er hatte mich mit seinem Schwanz erwürgt.

Und jetzt war er im Begriff, mich mit seinen harten Stößen in zwei Hälften zu teilen.

Meine Hüfte pochte unter seiner Hand.

Mein Inneres schmerzte.

Mein Herz ... *hämmerte.*

Denn ein verbotener Teil von mir schien sich an den Empfindungen zu erfreuen, die seine Brutalität in mir auslöste.

Das ist nicht richtig. Das ist nicht mein Cam.

Er hat unser Band verraten, raunte eine scharfe Stimme in meinem Kopf. *Meine* Stimme.

Und ein anderer Teil von mir behauptete: *Er weiß nicht, wer wir sind. Seine Erinnerungen an uns sind weg. Er will uns nicht verletzen.*

Tränen brannten in meinen Augen, meine Gefühle kämpften gegeneinander, während die Lust über meine Haut leckte und meine Adern in Brand setzte.

„Du fühlst dich fantastisch an", flüsterte Cam an meinem Ohr. „Ich werde dich zwingen, den ganzen Tag zu kommen, während ich dich ficke. Ich werde dich so eng machen, dass es eine Herausforderung sein wird, ich dich einzudringen."

Gott, wann hatte Cam jemals während des Akts so mit mir gesprochen?

Ihn jetzt zu hören, ihn so zu spüren, brachte mich dazu, an unsere Vergangenheit zu denken und mich zu fragen: Warum hatte er diesen Aspekt seines Wesens verborgen gehalten?

Kannte ich ihn überhaupt?

Aber natürlich kannte ich ihn. Wir waren seit tausend Jahren zusammen. Ich kannte ihn besser als jeder andere.

Und doch … hatte ich diese Seite noch nie erlebt. Er hatte sie in sich begraben, weggeschlossen, damit ich sie nicht erreichen konnte.

Wie erfüllend war sein Leben gewesen, wenn er stets einen Teil seiner selbst hatte bekämpfen müssen?

Oder existierte dieser Teil in meiner Gegenwart normalerweise nicht?

Mein Kopf drehte sich vor Ungewissheit und mir wurde schwindelig.

Ich hatte ihn provozieren wollen, um ihn dazu zu bringen, loszulassen, um seinen Geist für den meinen empfänglich zu machen. Doch nun war ich noch verwirrter als zuvor. Noch *verletzter*.

„*Fuck*, ich könnte für immer in dir leben." Cams Atem war heiß an meinem Hals. „Du schläfst auf meinem Schwanz ein und wachst mit mir in dir auf. Während ich dich nehme. Immer und immer wieder."

Er keuchte, sein Körper war hart und dominant über meinem, während eine Hand weiterhin meine Hüfte festhielt. Aber seine andere Handfläche bewegte sich, wanderte wieder von meinem Nacken zum Hals und dann zu meinem Kinn hinauf.

„Küss mich!", verlangte er, sein Griff war rau, als er meinen Kopf zur Seite riss und sich über mich beugte, um meinen Mund zu erobern.

Dadurch konnte ich mich von dem Orgasmus erholen, der mich durchströmte, aber er zwang meinen Kopf in einen unangenehmen Winkel, von dem ich befürchtete, dass er mir das Genick brechen könnte.

Aber seine Zunge war fast ehrfürchtig an meiner, seine Bewegungen verlangsamten sich leicht, als er sich fast ganz aus mir herauszog.

Dann drang er mit einer Kraft wieder ein, die mich gegen seine Lippen aufschreien ließ.

Er lächelte, wiederholte die Bewegung und traf die Stelle tief in mir. Ich verkrampfte mich impulsiv um ihn; mein Körper reagierte auf seine wilden Stöße.

Ich fühlte mich beherrscht.

Besessen.

Gefangen.

Gefühle, die ich bei Cam bislang nicht wirklich erlebt hatte. Besessen – vielleicht. Aber nicht die anderen.

Das … war neu. Und ich hasste es, wie ich mich dabei fühlte. *Erregt. Bereit. Bettelnd nach mehr.*

Ich bin gebrochen, entschied ich. *Diese Cam-Version hat mich gebrochen.*

Ich kann ihn diesen Kampf nicht gewinnen lassen. Ich muss kämpfen.

Wofür?

Unsere Zukunft. Der Menschheit willen. Unser Band.

Mein Verstand kämpfte mit sich selbst, während mein Körper dem heißen Strudel erlag, der sich in mir zusammenbraute.

So gut. So intensiv. So überwältigend.

Seine Zunge tanzte mit meiner, sein Griff um mein Kinn war unerbittlich, während er mich zwang, ihn ganz zu nehmen. Tief. Gründlich. Er traf meinen drängenden Punkt.

Ich biss fast in seine Zunge, als mich der Drang, zu schreien, überkam.

Ein Schrei aus Frustration, Qual – und *Lust.*

So eine beschissene Mischung.

Mein Gefährte war mir untreu gewesen.

Er weiß nicht, was wir einander bedeuten.

Macht es das besser?

Es erklärt es.

Scheiß auf das. Scheiß auf ihn. Scheiß auf alles.

Ich wollte, dass er auseinanderfiel, dass seine mentalen Mauern zerbröckelten. Ihm einen zu blasen, hatte nicht funktioniert, aber vielleicht hatte ich hiermit mehr Glück. Vielleicht würde sein Kommen in mir seinen Verstand so weit schwächen, dass ich Zugang zu seinen Gedanken bekam.

Ein paar Erinnerungen waren alles, was ich brauchte.

Er würde verstehen. Er würde seine Fehler einsehen. *Er würde wieder mir gehören.*

Keiner Blutjungfrau.

Mir.

Wir waren einander immer treu gewesen. Immer ein Paar. Partner.

Bis er weggelaufen ist, um Lilith gegenüberzutreten, erinnerte ich mich dunkel und der Vorfall drohte, meine Gedanken zu verschlingen.

Hör auf! Du kannst die Vergangenheit nicht ändern, nur die Zukunft.

Was ironischerweise bedeutete, dass ich Cam dazu bringen musste, sich an die Vergangenheit zu erinnern.

Verdammt!

Ich zuckte zusammen, als er meine Hüfte anwinkelte, um sich noch fester in mir zu verankern. Seine Länge überraschte mich. Es war, als wäre er gewachsen.

Unmöglich.

Es sei denn, das war doch nicht Cam.

Nein. Es ist Cam. Nur nicht mein Cam.

Scheiße, hör auf zu denken!, befahl ich mir selbst. Mein Bedürfnis, mich auf Cam zu konzentrieren, überlagerte alles andere.

Ich wollte, dass er explodierte. Dass er von seinem Orgasmus überwältigt wurde. Dass er mich in seine Gedanken ließ.

Meine Zunge traf auf seine, als ich zum ersten Mal,

seit er mich geküsst hatte, die Kontrolle zu übernehmen versuchte.

Er knurrte, der Klang erinnerte an seine vorherige Anerkennung, und bezwang mich sofort mit seinem Mund.

Nicht gut genug. Wut schürte meine Rebellion. *Du hast mit einer anderen Frau gespielt. Wahrscheinlich mit mehr als einer. Ich werde dich daran erinnern, warum du mir gehörst.*

Ich teilte nicht. Und er auch nicht.

Ob es nun an seinem Mangel an Erinnerungen lag oder nicht, sein Körper hätte es wissen müssen. Aber da er die Erinnerung offensichtlich brauchte, würde ich das ganze Ausmaß unserer Verbindung demonstrieren.

Meine Zähne bohrten sich in seine Zunge. *Hart.*

Und dann erstarrte ich.

Denn *das* hatte ich nicht beabsichtigt.

Wir fickten nicht auf diese Weise. Wir machten Liebe. Und doch hatte er mich heute so oft gebissen, dass ich einfach … reagiert hatte.

Ich war einfach so … so … *wütend.*

Wie konntest du nur?, wollte ich ihn fragen. *Du planst, mich zu ersetzen? Was zum Teufel ist los mit dir?*

Aber ich kannte die Antworten darauf bereits. Lilith war los. Sie hatte seinen Kopf durcheinandergebracht.

Weil Cam von sich aus zu ihr gegangen ist, um mit ihr zu reden.

Er hat mich im Stich gelassen, um den Helden zu spielen.

Er hat sich das selbst angetan.

Nein. So darfst du nicht denken. Ihm Vorwürfe zu …

Mein Sichtfeld veränderte sich, als Cam uns grob übers Bett rollte, bis mein Rücken auf der Matratze aufschlug. Ich konnte kaum durchatmen, bevor er wieder in mich eindrang, dieses Mal mit noch mehr Kraft und Wucht als zuvor.

Ich schrie auf, als er in meine Lippe biss, der Stich wurde schnell durch seine Zunge ersetzt.

Und dann verschlang er mich. Er beherrschte mich so sehr mit seinem Mund, dass ich nichts anderes tun konnte, als ihn zu nehmen.

Genau wie ihm mein Körper zur Verfügung stand.

Das Bett knarrte unter den Bewegungen, seine Hüften schlugen gegen meine, als sich seine Handfläche erneut um meine Kehle schloss. Seine andere Hand lag auf meiner Brust, quetschte mein Fleisch und zupfte an meinen Brustwarzen.

Ein ungewolltes Stöhnen entwich mir, denn diese gewalttätige Cam-Version trieb mich in Höhen, von denen ich nicht gewusst hatte, dass sie existierten.

Es war, als würde ich zum ersten Mal überhaupt gefickt.

Er war nicht sanft oder zärtlich, sondern rau und fordernd.

Ich umklammerte seine Schultern und grub meine Nägel in seine Haut, um ihn zu markieren. Ihn zu beanspruchen. Um etwas zurücklassen, das zeigte, dass er *mir* gehörte.

Diese Blutjungfrauen konnten ihn nicht haben.

Es würde keinen Ersatz für mich geben.

Und zum Teufel mit dem, was Lilith mit seinem Verstand gemacht hatte.

Dieser Mann gehörte mir, und ich würde zu ihm durchdringen. Ich würde einen Weg finden, ihn an uns zu erinnern, an unsere Vergangenheit, an unsere versprochene Zukunft.

Er mochte eine verhängnisvolle Entscheidung ohne mich getroffen haben – eine, die alles zwischen uns verändert hatte –, aber verdammt, ich würde nicht zulassen, dass das noch einmal passierte.

Ich war nicht mehr die sanftmütige Frau aus seiner Vergangenheit. Ich hatte mich in den vergangenen einhundert Jahren weiterentwickelt. Und ich würde nicht tatenlos zusehen und darauf warten, dass er alle Probleme der Welt löste.

Du. Wirst. Dich. An. Mich. Erinnern. Ich ätzte diese Worte mit meiner Zunge in seinen Mund, während ich ihn mit den Fingernägeln blutig kratzte. *Du. Bist. Mein.*

Er knurrte, sein Griff um meine Kehle wurde fester, als er sich zurückzog, um mich anzustarren. „Verdammt schön", zischte er. „Jetzt komm für mich, kleine Höllenkatze! Ich muss spüren, wie deine Pussy meinen Schaft zusammenpresst."

Höllenkatze war neu. Genau wie *Löwin.*

Aber das war mir egal.

Beides klang viel gefährlicher als Schwan.

Wenn diese Cam-Version mich so sah, dann okay. Denn ich wollte gefährlich sein. Eine ernst zu nehmende Person. *Seine Gefährtin.*

Diese ganze Operation unter den Katakomben war zum Scheitern verurteilt. Lilith mochte tot sein, aber ich würde nicht zulassen, dass ihr Erbe überlebte.

„Jetzt, Ismerelda", knurrte er und sein Mund wanderte zu meinem Hals.

Er stieß tief zu, als sich seine Reißzähne in meinen Hals bohrten. Die Kombination aus Empfindungen und erzwungenen Endorphinen schickte mich in ein Meer dunkler Glückseligkeit.

Reißende Wellen durchfluteten meine Adern und zwangen mich in einen schwarzen Strudel, dessen Ende nicht in Sicht war.

Meine Lunge brannte.

Meine Beine wurden taub.

Mein Inneres verkrampfte sich.

Mein Körper war nicht mehr mein eigener.

Cam stieß einen donnernden Laut aus, der mehr

animalischer als menschlicher Natur war. Sein Körper zerstörte den meinen, während er mich hemmungslos fickte.

Ich spürte, wie meine Oberschenkelinnenseiten zerquetscht wurden, während meine Beine wie Wackelpudding reagierten.

Ich war ein Spielzeug. Eine Puppe, die er nahm. Die er missbrauchte. Die er benutzte.

Die ganze Zeit über ertrank ich in einer endlosen Grube der Ekstase.

Ich krallte mich an seinem Rücken fest, verzweifelt nach Luft ringend, aber er hörte nicht auf, zu trinken. Jeder Sog trieb mich tiefer in diesen gefährlichen Strudel.

Sein Name verließ mich nur noch als stimmloses Flüstern.

Er bringt mich um. Schon wieder.

Und er schien keine Anstalten zu machen, damit aufzuhören.

Wie soll ich in seinen Kopf gelangen, wenn ich immer wieder sterbe?

Meine Finger wurden kalt, meine Nägel bohrten sich nicht mehr in seine Haut.

Ich flehte ihn innerlich an, zu kommen.

Meine Hüften schmerzten unter seinen Stößen.

Bitte, Cam. Komm für mich! Komm zurück zu mir!

Meine Arme fielen auf die Matratze, meine Hände wurden zu Eis.

Verdammt ... das ... tut langsam weh ...

Er hörte nicht auf. Er schien es nicht einmal zu bemerken. Oder vielleicht war es ihm egal.

Cam ...

Er brüllte, seine Reißzähne verließen endlich meine zarte Haut. Aber nicht, weil er mich gehört hatte.

Sondern, weil er ... er kommt.

Sein Samen hätte sich heiß in mir anfühlen müssen, aber ich konnte ihn nicht spüren. Ich konnte nichts spüren. Ich konnte nichts sehen.

Cam!, rief ich, verzweifelt darum bemüht, in seinen Kopf zu gelangen.

Aber eine Mauer der Stille begegnete meinen Bemühungen. Dunkel. Kalt. Einsam.

Cam!

Nichts.

Nur eine tote Verbindung. Eine, die er mir entzogen hatte.

Ich schrie in meinem Kopf, wütend auf ihn wegen dieser Situation, wegen allem, was er ohne mich entschieden hatte, wegen allem, was er jetzt tat, weil er mich nicht mehr kannte.

Ich werde nicht aufgeben. Ich kann nicht aufgeben.

Und doch war ich mir nicht sicher, was ich jetzt tun sollte.

Ihn noch einmal ficken? Noch einmal versuchen, durchzubrechen?

Was kann ich sonst tun?

Ich zitterte, verloren im dunklen Zauber des Todes. Nur ein Hauch von Gefühl erwärmte die Innenseiten meiner Oberschenkel.

Eine Zunge?

Nein. Zu … fest.

Ein Finger?

Nein. Zu dick.

Cams …?

Meine Augen flogen auf und offenbarten den Raum um mich herum. Mein Kopf lag auf einem Kissen, und Cam war wieder hinter mir, mein Bein lag auf seinem Oberschenkel.

Meine Kehle war trocken und erinnerte mich an

gestärkte Baumwolle. Aber ansonsten fühlte ich mich gut. Keine geschundene Lunge. Kein Schmerz. Nur der subtile Druck seines Schwanzes, der sich in meiner feuchten Hitze bewegte.

„Zeit, erneut zu brüllen, kleine Höllenkatze", sagte er und presste seine Lippen auf mein Ohr.

IZZY

O GOTT.

Wie lange war ich bewusstlos gewesen?

Und hatte er mich wirklich gerade aufgeweckt, indem er in mich hineingerutscht war?

Seine Worte von vorhin kamen mir wieder in den Sinn und seine Drohungen, mich dazu zu zwingen, mit ihm in mir zu schlafen, schwirrten in meinem Kopf herum.

Hatte er das getan? Hatte er seinen Schwanz warmgehalten, während ich mich erholt hatte?

Ich erschauderte und stöhnte auf, als er mich *erneut* biss.

Tränen trübten meine Sicht, als mich ein Orgasmus ohne jegliche Vorwarnung überrollte und mich in ein Loch wahnsinniger Verzweiflung stürzte.

Ich war nicht bereit.

Ich konnte das nicht.

Ich … ich brauchte … *Ruhe.*

Aber er hatte mir eindeutig sein Blut gegeben, denn ich war vollständig geheilt.

Was bedeutete, dass er wieder von vorn anfangen konnte. So wie er es angekündigt hatte.

Und das tat er. Er nahm mich. Fleischlich. Ohne Rücksicht. Erst von hinten und dann von vorn.

Er trank mich leer.

Versetzte mich in ein weiteres Koma.

Und weckte mich dann wieder auf, dieses Mal mit meiner unteren Körperhälfte von der Matratze hängend, während er stand und mich mit kräftigen Stoßbewegungen fickte.

Ich wurde ohnmächtig, bevor ich kommen konnte.

Nur um von seinen Reißzähnen und einem brutalen Höhepunkt geweckt zu werden, der mir den Verstand raubte.

Ich kämpfte mich durch den Nebel, entschlossen, ihn zu finden – *meinen Cam* –, aber ich wachte immer wieder mit dieser raubtierhaften Version von ihm auf.

Tage schienen zu vergehen.

Oder vielleicht Stunden.

Aber er war mehrmals gegangen. Einmal, um eine Nachricht zu überbringen – etwas, an das ich mich nur vage aus seinem kalten Gespräch mit Mira erinnerte.

Ein anderes Mal war er mit einem neuen Laptop zurückgekommen, den ich nicht einmal anzufassen versuchte, weil ich einfach zu erschöpft war, um mich damit zu beschäftigen.

Der Kreislauf setzte sich fort und jedes Mal, wenn ich ohnmächtig wurde, verlor ich mich mehr und mehr.

Schließlich fiel es ihm auf, nach … Ich war mir nicht sicher, wie viel Zeit vergangen war. Er stellte eine Ampulle mit Blut ab und bat mich, sie zu leeren.

Das tat ich.

Das geschah noch ein paar Mal, aber es half kaum, den Schmerz zu lindern, der in mir nachhallte. Ein Schmerz, der nicht nur emotionaler, sondern auch körperlicher Natur war.

Wann habe ich zuletzt etwas gegessen oder getrunken?

Irgendwann später, nachdem Cam meine schwindende Energie erwähnt hatte, sprach ich eine Version dieser Sorge laut aus.

„Du beginnst, mich zu langweilen", sagte er. „Was ist mit meiner Löwin passiert?"

Seine Worte entfachten ein Feuer in mir. Denn ich würde mir verdammt noch mal nicht vorwerfen lassen, nicht genügend *Leistung* zu bringen. „Auch Löwen haben Hunger", murmelte ich. „Oder hast du vergessen, dass ich esse?"

Meine Worte waren schnippisch und meine Verärgerung darüber, wie ein Fickspielzeug benutzt zu werden, schimmerte durch.

Ich erwartete schon fast, dass er sich über mich beugte und mich fickte. Aber stattdessen legte er den Kopf nachdenklich schief und nickte dann. „Möchtest du das Gleiche essen wie letzte Woche? Oder sollen wir etwas Neues ausprobieren?"

Letzte Woche?, wiederholte ich für mich. *Heilige Scheiße …*

Ich stimmte Italienisch zu, weil ich am Verhungern war.

Dann aß ich nur einen Teil davon, weil mein Magen zu klein für die große Portion war.

„Mit diesem Essen hast du bewiesen, dass du meinen moderneren Geschmack kennst", sagte Cam schließlich. „Kläre mich über einige meiner anderen Vorlieben auf, beginnend mit dem Abendessen. Sag mir, was ich für morgen bestellen soll!"

Für einen Moment war ich von seiner Bitte überrascht,

ein Hauch von Hoffnung erwärmte mein Herz. *Er will, dass ich ihn an die Vergangenheit erinnere.*

Aber als ich mit der Aufzählung der Speisen fertig war, gab er die Bestellung auf seinem neuen Laptop auf und zerrte mich unter die Dusche, um mich gegen die Wand zu ficken.

Ich wachte wieder mit ihm in mir auf; sein Appetit war unersättlich.

Aber immerhin begann er, mich zu füttern.

Obwohl er mich nach jeder Mahlzeit zu seinem persönlichen Dessert machte.

Ich war unzählige Male gekommen in den letzten Tagen. Waren es sieben gewesen? Oder acht? Oder gar neun? Aber das Vergnügen war nicht für mich gewesen, sondern für ihn und sein Wohlgefallen.

Er mochte es, wenn ich eng wurde. Und feucht. Und stöhnte.

Obwohl es sich unglaublich anfühlte, war es das nicht. Denn jeder Höhepunkt trieb mich ein bisschen tiefer in eine Grube der Verzweiflung.

Ich konnte seine mentalen Mauern nicht durchbrechen. Sie waren undurchdringlich. Und Sex funktionierte nicht.

Nicht einmal, wenn er mich lange genug wach bleiben ließ, um zuzusehen, wie er auseinanderfiel.

So wie jetzt.

Ich saß rittlings auf seinem Schoß, und seine Bewegungen penetrierten mich heftig mit jedem Aufwärtsstoß seiner Hüften. Seine Finger waren in meinen Haaren, sein Mund besaß den meinen, während seine andere Hand meinen Hintern streichelte.

Ich war wund.

Müde.

Verbraucht.

Aber er hatte mich mit seinem Schwanz geweckt, schnell gefolgt von seinen Händen und der Aufforderung, ihn zu reiten.

Ich hatte mich benommen gefügt, und meine letzte Erinnerung war, dass er mich gegen die Matratze gefickt hatte.

Tagelanger Sex war bei uns keine Seltenheit; Cam hatte schon immer gern lange Stunden und Nächte im Schlafzimmer verbracht. Aber das hier war etwas ganz anderes.

Es fühlte sich an, als hätte ich die raubtierhafte Seite meines Gefährten umfassend kennengelernt.

Keine Grenzen. Keine Regeln. Kein Zurückhalten. Nur eine Bestie, die seine Gefährtin auf jede erdenkliche Weise nahm.

Seine Reißzähne streiften meine Lippe, sein Biss stand unmittelbar bevor. Das war seine Lieblingsmethode, um mich zum Kommen zu zwingen. Es fühlte sich nicht nur gut für ihn an, sondern lieferte ihm auch einen Vorwand, um von mir zu trinken.

Was mir dann keine andere Wahl ließ, als im Gegenzug mehr von seinem Blut zu trinken.

Er hatte angefangen, mir Ampullen davon auf dem Nachttisch zu hinterlassen. Manchmal fütterte er mich damit, während ich schlief. Zumindest nahm ich an, dass er das tat. Das war die einzige Erklärung dafür, wie schnell ich regenerierte.

Ich wartete auf seinen Biss, mein Herz hämmerte in meiner Brust, weil ich wusste, dass er mir jedes bisschen Energie aus den Adern reißen und mich für den Rest des Tages handlungsunfähig machen würde.

Mal wieder.

Aber … der Biss kam nicht.

Nur seine Zunge.

Ein sanfter Kuss.

Ein Trick, dachte ich, verwirrt von diesem Tempowechsel nach einer gefühlten Ewigkeit, in der er mich unaufhaltsam an den Rand des Todes gebissen und gefickt hatte.

Seine Handfläche glitt an meinem Hintern entlang zu meiner Hüfte, bevor sie zwischen uns rutschte. Ich zuckte zusammen, als sein Daumen meinen empfindlichen Knubbel fand, seine Berührung war unerwartet und unglaublich erwünscht.

Was ich hasste.

Ich *hasste* es, wie ich auf ihn reagierte. Ich hasste es, wie sehr ich seine sanften Berührungen liebte. Ich hasste es, wie er mit ein paar einfachen Berührungen mein Blut in Wallung bringen konnte.

Mein Körper gehörte diesem Mann schon so lange, mein Herz und meine Seele waren in jeder Hinsicht sein Eigentum.

Auch wenn er mein Vertrauen brach.

Auch wenn er mich verletzte.

Auch wenn er sich nicht mehr wie der Mann verhielt, den ich kannte.

Ich wollte ihn trotzdem. Ich sehnte mich nach ihm. *Liebte* ihn.

Tränen sammelten sich in meinen Augen, als ich mein Tempo verlangsamte und unsere Sitzung zu einer glückseligen Erinnerung an Leidenschaft und Zärtlichkeit wurde. So hatten wir einander einst umarmt, so hatten wir unsere Gefühle und unsere Anbetung füreinander gezeigt.

Erinnert er sich vielleicht doch?, fragte ich mich, und ein Funke der Hoffnung flammte in mir auf. *Erholt er sich endlich von seinem Rausch?*

Es war, als wäre er in eine seltsame Art von Trott

verfallen. Seine Instinkte verlangten, dass er nahm, anstatt zu geben.

Aber jetzt … Das … Es … Er fühlte sich an wie … mein Cam.

Er setzte sich auf, woraufhin sich seine Muskeln anspannten. Sein ganzer Körper war wild, hart und männlich. „Leg deine Beine um mich", flüsterte er gegen meinen Mund.

Ich willigte ein, weil ich den Winkel dieser Position genoss. Es war eine meiner Lieblingsstellungen. Ich genoss die Nähe; die Umarmung gab mir das Gefühl, wertgeschätzt zu werden.

Er legte die Arme um mich; sein Mund war ehrfürchtig, während unsere Körper in hypnotischen Bewegungen miteinander tanzten.

Das. Das ist mein Cam.

Ich seufzte fast, Zufriedenheit erfüllte mein Wesen.

Gott, das hat mir gefehlt. Ich wünschte, er könnte mich hören. *Ich habe dich so sehr vermisst.*

Ich habe dich auch vermisst, murmelte er und seine Stimme in meinem Kopf ließ mich erstarren.

Cam?

Er lächelte. *Wer sonst?*

Ich zog mich zurück, um sein Gesicht zu erforschen, aber er folgte mir mit seinem Mund, seine Lippen waren heiß auf meinen.

Warte …

Shh, raunte er. *Lass mich dich lieben.*

Meine Lippen kräuselten sich. Das klang so sehr nach meinem alten Cam. Aber wie konnte er einfach zurückkehren, ohne überhaupt anzusprechen, was er getan hatte? Was wir durchgemacht hatten?

Ich versuchte, mich wieder zu bewegen, aber seine Arme hielten mich fest an sich gedrückt und sein Mund wurde noch fordernder. Fast so, als wollte er mich unbedingt festhalten. Um mich für die Ewigkeit an sich zu binden. Um mich wieder zu seinem zu machen.

Ich umklammerte seine Schultern, verwirrt und begeistert zugleich.

Mein Cam … Er ist …

Ich keuchte, als sich seine Reißzähne in meine Lippe bohrten. Meine Augen flogen auf.

Was …?

Ich saß nicht mehr auf ihm, sondern lag auf dem Rücken. Meine Schenkel umklammerten seine Hüften. Meine Nägel gruben sich in seine Schultern.

Und seine Iriden glichen dunklen Pfützen intensiven Verlangens.

Ich zuckte zusammen, als er in mich eindrang. Sein Tempo war brutal, seine Zärtlichkeit nicht existent.

Denn nichts davon war real gewesen.

Ein Traum.

Dies ist meine Realität.

Ich zitterte, mein Herz hämmerte in meiner Brust, als Cam mich mit voller Inbrunst fickte.

Da waren keine sanften Worte oder zärtlichen Berührungen. Keine mentalen Gedanken der Liebe. Keine Freundlichkeit.

Da war nur ein Raubtier, das sich seine Beute holte.

Ich wollte schreien. Ihn schlagen. Kämpfen.

Aber im nächsten Atemzug eroberte sein Mund den meinen, und seine Zunge gab mir scharfe Befehle, mich zu ergeben. Ihn zu empfangen. Dies geschehen zu lassen. Die neue Version meines Gefährten zu akzeptieren.

Nein!, schrie ich. *Ich werde das alles nicht akzeptieren. Du. Bist. Nicht. Mein. Cam.*

Er knurrte gegen meine Lippen, seine Bewegungen

wurden noch wilder. „Ich liebe es, wie du gegen mich kämpfst, Löwin", lobte er. „Du bist einfach perfekt."

Wie kann irgendetwas von dem hier perfekt sein?, wollte ich fragen. *Es ist eine Katastrophe.*

Aber ich konnte nicht leugnen, wie gut es sich anfühlte, ihn in mir zu haben, wie der Biss seiner Endorphine ein Feuer in mir entfachte, das nur für ihn brannte.

Ich hasse es.

Ich liebe es.

Ich hasse ihn.

Ich liebe ihn.

So verdammt widersprüchlich. So verworren. So verdammt falsch!

Er gab ein Geräusch der irrsinnigen Zustimmung von sich, als meine Nägel in seine Haut schnitten. Seine Stöße waren brutal und konstant, als er uns beide in ein dunkles Nichts aus Schmerz und Lust trieb.

Ich hielt mich fest, mein gebrochenes Herz hämmerte einen unsteten Rhythmus in meiner Brust.

Bitte beiß mich nicht. Bitte lass mich nur noch ein bisschen länger bei Bewusstsein sein.

Aber die Bitten waren vergeblich. Cam würde tun, was er wollte, weil es hier um ihn ging und nicht um mich.

So anders als in unserer Vergangenheit, als ich für ihn immer an erster Stelle gestanden hatte.

Habe ich das wirklich?, fragte ich mich. *Er hat mich im Stich gelassen, um die Welt zu retten. Und jetzt ...*

Ich schob den Gedanken beiseite und war genervt von mir selbst, weil ich ihm die Schuld für eine so selbstlose Tat gab. Aber dank der aktuellen Situation fiel es mir ziemlich schwer, seine Entscheidung zu respektieren.

Denn genau das war es gewesen – seine Entscheidung. Nicht unsere.

Ich knurrte verärgert, was mir ein Fauchen von dem

Raubtier über mir einbrachte. Er hatte das Geräusch völlig missverstanden, deutete es als Erregung und fickte mich noch härter.

Meine Hüften drohten, unter ihm zu zerbrechen. Nicht, dass es wichtig gewesen wäre. Er würde mich einfach mit Blut heilen.

Wie zum Teufel soll ich das in Ordnung bringen?, fragte ich mich benommen. *Wie bekomme ich meinen Cam zurück?*

Seine Zunge streichelte meine, seine Hände lagen auf meiner Taille, während er ein rasantes Tempo anschlug. Er packte meine Brüste. Zupfte an meinen Nippeln. Biss in meine Zunge. Meine Lippen. Dann vergrub er sein Gesicht in meinem Nacken.

Ich wappnete mich.

Aber er biss mich nicht.

Stattdessen saugte er an meinem Hals, kitzelte die Haut, und setzte seine Bemühungen unten fort. Seine Hand glitt zwischen uns, sein Daumen fand meine Klitoris. Ähnlich wie in meinem Traum.

Hat er das mit mir gemacht, während ich geschlafen habe? Habe ich deshalb davon geträumt?

Ich erschauderte, das Plus an Gefühl war genau das, wonach sich mein Körper gesehnt hatte.

„Komm für mich, kleine Höllenkatze", forderte er an meinem Ohr. „Ich will spüren, wie du meinen Schwanz mit deiner köstlichen Pussy ausquetschst."

Ich schluckte, seine Worte heizten die Flammen in mir noch weiter an.

Es spielte keine Rolle, wie verärgert ich sein mochte, wie verloren ich war oder wie besiegt ich mich fühlte. Mein Körper reagierte immer noch auf ihn. Das tat er immer. Auch wenn es weh tat.

Ich wölbte mich ihm entgegen, mein Innerstes krampfte sich unter einem Ansturm von Gefühlen zusammen, als sich mein erhitztes Zentrum um ihn herum zusammenzog.

Ein Fluch lag auf meiner Zunge, Tränen vernebelten meine Sicht, meine Glieder waren starr.

Es war fast zum Greifen nah. So intensiv. So verzehrend.

Ich wimmerte.

Und Cam ... drückte seinen Daumen ... nach unten. Fest.

Ich schrie auf.

Es war ... zu viel. Zu anstrengend. Zu schön. Zu falsch.

Ich schwamm in einem turbulenten Meer, in dem sich die Wellen der qualvollen Ekstase kräuselten.

Nichts davon ergab einen Sinn. Mein Gehirn funktionierte nicht mehr. Meine Lunge weinte. Mein Herz schlug zu wild. Meine Gliedmaßen existierten nicht mehr. Mein Körper glich einem Gefäß, das nur für Cams Vergnügen bestimmt war.

Sein Samen wärmte mich von innen, sein leidenschaftliches Knurren ließ meine Brust vibrieren.

Mein Kopf fiel automatisch zur Seite, denn ich wusste, was als Nächstes kommen würde. *Ein Biss, der mich zurück in meinen endlosen Schlummer schicken würde.*

Doch alles, was er tat, war, meinen Hals zu küssen.

Ich wartete.

Dann runzelte ich die Stirn.

Und schließlich sah ich ihn an. Er war immer noch in mir, den Oberkörper auf die Unterarme gestützt.

Aber anstatt meinen Hals anzustarren, als wäre er sein Lieblingsessen, beobachtete er mich.

Ich blickte zu ihm auf und bemerkte die verschiedenen Blautöne in seinen Augen. Es war nicht mehr die tiefe Farbe des Ozeans, sondern eine Schattierung, die mich an die Meeresküste erinnerte. Dunkel bis hell. All das umringt seine schwarzen Pupillen.

„Ich muss mich auf das morgige Treffen mit der Allianz vorbereiten", sagte er leise zu mir. „Ich werde also fast die ganze Nacht weg sein."

Ich runzelte die Stirn. *Er spricht mit mir über seine Pläne?*
Und er wird sich mit der Allianz treffen?

„Ich möchte, dass du zwei Ampullen meines Blutes trinkst, um dich auf meine Rückkehr vorzubereiten", fuhr er fort. „Denn ich vermute, dass ich in brutaler Stimmung sein werde, und ich möchte dich nicht versehentlich töten, bevor ich mit dir fertig bin."

Oh. Falls es irgendeinen Zweifel daran gegeben hatte, mit welcher Version von Cam ich es zu tun hatte, bestätigten diese letzten Worte, dass es sich um den neuen Cam handelte.

Die Überreste meines Traums verschmolzen mit meiner herzzerreißenden Realität.

Die Mauern in seinem Kopf waren so undurchdringlich wie eh und je, auch wenn er tief in mir steckte und gerade auseinandergefallen war.

Wie soll ich sie durchbrechen?, fragte ich mich zum tausendsten Mal. *Ist es überhaupt möglich?*

Wenigstens war unser Band noch intakt. So viel konnte ich in meiner Seele spüren.

Das heißt, er ist definitiv Cam und kein gefährlicher Klon von ihm, dachte ich mit einem sardonischen Schnauben. *Immerhin.*

„Komm", sagte er und glitt aus mir heraus. „Ich will dich noch einmal unter der Dusche ficken, bevor wir unser Mitternachtsmahl zu uns nehmen."

CAM

ICH BIN SÜCHTIG nach dieser Frau.

Nach ihren Kurven.

Ihrem Stöhnen.

Ihren *Augen*.

Fuck. Es spielte keine Rolle, dass ich sie gerade zweimal vor dem Mitternachtsmahl genommen hatte. Allein, dass ich sie in meinem Hemd am Tisch sah, machte mich wieder hart.

Ich wollte sie zum Nachtisch verschlingen, was ich in der letzten Woche schon mehrmals getan hatte.

Aber heute Abend ging das nicht.

Es gab zu viel zu tun vor dem morgigen Treffen mit der Allianz. Wir mussten Liliths Forschung und deren Zweck erklären und gleichzeitig sicherstellen, dass jeder verstand, was auf dem Spiel stand.

Unser Blutvorrat nahm rapide ab. Unsere einzige Lösung war, einen Weg zu finden, unsere Nahrung unsterblich zu machen.

Jeder, der das nicht verstand, verdiente es nicht, Teil der Allianz zu sein.

Leider musste ich unsere Ergebnisse in einer sorgfältigen und angemessenen Weise präsentieren.

Das erforderte Vorbereitung, einschließlich der Überprüfung der Ergebnisse, die einige unserer Forscher in Bezug auf das Blut unserer kürzlich erwachten Gesegneten dokumentiert hatten.

Ismerelda stellte ihr Glas Wasser ab und nahm einen weiteren Bissen von ihrem French Toast – eine Speise, mit der sie mich neulich Abend bekannt gemacht hatte.

Die amerikanische Küche.

Ich konnte mich zwar bruchstückhaft an die Gründung der Vereinigten Staaten von Amerika erinnern, aber nicht an viele Details. Aber Ismerelda hatte mich wieder mit einigen der Gerichte in Berührung gebracht, von denen sie behauptete, dass ich sie vor hundert oder mehr Jahren bevorzugt hätte.

Und eines dieser Gerichte war French Toast mit Obst und kanadischem Ahornsirup.

Es war alles ziemlich dekadent, aber ich konnte den Reiz nicht leugnen. Eigentlich hatte alles, was sie in den vergangenen Tagen vorgeschlagen hatte, meine Geschmacksnerven mehr als zufriedengestellt.

Natürlich war das nichts im Vergleich zu ihrem Blut.

Oder ihr, sinnierte ich, während mein Blick ihren Hals hinunter zum Kragen meines Hemdes wanderte. Sie hatte die ersten beiden Knöpfe offen gelassen, sodass ich einen Hauch ihrer cremefarbenen Haut bewundern konnte.

Wunderschön.

Talentiert.

Mein.

Meine Besessenheit von ihr war ungesund. Ich sollte sie

wirklich damit beauftragen, ein paar Vertreterinnen auszubilden. Grausam, aber nötig.

Ich kann sie nicht für immer behalten.

Sie stand für alles, was mein Verstand zu korrigieren versuchte. Niemand wollte sich mit emotionalen Bürden belasten.

Dennoch konnte ich nicht aufhören, sie mir als Vampir vorzustellen. Als Ebenbürtige. Als wahre Gefährtin.

Warum habe ich sie nicht verwandelt?

Es würde so viel Sinn ergeben. Aber vielleicht hatte ich bislang nicht den richtigen Ersatz für ihr Blut gefunden.

Das würde mein Desinteresse an den Blutjungfrauen erklären. Sie waren angeblich die köstlichsten Menschen überhaupt, aber keine von ihnen konnte sich mit Ismerelda messen.

Ich hatte ein paar von ihnen gebissen, um meinen Hunger zu stillen, aber es hatte nicht gereicht. Ich hatte mich nach mehr gesehnt, aber nicht nach mehr von ihnen.

Und jetzt, nach meiner Zeit mit Ismerelda, verstand ich, warum.

Sie war meine Schwäche. Mein ultimatives Verlangen. Mein Ein und Alles. Niemand sonst war mit ihr vergleichbar.

Sie zu töten, wird die schwerste Aufgabe sein, die ich je auf mich nehmen werde, beschloss ich. *Aber noch ist es nicht so weit.*

Zunächst mussten wir herausfinden, wie wir das Unsterblichen-Blut-Problem lösen konnten.

Ich trank meinen Kaffee aus – eine dunkle Flüssigkeit, die mit einem Hauch der Essenz meiner Löwin gewürzt war. Ich hatte nicht viel von ihr genommen, mein Wunsch, ihr einen Tag der Heilung zu schenken, hatte meine eigenen Bedürfnisse überlagert. Sie hatte mir alles gegeben, genau wie ich es verlangt hatte.

Ein Teil von mir wünschte sich, ihr im Gegenzug zu

gefallen, und ich hatte ihre Erschöpfung gespürt, trotz der kontinuierlichen Zufuhr von Nahrung und Blut.

Ismerelda brauchte wirklich Ruhe.

„Unter dem Waschbecken stehen Badezusätze", sagte ich. „Nimm ein Bad."

Sie blinzelte mich an. „Ein Bad, mein Lehnsherr? Für Eure Rückkehr?"

Ich schüttelte den Kopf. „Nein. Für dich. Ich möchte, dass du ausgeruht und bereit für mich bist. Und Bäder sind entspannend, nicht wahr?" Ich hatte sie vor Jahrtausenden genommen, bevor es Duschen gegeben hatte. Allerdings war das in einer blechernen Wanne gewesen.

Die große Wanne in meinem Badezimmer war viel fortschrittlicher, mit Mechanismen, die das Wasser bewegten. Ich hatte mir diese Erfahrung noch nicht gegönnt, aber ich vermutete, dass die Düsen die schmerzenden Muskeln meiner *Erosita* mit einer Art Massage verwöhnen würden.

Es juckte mich in den Händen, die Aufgabe selbst zu übernehmen. Doch leider konnte ich meinen Instinkten nicht trauen. Vor allem, weil das Ganze mit einer erneuten Rückenlage Ismereldas enden würde.

Und ich musste mich wirklich an die Arbeit machen.

„Ja", sagte sie leise. Sie schien meiner Aussage bezüglich der Entspannungskraft eines Bades zuzustimmen.

„Soll ich dir auch etwas zu essen bringen lassen?", fragte ich.

Sie sah mich einen langen Moment lang an, fast so, als würde sie versuchen, die Frage zu verstehen.

Sie ist wirklich erschöpft, stellte ich fest. Ich war hart zu ihr gewesen, meine Gelüste dunkel und verdorben. Ich hatte nicht bemerkt, wie sehr ich mich nach ihr gesehnt hatte, und nun schien es, als könnte ich nie zufrieden sein.

LEXI C. FOSS

Sie jetzt zu ersetzen, kam nicht infrage.

Kein Wunder, dass mir diese Blutjungfrauen nicht gefallen haben.

„Zum Abendessen?" In Ismereldas Tonfall schwang ein Hauch von Verwirrung mit, und ich begriff, dass der Plan für diesen Abend vielleicht nicht ganz klar war.

„Ja. Ich werde wahrscheinlich nicht vor Sonnenaufgang zurückkehren, also gehören die Nachtstunden heute dir. Soll ich dir etwas zu essen bestellen?"

Ich habe neulich gelernt, wie ich meine *Erosita* angemessen zu versorgen habe. Sie war trotz meines Blutes in ihrem Körper deutlich schwächer geworden. Und es hatte eine bissige Bemerkung von ihr bedurft, um mir zu sagen, warum.

Mein Mensch benötigt Nahrung, um zu florieren.

Ich hatte die Bemerkung ernst genommen und ihren Mahlzeiten seither Priorität eingeräumt. Das diente auch dem Zweck, mich wieder an die moderne Küche heranzuführen, was es mir ermöglichte, die Zeit zu rechtfertigen, die ich dem gemeinsamen Essen mit ihr widmete.

In Wahrheit genoss ich einfach ihre Gesellschaft.

Aber das würde ich nie laut zugeben.

„Ähm." Sie räusperte sich. „Vielleicht eine Pizza? Ich könnte sie für Euch warm machen, wenn Ihr zurückkommt ..." Sie verstummte und ihre hellgrünen Augen suchten die meinen. Ihr Blick war kühn. Verführerisch. *Königinnenhaft.*

Mira hatte mich gewarnt, dass meine *Erosita* sich nicht an diese neue Welt anpassen und sich im Grunde weigern würde, sich den Höhergestellten zu unterwerfen.

Ein Mensch mit einem Rückgrat aus Stahl.

Als sie angekommen war, hatte ich nicht begriffen,

warum ich eine solche Rebellion zugelassen hatte. Aber jetzt begann ich, meine Entscheidung zu verstehen.

Ismerelda faszinierte mich. Sie mochte ein Mensch sein, aber sie besaß eine mächtige Seele. Deshalb hatte sie mich so lange überlebt, deshalb war sie mir im Schlafzimmer ebenbürtig, und deshalb hatte ich mich über ein Jahrtausend lang mit ihr vergnügt.

Sie ist für so viel mehr bestimmt.

Mira konnte das nicht wissen. Ich würde niemandem meine wahren Absichten in Bezug auf Ismerelda verraten. Aber ich hatte aus gutem Grund ihre Sicherheit verlangt.

Und Gott sei Dank waren diese Befehle befolgt worden.

Die vergangenen neun Tage waren vergnüglicher als alle anderen in meinem Leben.

Zumindest die, an die ich mich erinnern konnte.

Seltsam, dass ich mich nicht an diese Frau erinnere, dachte ich, während ich immer noch ihren Blick festhielt. *Ich sollte es. Ich möchte es. Ich könnte …*

Es würde genügen, die mentalen Mauern zwischen uns zu entfernen und in ihren Geist einzudringen. Dann könnte ich die Erinnerungen an unsere Vergangenheit lesen, um herauszufinden, ob ich recht damit hatte, dass sie meine vorgesehene Lebenspartnerin war.

Die Erinnerungen würden zwar ihre Sichtweise widerspiegeln, aber ich sollte in der Lage sein, die Details in Erfahrung zu bringen, die ich benötigte, um mir ein genaues Bild von unserer Geschichte zu machen.

Später, sagte ich mir, und meine Uhr vibrierte, als würde sie mir zustimmen. „Ich muss heute Abend einige der Tests mit den Gesegneten beaufsichtigen", murmelte ich und blickte auf die Nachricht, die über mein Handgelenk lief. „Dann treffe ich mich mit Mira und

Michael, um mich auf die morgige Präsentation vorzubereiten. Und …"

Ich hielt inne und überflog Miras Worte bezüglich der Bestätigung unseres Treffens um fünf Uhr morgens.

„Und dann habe ich ein Gespräch mit Helias. Wenn das gut läuft, bin ich bald zurück." Ich wischte Miras Nachricht von meinem Handgelenk. „Aber ich vermute, dass heute nicht alles laufen wird wie geplant, deshalb werde ich wohl erst gegen sechs oder sieben Uhr zurück sein. Du kannst auch ohne mich essen."

Ich klappte meinen neuen Laptop auf, um ihr eine Pizza zu bestellen.

„Womit soll sie belegt sein?", fragte ich sie und registrierte, dass sie mich immer noch anstarrte. Wahrscheinlich, weil ich ihr gerade meinen Tag geschildert hatte. Aber wenn sie meine Königin werden sollte, musste sie sich an solche Planungen gewöhnen.

Denn ich würde von ihr erwarten, dass sie sich mir anschloss.

Oder sie allein führte.

Ich wollte keine Partybegleitung. Ich wollte eine Partnerin.

Und obwohl ich das in meinem früheren Leben nie wirklich in Betracht gezogen oder gesucht hatte, schien es, als hätte ich es in den vergangenen tausend Jahren möglicherweise gefunden.

In Ismerelda.

Das war das Einzige, was Sinn ergab. Warum sonst hätte ich einen Menschen so lange an meine Seele binden sollen?

Und warum sonst würde ich sie so sehr beschützen wollen?

Ja. Vielleicht muss ich diese Erinnerungen wieder hervorholen, beschloss ich erneut. *Aber erst, wenn ich mehr Zeit habe, sie zu durchforsten.*

„Salami", antwortete sie. „Und Oliven. Vorzugsweise grün."

Ich wölbte eine Augenbraue, dann gab ich ihre Auswahl ein. „Etwas zu trinken?"

Sie meinte, lieber Weißwein als Rotwein zu wollen, und nannte mir dann eine Alternative, falls die Küche den gewünschten Wein nicht finden würde.

„Ich lasse alles um siebzehn Uhr liefern", sagte ich.

„Danke."

Meine Lippen kräuselten sich. „Du kannst mir später richtig danken, kleine Löwin."

Sie schluckte und ihr Gesichtsausdruck schien leer zu werden. Eine seltsame Reaktion auf meine Anspielung, aber sie war wahrscheinlich zu müde, um jetzt noch eine Runde zu drehen.

Das arme Schätzchen war völlig überlastet.

Noch ein Grund mehr, sie unsterblich zu machen. Ihr Appetit würde genauso unersättlich sein wie meiner, vielleicht sogar noch intensiver. Und dann könnten wir uns einer ganz neuen Welt des Spaßes und der Freude hingeben.

Entscheidungen, Entscheidungen, überlegte ich und klappte meinen Laptop zu.

Ich wollte sie wirklich nicht töten müssen. Sie zu behalten, würde so viel mehr Spaß machen. Außerdem schien sie es verdient zu haben.

Sie wäre auch ein viel besserer Abkömmling als Michael.

Und Darius, was das anging.

Ich musste nur das Unsterblicher-Blutbeutel-Problem lösen.

Und das kann ich nicht tun, indem ich hier sitze und meine Erosita bewundere, entschied ich.

Ich räusperte mich und stieß mich vom Tisch ab. „Nimm ein Bad. Ruh dich aus. Entspanne dich." Ich beugte mich hinunter und drückte ihr einen Kuss auf den Kopf. Eine seltsam intime Handlung, die sich dennoch unglaublich richtig anfühlte. „Ich möchte, dass du später zum Spielen bereit bist." Etwas, das voraussetzte, dass sie zufrieden und glücklich war, nicht gestresst und sauer. „Genieße deinen Abend, Ismerelda."

Ich wartete auf keine Antwort, sondern ging zur Tür.

Doch kurz bevor ich den Flur betrat, hörte ich sie flüstern: „Ihr auch, mein Lehnsherr." Ihre Stimme ließ mich fast innehalten.

Sie klang … traurig?

Nein. Das ist die Erschöpfung.

Ich war zu grob gewesen. Ich nahm an, das war nach einem Jahrhundert Schlaf zu erwarten. Aber ich fühlte mich schuldig, weil ich sie benutzt hatte. Endlos. Unermüdlich. Das war mein Recht. Aber ich wollte, dass sie es auch genoss.

Zum Glück hatte sie heute Zeit, sich zu regenerieren. Wenn ich zurückkam, würde sie wieder ganz die Löwin sein, die ich mir wünschte.

Dann würde ich sie belohnen, wie ich es versprochen hatte.

Technisch gesehen, hatte ich gesagt, dass ich in der Stimmung sein könnte, ihr wehzutun.

Aber angesichts dessen, wie ich mich gerade fühlte, schien das unwahrscheinlich. Viel lieber würde ich das Versprechen einlösen, das ich anfangs gegeben hatte – sie dafür zu belohnen, dass sie meine Brutalität ertragen hatte.

Sie verlieh mir ein Gefühl der Leichtigkeit. Der

Lebendigkeit. Der Freude. Und jetzt wollte ich den Gefallen erwidern.

Das würde eine angenehme Überraschung werden. Eine leidenschaftliche. *Das perfekte Geschenk.*

Ja. Heute Abend würde ich meine *Erosita* verwöhnen.

Dann würde ich in ihren Geist eindringen und einige unserer gemeinsamen Erinnerungen abrufen.

Und wenn sich mein Instinkt bewahrheitete, würde ich sie fragen, was sie davon hielt, Königin zu werden.

IZZY

ICH BRAUCHE EINEN NEUEN PLAN.

Als Cam vorgeschlagen hatte, dass ich ein Bad nehmen und mich ausruhen sollte, hatte ich fast einen Anflug von Sorge in seinen Worten gespürt.

Dann hatte er diese falsche Hoffnung zunichtegemacht, indem er mir den Grund für diesen Wunsch genannt hatte.

„Ich möchte, dass du ausgeruht und bereit für mich bist."

Damit er mich ficken konnte.

Damit er mich dominieren konnte.

Damit er mir endlose Orgasmen bescheren konnte – zu seinem Vergnügen und nicht zu meinem eigenen.

Ich verschränkte die Beine, meine Muskeln verkrampften sich protestierend. Cam hatte meinen Körper nie so unter Druck gesetzt, mich nie kontinuierlich zu solchen Extremen getrieben.

Wer hätte gedacht, dass es möglich war, so intensiv zu kommen? So oft?

Ich erschauderte, mein Magen wurde hart.

Ich brauche mehr als einen freien Abend. Ich brauche eine Woche. Nein. Ich brauche einen reparierten Cam.

Aber wie?

Ich presste die Handfläche an meinen Kopf, meine Gedanken überschlugen sich vor Zweifeln, Fragen und schmerzlichen Erkenntnissen.

Die mentale Mauer zwischen uns war zu stark. Der Sex hatte nicht geholfen. Wenn überhaupt, dann hatte er alles nur noch schlimmer gemacht.

Cam sah in mir nichts weiter als eine Fickpuppe.

Er hatte mir heute vielleicht ein Bad und etwas zu essen angeboten, aber das war nicht zu meinen Gunsten. Sondern zu seinen. So wie alles andere auch.

Ich schluckte schwer und schloss die Augen. *Was soll ich nur tun?*

Er war unterwegs, um sich auf die morgige Sitzung vorzubereiten, Testergebnisse durchzusehen oder was auch immer. Er versuchte, das Konzept der unsterblichen Blutbeutel zu perfektionieren.

Um mich zu ersetzen, dachte ich säuerlich.

Meine Finger ballten sich zu Fäusten.

Das war inakzeptabel. All das war inakzeptabel. Einschließlich der Tatsache, dass ich hier saß und mich in meinem Kummer suhlte.

Und das jetzt schon seit mindestens einer Stunde.

Verdammt.

Ich fuhr mit der Hand über mein Gesicht und blickte zur Kamera an der Decke.

Ein Gespräch schwebte unklar in meinem Kopf herum. Es ging darum, verschiedene Live-Übertragungen zu deaktivieren und sich nicht länger auf Technologien zu verlassen.

Cam hatte gesagt, dass alle Vampire in die Labore verlegt werden sollten, sodass der Konvent von Menschen bewacht werden konnte.

Und die Katakomben, überlegte ich und schürzte die Lippen. *Wahrscheinlich lassen sie die auch unbewacht.*

Heiliger Boden. Niemand würde auf die Idee kommen, dorthin zu gehen. Und es schliefen ohnehin alle.

Außer den Gesegneten, die erst kürzlich erweckt worden waren.

Schade, dass Cronus keiner von ihnen ist, murmelte ich vor mich hin. *Oder Cane.*

Sie würden Cam im Handumdrehen wiederherstellen. Er würde sich nicht nur an sie erinnern, sondern sie und ihre Meinung auch respektieren.

Ausatmend erhob ich mich vom Esstisch und räumte das Frühstücksgeschirr ab. Ich hatte die Sachen ein wenig zu lange stehen lassen, aber ich begrüßte die lästige Aufgabe, denn so hatte ich etwas zu tun, während ich über meine Optionen nachdachte.

Ich könnte es noch einmal mit seinem Computer versuchen. Wahrscheinlich ist dieser aber mit einer Art Überwachungssoftware ausgestattet worden. Und wer weiß, ob das interne oder andere Netzwerk überhaupt funktioniert?

Ich verzog das Gesicht.

Aber wenn ich Damien eine Nachricht zukommen lassen könnte … Ich unterbrach mich. *Was sollte ich überhaupt sagen? Was würde ich von ihm erwarten?*

Das Treffen mit der Allianz war morgen. Vielleicht hatten sie bereits einen Plan ausgearbeitet. Jace und Ryder würden dort sein.

Werden sie in der Lage sein, Cam zu retten?

Ich stellte das Geschirr beiseite und mein Herz setzte einen Schlag aus.

Was, wenn sie ihn nicht retten können?

Sicherlich würde er auf sie hören. Er kannte sie seit Tausenden von Jahren. Es sei denn, er glaubte, dass sie vom Feind einer Gehirnwäsche unterzogen worden waren.

Lilith hatte Cams Verstand gründlich verdorben. Was hatte sie wohl über ihre Gegner aufgezeichnet?

Hat sie Cane und Cronus in einem ähnlichen Licht dargestellt?, fragte ich mich und runzelte die Stirn. *Oder sind sie davon ausgenommen, weil sie schlafen?*

Was, wenn Jace und Ryder gar nicht zu dem Treffen eingeladen sind?

Ich schritt in der Küche und im Essbereich umher, während meine Gedanken um diese Fragen kreisten.

Wenn Jace und Ryder nicht an dem Treffen teilnehmen durften, würden sie nicht einmal versuchen können, mit Cam zu sprechen. Was bedeutete, dass ich mich auf diese Möglichkeit überhaupt nicht verlassen konnte.

Ich musste selbst etwas tun. Irgendetwas. Und zwar hier.

Aber was?

Alles, was diese Cam-Version wollte, war, mich zu ficken. Und das hatte sich als wenig hilfreich erwiesen, um die Mauern zwischen uns einzureißen.

Was bleibt mir noch?

Ich warf einen Blick auf seinen Laptop auf dem Tisch. Das hatte ich bereits versucht, und das, bevor Michael das Gerät in die Finger bekommen hatte.

Mein Blick wanderte zur Tür. *Zu fliehen, wäre kontraproduktiv.* Cams Leidenschaft mochte grausam sein, aber er machte mir nicht wirklich Angst. Und zu gehen, würde ihn nicht retten.

Nein. Ich musste einen Weg finden, ihn hier zu reparieren.

Oder vielleicht jemanden. Ich verlangsamte meinen Schritt. *Ich brauche jemanden, auf den Cam hören würde und der bereits hier ist.*

Jemanden wie Cane.

Ich rollte die Schultern zurück und ging auf das Badezimmer zu, in dem Cam die Ampullen deponiert hatte. *Könnte das Blut ausreichen, um Cane zu wecken? Würde es überhaupt funktionieren?*

Ich kannte das Ritual, weil Cam es mir beigebracht hatte, und er hatte damals angedeutet, dass meine Verbindung zu ihm als seine Gefährtin mir wahrscheinlich erlauben würde, die Zeremonie ebenfalls durchzuführen. Aber er war sich nicht sicher gewesen. Und wir hatten es nicht wirklich getestet. Aber er hatte es mir gezeigt, für den Fall, dass ich jemals über dieses Wissen verfügen müsste.

Für den Fall einer Notsituation. Einer Situation wie dieser.

Warum hatte ich das nicht früher in Betracht gezogen?

Wahrscheinlich, weil ich mir sicher gewesen war, Cam allein zurückholen zu können.

Nun, jetzt war ich mir nicht mehr so sicher. Nicht nach diesen letzten paar Tagen. Oder wie lange auch immer ich bereits hier war.

Cams Erinnerungen waren entweder für immer verschwunden oder tief in seinem Geist verschlossen, und ich musste etwas Drastisches tun, um sie zurückzubringen.

Wenn das überhaupt möglich ist.

Ich schluckte und verdrängte den pessimistischen Gedanken in den Hintergrund. Keine Zeit zum Grübeln. Ich hatte einen Plan zu schmieden.

Cam hatte mir aufgetragen, mich heute zu entspannen. Aber er hatte nicht gesagt, dass ich nicht spazieren gehen durfte. Er hatte mir nur befohlen, hier auf ihn zu warten, falls es wieder zu einem Blackout kommen sollte – was wohl bedeutete, dass er nicht wollte, dass ich seine Räumlichkeiten verließ. Ich konnte jedoch eine ähnliche Ausrede verwenden wie die, die ich im Zusammenhang mit seinem Laptop vorgebracht hatte – er hatte mich noch nie angekettet. Warum sollte er jetzt damit anfangen?

Ich würde einfach die Ignoranzkarte ausspielen, wenn er mich beim Herumlaufen erwischte.

Natürlich wäre das schwieriger, wenn ich mich mitten im Ritual befände. Aber ich würde einfach sicherstellen müssen, dass niemand in der Nähe war, wenn ich anfing.

Und, dass mich keine Kameras im Visier haben. Obwohl es sich so angehört hat, als seien die meisten tatsächlich ausgeschaltet.

Ich kaute auf meiner Unterlippe, als ich in Cams Badezimmer und in den begehbaren Kleiderschrank ging, um mich vorzubereiten. Ich konnte nicht einfach wieder nur in seinem Hemd herumlaufen, sondern benötigte Schuhe für die Steinböden der Katakomben – Schuhe würden auch bestätigen, dass ich nur spazieren gehen wollte – und eine Hose, die meine Beine bedeckte.

Leider hatte sie nur sehr wenig Auswahl, da er hauptsächlich Anzüge besaß.

Okay, dann vielleicht doch lieber Boxershorts statt Hose, beschloss ich und griff nach den schwarzen. *Die werden mir sowieso wie Shorts passen.*

Schuhe waren ein ganz anderes Thema.

Er hatte ein Paar Turnschuhe, aber die waren viel zu groß.

Seufzend wählte ich stattdessen zwei Paar Socken und zog sie über meine Füße. Das musste reichen. Wenn er mich fände, würde ich sagen, dass ich improvisiert hatte, da ich keinen Zugang zu meinem Kleiderschrank hatte. Vielleicht würde er genauso reagieren wie damals, als ich ihn darauf hingewiesen hatte, dass ich etwas zu essen brauchte, und mir Klamotten besorgen.

Oder er ist wütend und fickt mich zu Tode.

In Anbetracht der Tatsache, dass das wahrscheinlich sowieso sein Plan für später war, schenkte ich dem abschreckenden Gedanken nicht viel Beachtung.

Ich fuhr mit einer Bürste durch meine Haare, ließ sie offen – in diesem Badezimmer gab es keine Pflegeprodukte für mich, sondern nur für Cam – und betrachtete mich noch einmal im Spiegel.

Erschöpfung starrte zu mir zurück.

Erschöpfung mit einem Hauch von Verzweiflung, gab ich nüchtern zu.

Ich gebe nicht auf. Nicht jetzt. Noch nicht. Nicht jetzt.

Ich schloss die Augen und atmete tief durch, dann schnappte ich mir die Blutampullen und steckte sie in den Bund meiner Shorts.

Okay. Los geht's.

Dank Miras Gespräch mit Cam wusste ich zwar, dass sich die Katakomben oberhalb des Forschungsbunkers befanden, aber ich hatte keine Ahnung, in welchem Stockwerk das war oder ob ich es überhaupt weit genug schaffen würde, bevor ich erwischt wurde.

Es gibt überall Kameras, murmelte ich vor mich hin, als ich auf dem Weg zur Tür einen Blick auf die Kamera in Cams Wohnbereich warf. Hoffentlich habe ich recht mit dem, was ich gehört habe. *Hoffentlich sind die meisten bereits deaktiviert.*

Natürlich galt das vermutlich nicht für die Kameras in Cams Suite.

Was bedeutete, dass derjenige, der ihn beobachtete, mit Sicherheit all unsere intimen Momente mitbekommen hatte. *Großartig.* Ein weiterer Punkt, über den wir uns später Gedanken machen konnten.

Denn mich jetzt mit diesem Leichtsinn zu beschäftigen, würde mich nur ausbremsen.

Ich war fest entschlossen, etwas zu tun, irgendetwas, um Cam aus dieser Situation zu befreien.

Ich straffte die Schultern, griff nach dem Türknauf und drehte daran.

Unverschlossen.

Das war entweder ein gutes Zeichen oder ein Zeichen dafür, dass ich gerade in eine Falle getappt war.

Wie auch immer, ich betrat den Flur.

Wie schon beim letzten Mal, als ich den Korridor betreten hatte, befanden sich hier weder Wachen noch registrierte ich andere Anzeichen von Aktivität. Allerdings brannte dieses Mal Licht, was hilfreich war.

Der Steinboden war hart unter meinen Socken, aber erträglich.

Die kühle Luft berührte meine Waden, als ich mich in Bewegung setzte, und ich fröstelte. Ich akzeptierte das Gefühl und konzentrierte mich auf die kühle Temperatur hier draußen – es musste fünf bis zehn Grad kälter sein als in Cams Zimmer –, statt auf die sehr reale Wahrscheinlichkeit, dass man mich bei etwas Unerlaubtem erwischen würde.

Ich hielt vor dem Aufzug inne. Es wäre zwar hilfreich, zu sehen, ob die Knöpfe im Inneren beschriftet waren, aber es würde wahrscheinlich einen Alarm auslösen, wenn ich versuchte, den Aufzug zu rufen.

Also doch die Treppe.

Ich öffnete die Tür und schaute die Zementstufen hinunter und hinauf. Niemand wartete auf mich.

Hoffentlich war das ein gutes Zeichen.

Sei zuversichtlich!, redete ich mir ein. Wenn ich erwischt wurde, musste Cam mir glauben, dass ich mein Verhalten für völlig normal hielt.

Ich straffte erneut die Schultern und ging hocherhobenen Hauptes die Treppe hinauf.

Niemand hielt mich auf.

Kein Alarm schrillte.

Mich erwartete nur Stille und das leise Rascheln meiner sockenbekleideten Füße auf dem Zement.

Nach zwei Stockwerken erschien eine Tür. Ich öffnete sie und entdeckte einen Korridor, der genauso aussah wie Cams.

Ich passierte ihn und ging zwei weitere Stockwerke nach oben, wo es ähnlich aussah.

Wie weit unter den Katakomben liegt Cams Quartier?, fragte ich mich.

Sieben Stockwerke, antwortete ich selbst, als ich endlich das obere Ende des Treppenhauses erreicht hatte. Zumindest nahm ich an, dass dies die Ebene war, die ich anvisiert hatte.

Ein Blick vor die Tür bestätigte meine Vermutung. Staub und abgestandene Luft kitzelten meine Nase.

Wow! Der Forschungsbunker reichte offensichtlich tiefer als sieben Stockwerke, sodass ich mich fragte, wie Lilith das alles errichtet hatte. Sie hatte im Grunde eine kleine Stadt unter dem Vatikan erschaffen.

Leise betrat ich die unheimliche Katakombe und mein Nacken kribbelte. So viel uralte Energie. Genau wie beim ersten Mal, als ich hierhergekommen war.

Ich schluckte, schloss die Tür und vergewisserte mich dann schnell, dass sie nicht verriegelt war. Nicht, dass ich sicher gewesen wäre, was ich in einem solchen Fall getan hätte, aber zum Glück musste ich das nicht herausfinden.

Okay. Ich sah mich um. *Wo bin ich?*

Die Katakomben waren ein kaum beleuchtetes Labyrinth.

Alles sah ähnlich aus wie in meiner Erinnerung,

allerdings mit ein paar Erweiterungen. Wie etwa die verschiedenen elektrischen Lichtquellen, die an bestimmten Stellen in den Tunneln angebracht waren.

Das Treppenhaus schien in einer Ecke der unterirdischen Anlage zu liegen, was die Rückkehr dorthin potenziell einfach gestalten würde. Vorausgesetzt, ich verirrte mich hier nicht.

Meine Finger krümmten sich, und der Drang, sie zu einer Faust zu formen, überkam mich heftig. *Weitergehen.*

Tief durchatmend, ging ich langsam weiter, um mich zu akklimatisieren.

Als ich Cam besucht hatte, war er mein Tourguide gewesen. Und wir waren durch einen geheimen Tunnel hier angekommen, der an die Oberfläche führte, nicht durch die Treppe hinter mir.

Hmm. Zwei Möglichkeiten – links oder rechts.

Ich entschied mich für rechts, meine Schritte waren langsam und gleichmäßig, während ich durch den unbekannten Komplex wanderte. Die Kalksteinwände der scheinbar endlosen Tunnellandschaft waren noch gut in Schuss.

Die Gesegneten befanden sich in einem ganz bestimmten Tunnel, einem, der seit Tausenden von Jahren von Vampiren geschützt wurde. Ich hatte zwei von ihnen kennengelernt, als ich mit Cam zu Besuch gewesen war, und ihre Aufgabe war es, die Gesegneten vor den Menschen zu verstecken. Sie hatten ihre Geheimnisse mithilfe von Manipulation gehütet und die Sterblichen gezwungen, zu vergessen, dass bestimmte Bereiche der Katakomben überhaupt existierten.

Jetzt muss ich nur noch diesen speziellen Tunnel finden.

Links von mir befanden sich mehrere Eingänge zu anderen Tunneln, während die rechte Seite eine einzige massive Wand aus Kalkstein zu sein schien.

Die Gesegneten werden an einem ähnlich anmutenden Ort aufbewahrt. Ich erinnerte mich daran, wie es sich angefühlt hatte, als wir eine feste Mauer des Untergrunds erreicht hatten. *Es wäre doch nur logisch, wenn sich das Treppenhaus in der Nähe der Gesegneten befände, oder? Um den Zugang zu den Forschungslabors zu erleichtern?*

Natürlich waren Vampire schnell. Manche konnten sogar phasen, was einer Teleportation gleichkam. Also spielte der Ort nicht wirklich eine Rolle.

Gut, dass Cam heute Abend beschäftigt ist. Ich entschied mich für einen willkürlichen Tunnel zu meiner Linken. *Ich werde etwas Zeit brauchen, um mich zurechtzufinden.*

Hoffentlich kam niemand, um nach mir zu suchen.

Er hatte ein Treffen mit Michael und Mira erwähnt, also sollten die beiden anderweitig beschäftigt sein.

Und die Wachen waren, so wie ich es verstanden hatte, spärlicher Natur.

Tu einfach so, als würdest du spazieren gehen. Du bist mit einem Vampir verbunden. Warum solltest du die Katakomben nicht für einen Abendspaziergang wählen?

Außerdem hatte ich Cam bereits gesagt, dass er mich hierhergebracht hatte. Vielleicht war das eine unserer Beschäftigungen. Woher sollte er den Unterschied kennen?

Ich schluckte und beschleunigte meinen Schritt ein wenig. Denn trotz meiner Beteuerungen war die Zeit nicht wirklich auf meiner Seite.

Okay, Cane. Wo steckst du?

IZZY

ICH HATTE KEINE AHNUNG, wie spät es war, aber die
Schmerzen in meinen Füßen verrieten mir, dass ich schon
lange unterwegs war. Der unebene Boden half auch nicht
gerade. Auf jeden Fall wanderte ich schon seit Stunden
umher.

Ich hatte nicht nur die Gesegneten noch nicht
gefunden, sondern auch die Treppe, die mich zurück zu
Cams Zimmern führen würde, völlig aus den Augen
verloren.

Mein Unterkiefer wurde hart. *So viel zu diesem erholsamen
Abend.*

Wenigstens war ich niemandem begegnet. Keinen
Wachen. Keinen umherstreifenden Vampiren. *Keinen
Kameras.*

Zumindest hatte ich keine gesehen. Wenn es sie gab,
waren sie gut versteckt.

Ich ging zu einer Kalksteinsäule in der Nähe des

Tunneleingangs und zeichnete ein X in den Staub, der sich am Rande angesammelt hatte.

Damit hatte ich nach der dritten Reihe begonnen, um mir zu merken, wo ich gewesen war. Es hatte mir geholfen, nicht zweimal denselben Weg zu gehen, aber meinem Orientierungssinn nicht wirklich genützt.

Wieder nichts, dachte ich nach einigen Minuten der Erkundung. *Nächster Gang.*

Ich atmete aus, machte ein weiteres X und betrat die nächste Reihe. Ich ging sie nie bis zum Ende, die Tunnel waren zu lang, um sie vollständig zu untersuchen. Man könnte eine Woche hier unten verbringen, vielleicht auch länger, und trotzdem nicht alles sehen.

Ich musste nur etwas Vertrautes entdecken. Dann könnte ich die Schritte aus meiner Erinnerung zurückverfolgen.

Nicht hier.

Hier auch nicht.

Jetzt habe ich mich definitiv verirrt.

Hm. Nö. Hier kommt mir nichts bekannt vor.

Cam wird mich wahrscheinlich in diesem Labyrinth suchen müssen. Das wird bestimmt gut ankommen, da bin ich mir sicher.

Argh, meine Füße tun weh.

Noch mehr Kreuze.

Und noch eins.

Wenn das so weitergeht, werde ich nie …

Mein letzter Gedanke wurde unterbrochen, als eine Treppe vor mir auftauchte. *Moment mal …*

Ich ging darauf zu, die Stufen führten zu einer soliden Tür. Es war eine unscheinbare Metalltreppe, an die ich mich gut erinnern konnte.

Cam und ich hatten hier einen Vampir getroffen. Es war der Eingang, von dessen Existenz die Menschen nichts wussten, weil die Vampire ihre Gedanken und ihre Wahrnehmung manipulierten.

Ich ging die Treppe hinauf und drehte mich dann, um einen Blick in die Katakomben zu werfen, wobei mein Gehirn sofort von einer lebhaften Erinnerung durchflutet wurde.

„Dieser Bereich besteht hauptsächlich aus menschlichen Überresten", hatte Cam zu mir gesagt. „Aber dort drüben ist der Eingang zu unserer alten Krypta."

Ich schloss die Augen und rief mir ins Gedächtnis, in welche Richtung er gezeigt hatte, dann stieg ich die Treppe hinunter, um diesem Weg zu folgen.

Meine Erinnerung führte mich in einen unscheinbaren Teil der Katakomben. Die Krypta, die mir am nächsten war, trug kein X, was bedeutete, dass ich diesen Gang bislang nicht betreten hatte.

Ich schluckte, trat vor und fröstelte, als ein Schaudern meine nackte Haut küsste. *Mein Verstand spielt verrückt. Das sind lediglich die Vergangenheit und die Gegenwart, die sich in dieser verzerrten Version meiner Realität vermischen.*

Leider konnte das nicht das Unbehagen vertreiben, das mich erfasste. Vielleicht, weil ich wusste, dass Cam meine Absichten argwöhnisch betrachten würde, wenn er mich hier entdeckte.

Ich muss mich beeilen.

Ich hatte keine Ahnung, wie spät es war oder wie ich es zurück in sein Zimmer schaffen sollte, aber wenn ich wenigstens Cane wecken konnte …

Nun, hoffentlich würde das etwas bewirken. Oder zumindest genug, um Cam einen Grund zum Nachdenken zu geben.

Das muss funktionieren.

Ich wollte nicht daran denken, was passierte, wenn es nicht funktionierte.

Ich ballte die Hände zu Fäusten, meine Handflächen schwitzten trotz der kühlen Luft. Cams Familiengruft lag inmitten all der Gesegneten und zwang mich, an mehreren anderen Ruhestätten vorbeizugehen, bevor ich diejenige fand, die ich brauchte.

Im Gegensatz zu den anderen Bereichen der Katakomben hatten diese Krypten Türen, die alle durch Familienwappen und andere glänzende Verzierungen gekennzeichnet waren. In Cams Familiengruft waren Obsidian-Diamanten eingearbeitet, und ihr Wappen trug als Zeichen ihrer Führerschaft eine Krone.

Während alle Gesegneten und ihre Nachkommen als königlich galten, wurde Cronus' Linie als die wahre Monarchie anerkannt.

Das erklärte wahrscheinlich auch die opulenten Goldgravuren um seine Familiengruft.

Ein schicker Ort zum Schlafen.

Die Vampire hatten sich nicht die Mühe gemacht, in Klimaanlagen oder Heizungen zu investieren, aber sie hatten viel Energie in die Installation von Licht und anderen Annehmlichkeiten gesteckt. Und die Handwerkskunst war exquisit, was beim Anblick der schönen Särge in Cronus' Gruft deutlich zu sehen war.

Drei Särge, um genau zu sein.

Einer war für Cam bestimmt, falls er jemals versuchen sollte, sich auszuruhen.

Hat Lilith dich hier aufgeweckt?, fragte ich mich, als ich in den Raum schlüpfte. *Hat sie dich so davon überzeugt, dass du geschlafen hast? Oder hat sie dich die ganze Zeit hier festgehalten? Gefangen in dieser endlosen mentalen Folter?*

Es schien ein so offensichtlicher Ort für Cams Versteck

zu sein. Warum haben wir nicht einmal daran gedacht, hier zu suchen?

Weil die Katakomben heilig sind und nicht angerührt werden sollen.

Natürlich traf diese Logik nicht auf Lilith zu. Sie hatte sich selbst als Göttin wahrgenommen, was ihr erlaubt hatte, die Regeln zu brechen, wie es ihr genehm gewesen war.

Schlampe.

Ich war nie ein besonders gewalttätiger Mensch gewesen, aber wenn sie noch am Leben wäre, hätte ich große Freude daran, sie zu töten. Auf schmerzhafte Weise.

Konzentriere dich, Izzy!, befahl ich mir, als ich die Tür sanft hinter mir schloss. *Zeit, Cane zu wecken.*

Ich würde auch Cronus aufwecken, aber ich bezweifelte, dass ich genug von Cams Blut hatte, um das zu schaffen. Verdammt, ich war mir nicht einmal sicher, ob es für Cane reichte.

„Es braucht nicht viel", hatte Cam gesagt, als er Cane sein Handgelenk zum Trinken hingehalten hatte. „Unser Blut ist stark und alt. Ein paar Tropfen sollten genügen."

Ich hatte keine Ahnung, wie viel Cane tatsächlich getrunken hatte, da es nicht abgemessen worden war. Allerdings war er nur etwa dreißig Sekunden lang an Cam gewesen, bevor er losgelassen und sich in seinen Sarg gelegt hatte.

„Ich bin bereit", hatte Cane gesagt. Sein Akzent hatte dem seines Bruders geähnelt. Zumindest damals.

Cams Aussprache hatte sich im Laufe der vergangenen Jahrhunderte weiterentwickelt, und seltsamerweise tat das Fehlen seiner Erinnerungen dem keinen Abbruch.

Sollte Cane aufwachen, würde er vermutlich mit starkem englischem Akzent sprechen und möglicherweise sogar ein anderes Vokabular besitzen.

Und Cronus ... *Wäre er der englischen Sprache überhaupt mächtig?*

Ich war mir nicht sicher. Ich war dem Uralten nie begegnet; er schlief seit weit über einem Jahrtausend. Aber Cam hatte immer in den höchsten Tönen von ihm gesprochen. Er schlief, weil er seine Verbindung zur Menschheit aufrechterhalten wollte.

Ich näherte mich zuerst seinem Sarg und betrachtete das Wappen, das in den kunstvollen Marmor geätzt war. Es stimmte mit dem an der Tür überein, genauso wie mit dem, das die Särge seiner Söhne zierte. Nur die Namen entlang des unteren Bandes unterschieden sich. Auf diesem stand *Cronus*, auf dem daneben *Cam*. Und der letzte gehörte *Cane*.

Alle trugen die Krone oben und ein Unendlichkeitssymbol in der Mitte; mit zwei Fahnen und verschiedenen anderen Details machten sie das gesamte Familienwappen aus.

Diese Wappen waren außerhalb der Vampirgemeinschaft selten zu sehen, da die Royals sie seit Jahrtausenden geheim hielten.

Fens Wappen war vielleicht das auffälligste mit seinen Wolfs- und Klauenverzierungen.

Johans Zeichen bestand aus einer Waage, was angesichts seiner Abstammung durchaus Sinn machte – Jace war schon immer besonders gerecht in seinen Urteilen gewesen.

Relios' Symbol hingegen war ein Baum, was nicht gerade zu seinem Sohn Ryder passte. Aber ich könnte wahrscheinlich irgendeine tiefgründige Aussage über Wurzeln und Ryder als stabile Präsenz in meinem Leben machen.

Nicht, dass ich dafür jetzt Zeit hätte.

Nein, ich musste mich auf Cane konzentrieren.

Die Särge waren nicht versiegelt, aber die Marmorabdeckungen waren schwer. Zumindest ging ich davon aus. Massiver Stein konnte nicht *leicht* sein.

Ich sah mich nach etwas um, mit dem ich den Deckel aufhebeln könnte, und entdeckte ein Brecheisen in der Nähe der Tür – fast so, als hätte jemand gewusst, dass ich es brauchen würde. Aber ich vermutete, dass jede Gruft genau für diesen Zweck damit ausgestattet war.

Oder vielleicht war es ein Überbleibsel von Cams „Aufwecken".

Anstatt lange darüber nachzudenken, schnappte ich mir das Werkzeug und kehrte zu Canes Ruhestätte zurück. Zwischen dem Deckel und der Seite befand sich ein kleiner Spalt, in den ich das schlanke Eisen schieben konnte, um eine Art Hebelwirkung zu erzeugen.

Ich holte tief Luft, warf einen kurzen Blick auf die Tür und bewegte dann das Eisen. Der Stein knirschte, als er sich leicht bewegte. Die Platte verschob sich nur um Zentimeter.

Es bedurfte vier weiterer Versuche, um einen größeren Spalt zu schaffen.

Ich hielt den Atem an, in der Erwartung, dass mir irgendeine Art von modrigem Gestank in die Nase steigen würde.

Doch nichts.

Nur Luft.

Ich ließ das Brecheisen ein Stück weiter gleiten und fuhr mit meinen Bemühungen fort, bis die Platte einen angemessenen Abstand zum Sarg hatte.

Erst dann warf ich einen Blick hinein, halb in der Erwartung, eine verweste Leiche zu entdecken.

Aber dazu ... dazu hätte man eine Leiche gebraucht.

Was zur Hölle?

Der Sarg war leer.

Nur mit feiner Seide ausgekleidet.

Kein Cane.

Wie ...? Ich nutzte die Hebelwirkung der Stange, um die Platte noch ein Stück weiter zu bewegen. *Verflucht, das ist nicht gut.*

„Was zum Teufel ist hier los?", fragte ich mich, meine Stimme war kaum ein Flüstern.

„Du nimmst mir die Worte aus dem Mund", sagte eine tiefe Stimme und meine Aufmerksamkeit fiel auf Michael, der im Korridor stand.

Er hatte die Tür geöffnet, ohne dass ich ihn gehört hatte, wahrscheinlich, weil ich mich zu sehr darauf konzentriert hatte, den Sarg zu öffnen.

Habe ich den falschen geöffnet? Schläft Cane in Cams Sarg? Hat Lilith etwas mit ihm gemacht?

Ich hatte tausend Fragen, von denen ich keine stellen oder aussprechen konnte.

Denn Michael kam auf mich zu geschlendert.

Und sein Gesichtsausdruck verriet seine böse Absicht.

IZZY

ICH WICH EINEN SCHRITT ZURÜCK, aber Michael war schneller und streckte seine Hand aus, um sich eine Handvoll meiner Haare zu schnappen. Er riss meinen Kopf zurück, drehte mich herum und drückte mich gegen eine Wand.

„Was zum Teufel machst du hier drin?", verlangte er.

Mein Unterkiefer verkrampfte sich. Auf keinen Fall würde ich diesem Arschloch etwas erzählen.

Sein Griff wurde fester, sein eigenes Kinn zuckte. „Du hast es immer noch nicht kapiert, oder? Cam ist fort. Du bedeutest ihm nichts mehr. Und du wirst ihm noch weniger bedeuten, wenn ich ihm sage, wo ich dich gefunden habe. Menschen gehören nicht auf heiligen Boden. Dass ein Fickspielzeug wie du hier ist, beleidigt die gesamte Vampir-Rasse."

Wenn das wahr ist, warum hat Cam mich dann einst hierhergebracht?, wollte ich fragen.

Stattdessen sagte ich nichts.

Vor allem, weil ich zu sehr damit beschäftigt mit der Frage war, wie der neue Cam auf meine Anwesenheit hier reagieren würde.

Ich konnte schließlich nicht mehr behaupten, spazieren gegangen zu sein. Ich hatte bewusst Canes Sarg gestört.

In dem er nicht liegt.

Weiß Cam davon?

Vielleicht würde ihn diese Information davon ablenken, negativ auf meine …

Ein Klingeln ertönte in meinen Ohren, brachte meine Gedanken zum Schweigen und holte mich in die Gegenwart zurück.

Eine Gegenwart, in der ein sadistischer Vampir jetzt eine Hand um meine Kehle gelegt hatte.

Meine Füße berührten den Boden nicht mehr.

Es ging alles viel zu schnell, und mein Gehirn verarbeitete die Situation nur langsam und bruchstückhaft.

Er hat mich geschlagen, realisierte ich. *Hart.*

Und jetzt … jetzt kann ich nicht … atmen …

Ich schluckte. Oder ich versuchte es zumindest. Sein Griff um meine Kehle vereitelte die Anstrengung.

Michael sagte etwas, aber ich konnte ihn nicht hören, das Echo in meinem Kopf war zu laut. „Schwach" war das einzige Wort, das ich zu verstehen schien.

Wow, und das von jemandem, der selbst mal ein Mensch war, murmelte ich in Gedanken. Zumindest glaubte ich das.

Aber ich schien die Worte laut ausgesprochen haben, denn Michael knurrte und warf mich zu Boden.

Sein Fuß traf meinen Magen und ich würgte, während er mich für meine Respektlosigkeit beschimpfte.

„Ich habe mir diese Position verdient. Du hingegen bist nur ein unsterblicher Blutbeutel. Er wird dich töten, sobald er einen würdigen Ersatz gefunden hat."

Meine Kopfhaut brannte, als er meine Haare erneut nach hinten riss. Ein Meer von Farben erhellte die Dunkelheit.

„Was glaubst du, was er die ganze Woche über gemacht hat, während du geschlafen hast?", fragte Michael. „Er hat sich um deine Ablösung gekümmert, Ismerelda. Und nach diesem kleinen Stunt, wird er wahrscheinlich ohne zu zögern wechseln."

Ich knirschte mit den Zähnen. Auf keinen Fall hatte Cam diese Woche etwas oder jemanden vorbereitet. Nicht, wenn man bedachte, wie viele Stunden er in mir verbracht hatte.

„Er erinnert sich nicht an dich", fuhr Michael fort. „Und er wird sich nie an dich erinnern. Dafür hat Liliths Sicherheitsvorkehrung gesorgt."

Mein Herz setzte einen Schlag aus. *„Dafür hat Liliths Sicherheitsvorkehrung gesorgt."*

Nein.

Nein, ich weigere mich, das zu glauben.

Er wird sich an mich erinnern. Cam muss sich an mich erinnern.

„Lilith hat gewonnen", flüsterte Michael an meinem Ohr. „Du bedeutest Cam nichts. Und selbst wenn – und das ist ein ziemlich starkes *Wenn* – er jemals die Wahrheit erkennt, wird es zu spät sein. Der Schaden ist bereits angerichtet."

Ich versuchte, den Kopf zu schütteln, aber er hielt mich fest.

„Was glaubst du, wo er jetzt gerade ist?", fragte Michael. „Ich kann es dir nämlich sagen ... oder auch einfach zeigen."

Er riss mich nach oben, woraufhin ein scharfer Schmerz meine Wirbelsäule hinaufschoss. *Fuck!*

Dieses Mal entwich der Gedanke meinem Mund nicht. Wahrscheinlich, weil ich zu sehr damit beschäftigt war, zu stöhnen, als dass mir kohärente Worte hätten entweichen können.

Alles drehte sich um mich, als Michael mich an den Haaren durch die Katakomben zerrte. Meine Füße bewegten sich auf Autopilot, trotz der Qualen, die mich durchströmten.

Er manipuliert mich, erkannte ich, als sich meine Beine ohne meine Erlaubnis bewegten. *Er zwingt mich, zu rennen, um mit ihm Schritt zu halten.*

Meine Lunge protestierte, meine Muskeln verkrampften sich.

Aber ich hatte keine andere Wahl.

Er zerrte mich mit sich, ohne sich um meinen sterblichen Zustand zu kümmern.

Ein weiterer Versuch, mir das Gefühl zu geben, minderwertig zu sein, wurde mir klar. *Ein Beweis für meine Schwäche.*

Ein Knurren bahnte sich seinen Weg durch meine Brust, verlor aber an Schwung, bevor es meinen Mund verlassen konnte. Alles, was ich herausbrachte, war ein leises Keuchen. Mein Körper zitterte, als Michael die Treppe hinunterging.

Meine Füße berührten jetzt nicht mehr wirklich den Boden. Es waren hauptsächlich meine Zehen, die über die Oberfläche glitten, während er meine Haare weiterhin festhielt und seine Magie auf meine Beine ausübte.

Das ist schlecht.

Sehr, sehr schlecht.

Meine Knie gaben nach.

Meine Kopfhaut zuckte.

Meine Sicht verdunkelte sich.

Etwas Hartes schlug gegen meinen Rücken. Eine Wand. Eine Handfläche traf mein Gesicht. Michaels Lippen waren wieder an meinem Ohr, seine Worte grausam, als er meine Zerbrechlichkeit kommentierte.

„Er wird dich nie verwandeln", sagte er mir. „Und das nicht nur, weil er sich nicht an dich erinnern kann. Ein Jahrtausend ist eine lange Zeit für ein sterbliches Haustier. Er wollte offensichtlich nie eine Ebenbürtige. Er wollte nur ein Spielzeug."

Du weißt nichts darüber, wer wir füreinander waren, wollte ich sagen. Aber ich hatte nicht die Kraft, es zu versuchen.

Ein kleiner Teil von mir gab außerdem leise zu: *Wenn Cam mich verwandelt hätte, wäre ich jetzt nicht in dieser Situation.*

Er hatte mich wegen unseres Bandes als Mensch behalten. Er hatte nichts daran verändern wollen. Und ich auch nicht.

Aber jetzt fragte sich diese unsichere Stimme in meinem Kopf, ob ich mich wegen Cam nicht hatte verwandeln wollen. Ob ich ihm hatte gefallen wollen und nicht mir selbst.

Die Welt drehte sich wieder, als wir die Treppe eine unvorstellbare Anzahl von Stufen hinuntergingen. Ich konnte mich nicht über den Schmerz hinaus konzentrieren, seine Manipulation brachte meinen Schädel zum pochen.

„Er ist schon seit Stunden hier unten, zu beschäftigt, um überhaupt zu bemerken, dass du nicht da bist."

Die Andeutung in seiner Aussage entging mir nicht.

Und der Grund dafür wurde deutlich, als er mich in einen Raum zog, in dem sich ein halbes Dutzend nackter Frauen befand.

Ich war mir nicht einmal sicher, wann wir das Treppenhaus verlassen hatten oder wie ich so schnell in diesem sterilen Raum gelandet war. Aber in der einen Minute war ich noch darauf konzentriert, seine Worte zu hassen, und in der nächsten starrte ich auf die Ursache dafür.

Blutjungfrauen.

Sie waren zu perfekt, um eine andere Art von Mensch zu sein. Und zu sanftmütig, um von Vampiren oder Lykanern zu stammen.

Ihre Köpfe waren gesenkt, ihre Hände hingen locker an ihren Seiten.

Michael schubste mich vor ihnen auf den Boden und zwang mich auf die Knie. „Ismerelda. Darf ich vorstellen? Dein Ersatz ..."

„Was zum Teufel machst du da?" Cams Ton hallte durch den Raum, seine Stimme jagte mir einen Schauer über den Rücken.

Er ist hier. Bei ihnen. Um ... um ...

Ich konnte den Gedanken nicht zu Ende denken, mein Magen verknotete sich.

„Ich habe sie in Eurer Familiengruft gefunden", sagte Michael. Er verlor keine Zeit, bevor er Cam über mein Handeln informierte.

„Und du hast entschieden, sie hierherzubringen?" Cams Schuhe erschienen in meinem Blickfeld und ich merkte, dass ich auf den Boden gestarrt hatte. Aber ich wollte nicht sehen, was er trug. Oder nicht trug.

Obwohl es doch ein gutes Zeichen ist, dass er seine Schuhe anhat, oder?

„Sie hat verlangt, Euch zu sehen, mein Lehnsherr", antwortete Michael.

Meine Augen weiteten sich. „Ich ..."

„Ruhe!" Cams Forderung durchbohrte mich wie ein Messer und machte mich sprachlos.

Das ist zu viel.

Zu ... zu ... schwer.

Ich schluckte, meine Kehle war eng von Michaels Zudringlichkeiten. Oder vielleicht waren es die Emotionen, die drohten, das Leben aus mir herauszuwürgen.

Ich habe versagt.

Michael hat mich erwischt.

Cam war beschäftigt … mit … Ich will es gar nicht wissen.

Er hat mit Blutjungfrauen gespielt, bevor Mira mich hierhergebracht hat.

Er behandelt mich wie eine Sexsklavin.

Seine Erinnerungen kommen nie wieder zurück …

Mein Herz zerbrach in meiner Brust und verursachte ein quälendes Gefühl tief in mir.

Ich wollte Michael nicht glauben. Ich wollte nicht aufgeben. Und doch … *und doch …*

„Mira. Bring sie in mein Zimmer! Ich kümmere mich später um sie."

„Natürlich, mein Lehnsherr." Miras samtige Stimme brachte mich dazu, meine Hände zu Fäusten zu ballen.

Sie hat mich hierhergebracht.

Sie hat mich belogen.

Sie hat alle verraten.

Besagte Schlampe ergriff meinen Arm, ihre Nägel gruben sich in meine Haut. „Zeit, zu gehen, Izzy."

Ich knirschte mit den Zähnen, bis ein weiterer scharfer Schmerz meine Fähigkeit, zu denken, zunichtemachte.

Verdammt. Michael hatte mich übel zugerichtet. Und der Zwang, zu rennen, hatte meine Beine zu Gelee gemacht.

Aber im Gegensatz zum letzten Mal griff Cam nicht ein. Er beachtete mich nicht einmal. „Michael. Bleib noch einen Moment", sagte er stattdessen. „Wir sollten uns unterhalten."

Die Brutalität, die diese vier Worte begleitete, verursachte ein Kribbeln in meinem Magen. Es war fast sinnlich. Wahrscheinlich lag es daran, dass Cam in einer bestimmten Stimmung war – dank meines *Ersatzes.*

So hatte Michael es genannt.

Mein Ersatz.

Die unsterblichen Blutjungfrauen, die dazu bestimmt waren, den Vampiren bis in alle Ewigkeit zu dienen, ohne die Komplikationen des *Erosita*-Bandes.

Cam war den ganzen Abend hier gewesen und hatte was getan? Ihre Eignung getestet? Ihre Fähigkeiten ausprobiert? Ein neues Spielzeug ausgewählt?

Vielleicht wollte er sie vor der Allianz als eine Art Opfergabe vorführen.

Wie war es nur dazu gekommen?

„Lilith hat gewonnen", hatte Michael gesagt, und diese Worte wiederholten sich jetzt in meinen Gedanken.

Weil ich befürchtete, dass er recht haben könnte. Dass es kein Zurück mehr gab.

Vielleicht kann ich Cam nicht retten.

Vielleicht … vielleicht ist das jetzt unser Leben. Für den Rest der Ewigkeit. Bis ich sterbe …

Ich sagte nichts, als Mira mich zum Aufzug begleitete.

Es gab einige Dinge, die ich vor einer Woche noch erwähnt hätte, die jetzt aber keine Rolle mehr spielten.

Ihr Gefährte und ihre Tochter waren ihr offensichtlich egal. Warum sollte ich mir also die Mühe machen, sie danach zu fragen?

Warum sollte ich überhaupt versuchen, sie um etwas zu bitten?

Wenn Cam keinen Zugang zu seinen Erinnerungen hatte, wie konnte ich ihn dann umstimmen?

Ich könnte weiter versuchen, die mentale Mauer niederzureißen. Leider bezweifelte ich, dass er nach dem heutigen Abend bereit wäre, mir zuzuhören, geschweige denn, mir Zugang zu seinen Gedanken zu gewähren.

Er glaubt, dass er überlegen ist und all das geschaffen hat.

Er glaubt, dass er keine Erosita will, sondern eine unsterbliche Blutpuppe.

Er ist überzeugt, dass dies sein Lebenstraum ist, sein Ziel für die Allianz.

Meine Brust pochte angesichts dieser Gedanken, meine Schritte waren schwer, meine Seele … zerrüttet.

Ich fühlte mich … verloren. Gebrochen. Unfähig, weiter zu denken. Denn warum war es wichtig? Was würde ich erreichen, wenn ich stundenlang über diese Situation nachdachte?

Nein.

Ich würde einfach … auf seine Rückkehr warten.

Vielleicht würde ich das Blut trinken, das noch in meinen Shorts steckte, und mich heilen. Oder vielleicht würde ich einfach in diesem Zustand bleiben.

Spielt es eine Rolle? Cam wird mich wahrscheinlich sowieso umbringen.

Würde er überhaupt nach einer Erklärung fragen? Mir eine Minute zum Reden geben? Damit ich ihm von Cane erzählen konnte?

Ich versuchte, zu schlucken, aber jeder Zentimeter meines Körpers war erschöpft und überwältigt und … *fertig.*

Ich war zu müde, um so weiterzumachen.

Vielleicht hätte ich mich heute doch ausruhen sollen.

„Du stinkst nach Trostlosigkeit", murmelte Mira, als wir Cams Etage erreichten.

Sie stieg aus, ihren Griff immer noch an meinem Arm, und führte mich zum Eingang des Flurs, der zu Cams Zimmer führte.

„Geh duschen, bevor Cam zurückkommt!", fügte sie hinzu und ließ mich los. „Er braucht deine Stärke jetzt. Deinen Antrieb."

Die letzten beiden Sätze waren viel sanfter als die vorherigen, ihre Worte vielmehr ein Flüstern.

Ich blickte verwirrt auf, aber sie war bereits im Begriff zu gehen.

„Lauf nicht wieder weg, Izzy. Es wird dir nicht gefallen, was passiert, wenn du es tust."

Mit dieser nachklingenden Drohung betrat sie den noch offenen Aufzug. Erst dann drehte sie sich um und sah mich an.

Ihr Gesicht war emotionslos.

Aber ihre Augen … ihre Augen waren wölfisch.

Und für eine kurze Sekunde schwor ich, dass ich einen Hauch von Traurigkeit in ihren Tiefen sah.

Dann schloss sich die Tür.

Und ich blieb wieder allein zurück.

Was ist gerade passiert?, fragte ich mich, verwirrt von ihren widersprüchlichen Aussagen. *Habe ich sie missverstanden? Habe ich geträumt?*

Ich blinzelte.

Dann schüttelte ich den Kopf und humpelte zurück in Cams Zimmer.

Hoffnung war ein unbeständiges Gefühl, eines, von dem ich mir nicht sicher war, ob ich ihm im Moment nachgeben wollte.

Aber ich würde Miras Rat befolgen und duschen. Vielleicht würde das helfen, Michaels Berührung wegzuwaschen.

Oder vielleicht würde ich einfach ertrinken.

CAM

Wenige Minuten zuvor

„Dr. Wagner, bringen Sie die Probanden ins Labor nebenan. Dort können Sie mit der physischen Untersuchung und der Blutabnahme fortfahren."

„Natürlich, mein Lehnsherr", antwortete Wagner hinter mir. Wir hatten im Nebenraum einige seiner Forschungsergebnisse besprochen, als ich Ismereldas Anwesenheit gespürt hatte.

Ich hatte keine Ahnung, warum sie sich in den Katakomben herumgetrieben oder wie sie die Gruft meiner Familie gefunden hatte, aber im Moment interessierte mich vor allem Michaels Dreistigkeit.

Er hatte nicht nur meine *Erosita* angefasst – wieder einmal –, er hatte sie auch hierhergebracht, in einen Raum voller Blutjungfrauen, die kurz davor waren, an einem wissenschaftlichen Kompatibilitätstest teilzunehmen.

Ich knirschte mit den Zähnen, als Wagner die Testpersonen aus dem Raum führte. Seine Bewegungen waren methodisch und stoisch, genau wie jedes Mal, wenn ich mit ihm gesprochen hatte.

Er war eine von Liliths erfolgreichen unsterblichen Schöpfungen, genau wie Jace' neue *Erosita*, Calina. Sowohl Wagner als auch Calina waren mithilfe einer goldblütigen Leihmutter und einer Mischung aus anderen übernatürlichen Genen erschaffen worden.

Leider hatten meine Artgenossen alle bekannten Goldblüter auf der Welt getötet, sodass die Blutjungfrauen die nächstbeste Blutgruppe darstellten.

Wagner testete sie alle, um zu prüfen, ob eine der Frauen ausreichend viele Marker für einen möglichen Leihmutterschaftsversuch mit den Gesegneten aufwies.

Bislang hatte sich keine der Kandidatinnen als brauchbar erwiesen, was Wagner gerade erklärt hatte, als Michael mit Ismerelda hereingeplatzt war.

Die Tür schloss sich leise flüsternd und ließ mich mit meinem Abkömmling allein. Er hatte behauptet, er hätte Ismerelda hierhergebracht, weil sie mich hatte sehen wollen, und obwohl das vielleicht stimmte, hätte er gar nicht erst in ihrer Nähe sein sollen.

„Du hättest mich sofort anrufen sollen, als du erkannt hast, wo Ismerelda ist", sagte ich, als ich ihm gegenüberstand. „Stattdessen hast du es auf dich genommen – *mal wieder* –, meine *Erosita* zu disziplinieren."

Denn ihre Verletzungen und die Art, wie sie sich diese zugezogen hatte, standen außer Frage.

Der Bluterguss in ihrem Gesicht war frisch, und ich hatte auch ihre Erschöpfung gespürt. Ich hatte keine Ahnung, was er getan hatte, aber ich hatte fest vor, dies herauszufinden, sobald ich mit ihr gesprochen hatte.

„Ich habe sie in Eurer Familiengruft gefunden", sagte

er, als wäre dies eine Erklärung. Nein, nicht nur eine Erklärung, eine Rechtfertigung.

„Dann hättest du mich anrufen sollen, damit ich mich um die Situation kümmern kann", antwortete ich.

„Ich musste sie aufhalten, mein Lehnsherr. Sie war gerade dabei, den Sarg Eures Bruders zu öffnen."

Ich runzelte die Stirn. Seltsam. „Hat sie gesagt, warum?"

„Nein. Sie hat mich beleidigt und dann verlangt, dass ich sie zu Euch bringe. Mehr hat sie nicht gesagt."

Meine Nase kribbelte, als Michaels Duft süßer wurde. Das tat er oft, und ich begann, zu glauben, dass es sich um eine Art Indikator handeln könnte.

Ein Indikator dafür, dass er mich anlügt.

„Wie hat sie dich beleidigt?", fragte ich, neugierig, ob das die Quelle seines wechselnden Parfüms war oder ob es um die zweite Hälfte der Aussage ging.

Denn die blauen Flecken, die ich am Hals meiner *Erosita* gesehen hatte, deuteten darauf hin, dass Ismerelda nicht viel Gelegenheit zum Sprechen gehabt hatte.

„Sie hat mich an meine Sterblichkeit erinnert", stieß er hervor, woraufhin ich eine Augenbraue hochzog.

„Und?"

„Und sie hat es in einem sarkastischen Tonfall gesagt." Er verschränkte seine schlanken Arme vor der Brust. „Sie hat keine Manieren, mein Lehnsherr. Sie versteht nicht, wo ihr Platz ist. Und sie redet mit mir, als wäre ich ihr Untergebener, nicht ihr Überlegener."

Weil sie meine Königin sein sollte, nicht meine Erosita.

Die Tatsache, dass sie es auf sich genommen hatte, heute auf Wanderschaft zu gehen, sprach Bände über ihre Stärke und ihren Mut. Sie hatte sich nicht wie ein schwacher Mensch verhalten. Sondern wie ein Vampir.

Aber warum ist ihre Wahl auf meine Familiengruft gefallen?

Sie hatte erwähnt, dass sie mich einst dorthin begleitet hatte, um Zeuge von Canes Aufbahrungsritual zu werden, aber wir hatten das Gespräch nie zu Ende geführt.

Hat sie nach etwas gesucht? Vielleicht etwas, das mit einer alten Erinnerung verbunden ist? Aber warum hat sie mich dann nicht einfach gebeten, sie zu begleiten?

„Sie ist ein Problem, mein Lehnsherr", fuhr Michael fort. „Wir haben zwar keine Beweise für ihre Manipulationen, aber ich traue ihr nicht."

Ich schnaubte. „Sie ist nicht hier, um dein Vertrauen zu gewinnen, Michael. Sie ist auch nicht hier, um von dir berührt zu werden. Ich dachte, das hätte ich dir klargemacht, aber offensichtlich war meine Lektion nicht gründlich genug."

Michael wich einen Schritt zurück, seine Augen weiteten sich. „Ich habe sie dabei erwischt, wie sie Canes Sarg geöffnet hat, mein Lehnsherr", wiederholte er. „Ich habe schützend reagiert. Das ist heiliger Boden, und sie hat versucht, ihn zu schänden."

„Wie hast du sie dort oben überhaupt gefunden?", fragte ich. „Ich habe dich geschickt, meinen Laptop zu holen. Du hättest zurückkommen und mir sagen sollen, dass sie verschwunden ist, dann hätte ich mich darum kümmern können."

Er fuhr mit den Fingern durch seine hellen Haare und atmete aus. „Als ich gemerkt habe, dass sie verschwunden ist, bin ich ihrer Spur gefolgt. Ich war … ich war besorgt. Und Ihr wart beschäftigt. Ich habe versucht, zu helfen."

„Indem du meine *Erosita* angegriffen hast? Nachdem ich dir ausdrücklich verboten habe, sie auch nur zu berühren?"

„Sie hat sich geweigert, mit mir zu kommen, mein Lehnsherr. Sie war äußerst schwierig." Er hob eine Hand, bevor ich etwas sagen konnte. „Aber jetzt sehe ich, dass ich mich zuerst an Euch hätte wenden sollen."

Er hätte viel mehr als das tun sollen. Angefangen damit, dass er mich in dem Moment, in dem er mein leeres Zimmer erreicht hatte, über ihr Fehlen hätte informieren sollen.

Ich hatte ihn in mein Zimmer geschickt, um zu testen, ob er Ismerelda in Ruhe lassen würde.

Er hatte diesen Test nicht bestanden.

Allerdings waren die Umstände anders als erwartet.

„Wenn ich so kühn sein darf, mein Lehnsherr, Eure *Erosita* handelt über ihren Stand hinaus, weil Ihr ihr zu viele Freiheiten lasst. Sie ist von den Philosophien des Majestic-Clans verwöhnt worden und hat deshalb Eure Vision für die Zukunft nicht wirklich verinnerlicht. Strenge ist die einzige Möglichkeit, ihr Verhalten zu korrigieren."

Ich starrte ihn an, unfähig, zu begreifen, wie er denken konnte, dass *dies* der richtige Zeitpunkt war, um mir einen Vortrag über meine *Erosita* zu halten. Es war, als verstünde der Mann nicht, dass sie mir gehörte, nicht ihm.

Und dass es nicht seine Aufgabe war, ihr *Verhalten* zu korrigieren.

„Sie sollte in dem Raum eingesperrt sein, den Ihr für sie geschaffen habt", fuhr er fort, offensichtlich ohne meinen wachsenden Zorn zu bemerken. Dieser hatte bereits einen Höhepunkt erreicht, bevor er zu sprechen begonnen hatte.

Jetzt brach mein Zorn in stillen Wellen heißer Wut aus. Die Härchen auf meinen Armen stellten sich auf, als die Wut bis zu meinen Fingern vordrang – Finger, die danach juckten, sich um die Kehle dieses Mannes zu wickeln und *zuzudrücken.*

„Zumindest solltet Ihr Eure Tür abschließen", fuhr er fort, ein Überlebensinstinkt eindeutig obsolet.

Warum zum Teufel ist dieser Mann mein Abkömmling?

„Aber ich persönlich finde, dass sie nach allem, was sie getan hat, nicht am Leben bleiben sollte. Sie hat heiligen Boden entweiht, indem sie einen Fuß in die Katakomben gesetzt hat, und dann hat sie den Bereich noch weiter geschändet, indem sie versucht hat, den Sarg Eures Bruders aufzubrechen." Er schüttelte den Kopf und fuhr erneut mit den Fingern durch seine Haare. „Sie ist defekt, mein Lehnsherr. Unheilbar. Meiner Meinung nach."

„Deiner Meinung nach", wiederholte ich, meine Stimme tiefer als zuvor. Ja, geradezu tödlich.

„Ja", antwortete mein ignoranter Abkömmling. „Ich kann diese Aufgabe für Euch übernehmen, wenn Ihr das wollt. Ich weiß, dass Ihr viel zu tun habt und sie Eure Zeit nicht wirklich wert ist."

Warum habe ich ausgerechnet diesen Mann verwandelt und nicht Ismerelda?, fragte ich mich, verblüfft, wie ich diesen Schwachkopf jemals für meines Blutes würdig befunden haben konnte.

„Rühr Ismerelda nicht an!", sagte ich, wobei ich jedes Wort eindringlich betonte. „Komm ihr verdammt noch mal nie wieder zu nahe!"

„Mein Lehnsherr …"

„Nein", fauchte ich, dann legte ich meine Hand um seine Kehle und schleuderte ihn gegen die nächstgelegene Wand, die mehrere Meter entfernt war. Dank des Phasens konnte ich diese Entfernung jedoch in weniger als einer Sekunde überwinden.

Michaels Pupillen weiteten sich, seine Augen waren aufgerissen.

„Ich habe dich gewarnt, sie nicht anzufassen, Michael. Ich habe dir gesagt, was passieren würde, wenn du mir nicht gehorchst."

Mein Griff um seine Luftröhre festigte sich, und der

Drang, seinen Kopf abzureißen, brachte mein inneres Raubtier dazu, mit boshafter Erregung zu grinsen.

„Es steht dir nicht zu, sie zu bestrafen. Oder zu berühren." Die Worte verließen meinen Mund mit einem wütenden Zischen, das die Luft zwischen uns abkühlte.

Ein Schatten legte sich über seine Züge, sein Herz pochte laut in seiner Brust.

Ja. Du hast deine Lage gänzlich missverstanden. Aber du verstehst es jetzt, nicht wahr?

„Ismerelda mag sich heute danebenbenommen haben", erklärte ich. „Aber ich werde mit ihr unter vier Augen darüber sprechen. Erst dann werde ich entscheiden, ob eine Bestrafung gerechtfertigt ist."

Denn ehrlich gesagt war ich vor allem neugierig auf ihr heutiges Verhalten und nicht verärgert.

Ganz im Gegensatz zu meinen Gefühlen gegenüber Michael und seinem unaufhörlichen Bedürfnis, sich einzumischen, wenn es um meine *Erosita* ging.

„Deine eklatante Missachtung meiner Forderungen ist ein Problem", fuhr ich fort, als sich sein Gesicht aufgrund des Sauerstoffmangels zu verfärben begann. „Ein Problem, von dem ich nicht weiß, ob ich es erlauben kann."

Er ergriff mein Handgelenk, seine Nasenlöcher flatterten.

„Wenn ich dir nicht vertrauen kann, was ein einfaches Berührungsverbot angeht, wie soll ich dir dann zutrauen, etwas anderes kompetent zu erledigen?"

Seine Nägel gruben sich in meine Haut, und seine andere Hand griff nach meiner Schulter, um mich wegzuschieben.

Ich bewegte mich nicht.

Ich war viel älter, viel *stärker* als diese wertlose Ausrede von einem Mann.

„Du magst dich meiner *Erosita* überlegen fühlen, aber

sie gehört *mir*. Das macht sie zu einer Erweiterung dessen, was ich bin. Und ich bin dein verdammter Lehnsherr."

Er zuckte und trat um sich, als seine Kampfinstinkte einsetzten.

Denn er schien zu verstehen, dass ich ihn nicht einfach erwürgen würde, bis er ohnmächtig wurde, um ihn dann aufwachen zu lassen.

Nein, ich hatte fest vor, seinen Kopf abzureißen.

Er hat meine Löwin verletzt. Zweimal.

Nie wieder.

Es war mir egal, ob ich dadurch schwach, besessen oder possessiv wirkte. Ich war der verdammte König. Wenn ich mir eine Gefährtin nehmen wollte, dann würde ich mir eine Gefährtin nehmen.

Wenn ich Ismerelda verwandeln wollte, dann würde ich sie verdammt noch mal verwandeln.

Und niemand – schon gar nicht *Michael* – würde meine Entscheidungen beeinflussen.

„Ich habe dir deine erste Beleidigung verziehen. Ich habe dir sogar noch eine Chance gegeben, aber du hast mich bewusst ignoriert …"

Meine Uhr vibrierte, als ich einen Anruf erhielt. Miras Name erschien auf einem holografischen Bildschirm neben mir.

Fuck! Ich hatte ihr aufgetragen, Ismerelda in mein Zimmer zu begleiten. Es konnte also nur einen Grund geben, warum Mira jetzt anrief.

„Nicht bewegen!", sagte ich zu Michael, als ich ihn losließ.

Er gehorchte mir nicht ganz, denn seine Knie knickten ein und er sackte zu Boden. Glücklicherweise verharrte er danach weitgehend ruhig, seine einzigen Laute waren Keuchen und Husten.

Mein inneres Raubtier grinste mit dunkler Genugtuung.

Währenddessen konzentrierte sich meine praktische Seite auf meine Uhr.

„Antworte!", knurrte ich das Gerät an, wobei sich mein Blick auf das in der Luft schwebende Bild verengte.

Miras ruhige Gesichtszüge erschienen und ihre eisigen Augen schimmerten auf dem Bildschirm. „Mein Lehnsherr", begrüßte sie mich. „Helias ist hier."

Ich blinzelte. „Was?"

„Sein Jet ist gerade gelandet. Offenbar haben die Menschen, die die Flugtürme leiten, angenommen, dass er wegen des Konvents hier sei. Sie haben ihm bei seiner Ankunft geholfen. Nicht, dass sie ihn hätten abweisen können. Er ist ein Royal, mein Lehnsherr. Alle Royals und Alphas werden von den Menschen wie Könige behandelt."

„Ich weiß", murmelte ich, ihre Erklärung war trivial und überflüssig. Helias hätte seine Ankunft lediglich ankündigen müssen, und die Menschen hätten sich der Bitte ohne zu fragen gebeugt.

Es war so, wie es sein sollte – Vampire und Lykaner waren überlegen. Die Menschen hatten Glück, noch am Leben zu sein.

Aber wenn das alles stimmt, wenn das wirklich mein Anliegen ist, warum genieße ich dann Ismereldas Tapferkeit?, fragte ich mich. *Warum macht mich ihr Mut so stolz?*

Ich sollte wollen, dass sie vor mir in die Knie ging. Dass sie sich verbeugte. Dass sie um ihr Leben bettelte. Dass sie mir dafür dankte, dass ich sie ausgewählt hatte. Dass sie vor mir kroch, mich anflehte und mir gehorchte.

Doch das tat ich nicht.

Stattdessen wollte ich sie mit Unsterblichkeit belohnen, weil sie bewiesen hatte, dass sie stärker war als der Rest ihrer Art. Weil sie bewiesen hat, dass sie mutig war. Weil sie sich als eigensinnig und herausfordernd gezeigt hatte, ganz im Gegensatz zu den anderen Menschen in dieser Welt.

Ismerelda jedoch kam aus einer Welt, in der ihr Verhalten normal war. Eine Welt, in der Sterbliche gleichberechtigt waren.

Vampire und Lykaner hatten diese Rechte abgeschafft und die Menschen versklavt.

Zu welchem Zweck?, fragte ich mich. *Inwiefern ist das logisch? Ismerelda für ihre Tapferkeit zu loben und sie gleichzeitig zu unterdrücken?*

„Mein Lehnsherr?", fragte Mira und lenkte meine Aufmerksamkeit wieder auf sie. „Wie möchtet Ihr vorgehen?"

„Womit?", fragte ich, kurzzeitig verwirrt. *In Bezug auf Ismerelda? In Bezug auf den Plan für diese Welt? In …*

„Helias, mein Lehnsherr", sagte sie und legte die Stirn in Falten. „Soll ich ihm sagen, er soll nach Hause fliegen?"

Richtig. Helias.

Konzentriere dich, Cam!

Ich räusperte mich. „Hat er gesagt, warum er die Parameter unseres Gesprächs geändert hat?"

„Ja. Er hat gesagt, dass Video und Audio manipuliert werden können, ein persönliches Treffen nicht."

Ich schürzte die Lippen. „Will er damit andeuten, dass wir vorhaben, ihn aufzuzeichnen?"

„Nein, mein Lehnsherr. Ich glaube, er will einen Beweis dafür, dass Ihr lebt."

Ich starrte sie an. „Und er denkt, das kann man über Video vortäuschen?"

„Ja." Ein einziges Wort ohne weitere Erläuterung.

„Ich verstehe." Ich hatte in Liliths Akten gelesen, dass mehrere Royals vermuteten, dass ich tot war. Es schien, als hätten die Revolutionäre dieses Gerücht verbreitet, um mich zu untergraben.

Offenbar hatte Helias Bedenken, dass diese Gerüchte wahr sein könnten.

Ich könnte ihn zum Teufel jagen, aber es würde mir wahrscheinlich später nützen, ihn jetzt zu beschwichtigen.

Man konnte nie wissen, wann eine Loyalität vonnöten sein könnte.

„Bring ihn in den Konferenzraum des Konvents", sagte ich zu Mira. „Ich werde mich dort mit ihm treffen."

Sie senkte den Kopf. „Ja, mein Lehnsherr."

Der Bildschirm verschwand und ich blieb allein mit Michael zurück, der immer noch zu meinen Füßen kauerte.

Offensichtlich hatte ich im Moment wichtigere Dinge zu erledigen. Und ich war nicht in der Stimmung, Michaels Tod schnell herbeizuführen.

Vorausgesetzt, ich will ihn später immer noch töten. Er hat so reagiert, wie jeder andere auch reagieren würde, wenn ein Mensch in den Katakomben herumlief.

Aber Ismerelda war kein normaler Mensch. Sie war mein Mensch.

„Halt dich verdammt noch mal von meiner *Erosita* fern!", befahl ich ihm. „Und jetzt geh und hilf Dr. Wagner im Labor."

Ich würde mir später überlegen, was ich mit ihm machen sollte.

Ich hatte einen alten Freund zu begrüßen.

IZZY

Iᴄʜ ᴛʀᴀɴᴋ Cᴀᴍs Bʟᴜᴛ, da mein Bedürfnis, zu heilen, jeden anderen Gedanken in meinem Kopf übertrumpfte. Ich nahm auch eine Dusche.

Aber ich machte mir nicht die Mühe, meine Haare zu trocknen.

Ich kämmte es lediglich, zog eines von Cams Hemden an und ging dann in seinem Zimmer auf und ab, während ich auf ihn wartete.

Die fehlende Pizza bedeutete entweder, dass sie in meiner Abwesenheit gebracht und wieder mitgenommen worden war, oder dass es noch nicht Zeit für das Abendessen war. Ich hatte keine Ahnung, wie spät es war, und da ich keine Uhr hatte, tappte ich völlig im Dunkeln. Ich konnte nicht einmal versuchen, einen Blick auf Cams Computer zu werfen, um eine Antwort zu erhalten, denn er war nicht hier.

Hat er deshalb gewusst, dass ich nicht hier war?, fragte ich mich. *Ist er zurückgekommen, um seinen Laptop zu holen, hat gemerkt, dass ich verschwunden war, und Michael geschickt, um mich zu suchen?*

Ich zitterte, sein Zorn war noch immer auf meiner Haut spürbar.

Was wird er mit mir anstellen?

Sicherlich etwas Schmerzhaftes.

Vermutlich in Verbindung mit Sex.

Oder vielleicht würde er mich einfach für eine dieser Blutjungfrauen wegwerfen.

Gott, wie sollte ich das in Ordnung bringen? Wie sollte ich ihn in Ordnung bringen?

„*Er wird sich nie an dich erinnern. Dafür hat Liliths Sicherheitsvorkehrung gesorgt.* "

Michaels Worte hallten in meinem Kopf wider, jedes einzelne drohte, die letzten Hoffnungsfäden in meinem Kopf zu zerstören.

Cams Erinnerungen sind weg.

Er wird sich nicht zurückverändern.

Und ich … ich bin nicht mehr als sein unsterblicher Blutbeutel.

Ich rang die Hände, während ich auf und ab ging und die Zähne aufeinanderpresste. *Ich kann nicht aufgeben. Aber ich … ich weiß nicht, was ich tun soll.*

Cane zu wecken, war ein epischer Misserfolg gewesen. Er war nicht in seinem Sarg. Und selbst wenn, hätte ich keine Zeit gehabt, das Ritual durchzuführen.

„*Lilith hat gewonnen. Du bedeutest Cam nichts.* "

Ich zuckte zusammen, Michaels Stimme hallte in meinen Gedanken wider, und die Endgültigkeit seiner Aussage nagte weiter an meiner Entschlossenheit.

Wenn Cams Erinnerungen unzugänglich waren, dann musste ich ihn in diesem Zustand für mich gewinnen.

In einem Zustand, der von Lilith dazu manipuliert worden war, die Menschen zu hassen. Mich als Eigentum zu betrachten, nicht als Person. Sich nur um seine vampirische Befriedigung zu kümmern und um nichts anderes.

Selbst wenn ich zu ihm durchdringen könnte – wären wir dann überhaupt noch in der Lage, das zu überwinden? Er spielt mit anderen Frauen ... weil ich ihm nicht genüge?

Nach über tausend Jahren der Treue, des Zusammenseins, erlaubte ihm sein Körper immer noch, sich mit einer anderen zu vergnügen.

Nein, nicht nur mit einer – mit *mehreren*.

Ich wollte ihm das nicht vorwerfen, und ich wusste, dass es nicht wirklich fair war, aber wie könnte ich das einfach so hinnehmen?

Ich streckte die Finger, dann krümmte ich sie zu einer Faust, dann streckte ich sie wieder, als ich meine Arme um mich schlang. *Was kann ich nur tun?*, fragte ich mich immer wieder. *Wie bringe ich das in Ordnung?*

Ich ging weiter auf und ab. Mein Körper hatte sich nach Michaels Angriff geheilt – und von meinem endlosen Spaziergang zuvor –, doch die Erschöpfung zerrte an meiner Psyche.

Keine Menge von Cams Blut konnte meine Gefühle ändern. Er konnte mir ein vorübergehendes Hochgefühl bescheren, einen Vorgeschmack auf Euphorie, aber in dem Moment, in dem sich die Realität durchsetzte, sank meine Stimmung.

„Ich liebe dich, Ismerelda. Für immer und ewig."

Ich schloss die Augen, als ich mir Cams Gesicht vorstellte, die Ernsthaftigkeit in seinen Zügen, die Bewunderung in seinem Blick, die Wärme in seiner Berührung ...

Meine Kehle war wie zugeschnürt.

„Ich liebe dich auch", flüsterte ich zurück.

Wie oft hatten wir einander das schon gesagt? Hundertmal? Tausendmal?

Ein Versprechen, immer füreinander da zu sein. Immer füreinander zu sorgen. Immer an der Seite des anderen zu stehen.

Aber er ist nicht mein Cam. Und er wird nie wieder mein Cam sein.

Ihn aufzugeben, wäre schlimmer als seine Untreue. Er brauchte mich jetzt mehr als je zuvor. Aber wie konnte ich ihm helfen, wenn er meine Hilfe nicht wollte?

Ohne seine Erinnerungen war er ein völlig anderer Mann.

Wäre er ohne mich auch so geworden? War er schon immer dazu bestimmt, dieses grausame Monster zu sein? Habe ich ihn von diesem Weg abgelenkt? Oder hat es andere Aspekte in seinem Leben gegeben, die ihn zu dem gemacht haben, was er einmal gewesen ist?

Habe ich das Schicksal verändert? Hat sich dieses Schicksal selbst korrigiert?

Meine Kiefer schmerzten, weil ich sie so fest aufeinanderpresste.

Ich hasste das. Hasste Lilith. Hasste Michael. Hasste das *Schicksal*.

„Er wird dich nie verwandeln. Und das nicht nur, weil er sich nicht an dich erinnern kann. Ein Jahrtausend ist eine lange Zeit für ein sterbliches Haustier. Er wollte offensichtlich nie eine Ebenbürtige. Er wollte nur ein Spielzeug."

Ich schluckte, während sich die letzten beiden Sätze in meinem Kopf wiederholten.

Hat er recht?, fragte ich mich. *Hat Cam mich deshalb nie verwandelt?*

Ich schüttelte den Kopf. *Nein. Er … er war stets darauf bedacht, unser Band zu erhalten.*

Aber warum?, flüsterte ich. *Hat er wirklich nicht gewollt, dass unsere Verbindung bricht? Oder ist es ihm um mein Blut gegangen?*

Ich berührte meine Stirn, meine Augen brannten hinter meinen geschlossenen Lidern.

Diese überschäumende Ungewissheit machte mich noch wahnsinnig.

Ich kannte Cam. Er war mein Gefährte. Die andere Hälfte meiner Seele. Er würde mich nicht ... er würde mich nicht einfach *benutzen*.

Und doch tat es diese Version von ihm.

Diese Version von ihm − diejenige, die im Wesentlichen wie der Mann war, den ich vor tausend Jahren kennengelernt hatte − hatte kein Problem damit, mich als Puppe zu sehen, die nur zu seinem Vergnügen bestimmt war.

Wie habe ich ihn damals verändert? Warum kann ich das jetzt nicht tun?

Weil das Überraschungsmoment weg war.

Das Überraschungsmoment − der Augenblick, in dem ich es geschafft hatte, ihn innehalten zu lassen, weil ich gewusst hatte, was er war − galt nicht mehr.

Die Menschen wussten jetzt über die Existenz von Vampiren und Lykanern Bescheid.

Die Menschen waren nun Sklaven.

Ich hatte nichts Außergewöhnliches an mir, das Cam veranlasst hätte, ein paar Schritte zurückzutreten, um das Potenzial unserer Situation richtig einzuschätzen. Stattdessen war er hungrig. Anspruchsvoll. *Sexuell aufgeladen.*

Ich war nicht einzigartig. Zum Teufel, wahrscheinlich schmeckte ich nicht einmal so gut wie die Blutjungfrauen. Alles, was ich zu bieten hatte, war mein Körper, der offensichtlich nicht befriedigend genug war, um ihn lange zu unterhalten.

Mein Wissen über seine derzeitigen Vorlieben und Abneigungen könnte sich als nützlich erweisen, aber mehr auch nicht. Und wenn ich erst einmal genug

Informationen preisgegeben hatte, um seine Neugierde zu stillen, was dann?

Ich drückte meinen Nasenrücken zusammen und atmete aus.

Er hatte mir aufgetragen, mich zu entspannen. Ich war das genaue Gegenteil von entspannt. Ein Bad würde wenig dazu beitragen, die Anspannung in meinen Schultern und meinem Nacken zu lösen. Außerdem würde er wahrscheinlich versuchen, mich in der Badewanne zu ertränken, wenn er zurückkam.

Und ich wollte nicht auf diese Weise sterben.

Was soll ich sagen?, fragte ich mich. *Kann ich ihn mit der Nachricht ablenken, dass Cane nicht mehr in seinem Sarg ist? Oder hat er bereits …*

Eine männliche Stimme, die den Flur entlang schallte, ließ meinen Kopf hochschnellen. Ich richtete meinen Blick auf die Tür. *Cam.*

Nein, dachte ich im nächsten Moment. *Michael.*

„Seid Ihr sicher, mein Lehnsherr?", fragte er. „Denn dann gibt es kein Zurück mehr."

„So hätte sie schon vor tausend Jahren sterben sollen", antwortete Cam, wobei sein englischer Akzent deutlicher hervortrat als sonst. Vielleicht fühlte es sich aber auch nur aufgrund seiner Worte so an.

„So hätte sie schon vor tausend Jahren sterben sollen." Was meint er damit?

Er konnte unmöglich von jener Nacht sprechen, in der wir uns kennengelernt hatten … oder?

Er … er würde nicht … Er könnte nicht … Er erinnerte sich nicht einmal …

Es sei denn … Nun, ich hatte dem neuen Cam davon erzählt. Nicht jedes Detail, aber genug, damit er … um …

Nein.

Nein.

„Scheint mir passend zu sein", folgerte er und die Härchen in meinem Nacken sträubten sich.

Passend?

„Wenn Ihr Euch sicher seid."

„Das bin ich." Drei knappe Worte, die mir einen Schauer über den Rücken jagten. Es lag ein Hauch von Endgültigkeit darin, ein Flüstern des *Abschieds*. „Bring es hinter dich!"

Das ... Nein!

Auf gar keinen Fall.

Er kann doch nicht ...

„Wie Ihr wünscht, mein Lehnsherr", murmelte Michael. „Betrachtet es als erledigt."

„Gut. Ich muss mich um wichtigere Dinge kümmern."

„Verstanden, mein Lehnsherr."

Die Tür zu Cams Suite öffnete sich, aber nicht bis zum Anschlag. „Tu, was Michael sagt, Ismerelda."

Mein Mund blieb offen stehen. *Was?* Würde er mir nicht einmal die Chance geben, mit ihm zu reden?

„Willst du mich verarschen?", flüsterte ich. „Nein. Nein!" Ich rannte zur Tür, bereit, hindurchzugehen und ihn am Hemd zu packen.

Aber er war bereits am Ende des Flurs, und ich konnte nur noch seinen Rücken sehen, bevor er im Aufzug verschwand.

„Cam!", rief ich.

Die Türen schlossen sich, ohne dass er sich auch nur umdrehte.

„Es tut mir leid, Izzy, aber ich habe dich gewarnt", sagte Michael, der sich mit der Schulter an die Wand mir gegenüber stützte. „Er ist fertig mit dir. Was bedeutet, dass *du* fertig bist."

Ich wich zurück, als er sich von der Wand abstieß, und

schüttelte den Kopf. „Nein", sagte ich. „Er muss es mich nur erklären lassen."

„Da gibt es nichts zu erklären. Du bist ein verherrlichter Blutbeutel, der sich als unfähig erwiesen hat, seine Überlegenen zu respektieren. Er hat bereits einen Ersatz für dich gefunden. Wie hat er es formuliert?" Er hob den Blick und schnippte mit den Fingern. „Richtig. Eine Blutjungfrau, die weiß, wie man im Schlafzimmer zu Werke geht."

Ich kniff die Augen zusammen. „Ich bin seit über tausend Jahren seine Gefährtin."

„Ja", stimmte er zu. „Aber der Mann, mit dem du dich verbunden hast, ist vor über einem Jahrhundert gestorben. Dies ist der neue und verbesserte Cam, und er braucht diese Begegnung mit der Vergangenheit nicht mehr."

Michael packte mich im Nacken, seine Bewegungen waren blitzschnell.

„Komm mit mir, kleine Bluthure!", forderte er. „Ich habe genaue Anweisungen erhalten, dich so sterben zu lassen, wie es die Natur einst für dich vorgesehen hat."

Mit diesen Worten zerrte er mich in den Korridor. Ich versuchte, ihn aufzuhalten, meine nackten Füße am Boden zu verankern, aber meine Beine bewegten sich gegen meinen Willen, was darauf hindeutete, dass er mich stillschweigend zur Kooperation gezwungen hatte.

Oder vielleicht hat Cam das getan, als er mir befohlen hat, alles zu tun, was Michael sagt. Ich erschauderte.

„Der Lehnsherr hat gesagt, dass er das als *passend* erachtet", sinnierte Michael und wiederholte die Aussage, die ich bereits gehört hatte. „Ich nehme an, es ist seine Art, ein Unrecht zu korrigieren und das Schicksal wieder auf den richtigen Weg zu bringen."

„Das liegt nur daran, dass er nicht weiß, wer ich bin",

schnauzte ich, wütend und entsetzt darüber, dass sich meine Beine immer noch ohne meine Erlaubnis bewegten.

„Und das wird er auch nie tun", antwortete Michael. „Liliths Protokolle haben den Teil von Cams Gehirn zerstört, in dem das *Erosita*-Band existiert. Dadurch wurden alle seine Erinnerungen an dich gelöscht. Es gibt keine Möglichkeit für ihn, sie zurückzubekommen."

Ich biss die Zähne zusammen. „Doch, wenn er in meine Gedanken schaut."

„Das würde voraussetzen, dass ihm genug an dir liegt, um es zu versuchen", sagte Michael, als wir den Aufzug betraten.

Er wählte den dreizehnten Stock, woraufhin der Aufzug ansprang.

„Du hattest ungefähr zehn Tage Zeit, ihn von deiner wahren Bedeutung zu überzeugen, und hast versagt. Und warum? Weil er nicht mehr der Cam ist, den du einst gekannt hast. Stattdessen ist er der Cam, der er sein sollte – ein König, der dazu bestimmt ist, die Allianz zu regieren und alle Rebellen in die Schranken zu weisen."

„Er hat das alles nie gewollt", argumentierte ich. „Er hat sich dagegen gewehrt."

„Für dich", murmelte Michael. „Aber wie Lilith vorausgesagt hat, ist er ohne deinen sterblichen Einfluss in seinem Kopf ein richtiger Vampir. Wir mussten lediglich sicher gehen, bevor wir ihn auf die Welt loslassen."

Ich runzelte die Stirn. „Was?", fragte ich, als sich die Türen zu einem neuen Stockwerk öffneten. „Sicher in Bezug auf was?"

„Sicher, dass er offiziell von deinem Einfluss geheilt wurde", antwortete er. „Dich hierherzubringen, war der ultimative Test. Seine Entscheidung, die Verbindung zu dir zu lösen, bedeutet, dass er die Prüfung bestanden hat."

Mir lief es kalt den Rücken hinunter. *Diese ganze Sache*

war ein Mittel, um zu prüfen, ob ich … ob ich ihn durch unser Band beeinflussen kann?

„Dank dir wissen wir jetzt, dass der Verlust der Erinnerungen der Schlüssel zur Heilung von langjährigen Liebschaften ist." Michael klang erfreut. „Ich danke dir also für deine Teilnahme an dieser Studie. Deine Dienste werden nicht mehr benötigt."

Er hielt vor einer Tür inne, ein wahrhaft böses Grinsen zierte seine vollen Lippen. Er klopfte einmal an das Holz und seine Handfläche verließ endlich meinen Nacken.

„Du wirst dort hineingehen und dich als Dessert anbieten", sagte Michael. „Und so sterben, wie das Schicksal es für dich vorgesehen hat."

Er trat einen Schritt näher an mich heran.

„Das Beste daran ist, dass du keine andere Wahl hast, als es zu genießen, weil ich es dir sage." Seine grünen Augen flackerten mit unheilvoller Absicht. „Du wirst vor Vergnügen stöhnen, während sie dich in Stücke reißen. Während du im Geiste bettelst und weinst, was aber niemand hören wird."

Ich war wie erstarrt, als er sich nach vorn beugte und seine Lippen auf meine Wange drückte.

„Ich würde sagen, es war mir ein Vergnügen, Izzy, aber das wäre eine Lüge. Das Vergnügen wird sein, dich sterben zu sehen."

CAM

Iᴄʜ sᴀss am Tisch und trommelte in einem ungeduldigen Rhythmus auf die hölzerne Tischplatte.

Mein Blick glitt hinunter auf meine Uhr, und meine Augen verengten sich. Ich war schon seit neunzig Minuten in diesem verdammten Konferenzraum und wartete auf Helias.

Warum zum Teufel dauert das so lange?

Rom war abgesehen vom Vatikan praktisch verlassen, was es recht einfach machte, sich auf den Straßen zurechtzufinden. Meines Wissens hatte Lilith die einst berühmte Stadt der Sterblichen renoviert, um sie nach ihren eigenen Bedürfnissen zu gestalten, und dabei auch einen viel näher gelegenen Flughafen eingerichtet.

Helias müsste also schon hier sein.

Ich wählte Miras Namen auf meiner Uhr und war fast versucht, sie anzurufen. Vielleicht hätte ich nicht direkt hierherkommen sollen, nachdem ich Michael bei Dr. Wagner gelassen hatte.

Hätte ich gewusst, dass es so lange dauern würde, wäre ich zuerst in mein Zimmer gegangen, um mit Ismerelda zu sprechen.

Warum warst du in den Katakomben?, wollte ich fragen. *Was hattest du mit dem Sarg meines Bruders vor?*

Die Versuchung, mich mit ihrem Geist zu verbinden, um sie zu befragen, war groß und veranlasste mich, ein wenig an den mentalen Mauern zwischen uns zu rütteln.

Hm. Es schien, als hätten sich die Blockaden im Laufe der letzten Woche aufgelöst, was meine wachsende Neugier auf unsere Verbindung und unsere wahre Geschichte zeigte.

Es war nur natürlich, dass ich mehr Informationen wollte, zumal meine Erinnerungen nicht zurückzukehren schienen. *Warum kann ich mich nicht an sie erinnern?*

Etwas daran fühlte sich nicht richtig an. Ich hatte vermutet, dass es daran lag, dass sie mir nicht viel bedeutete, aber diese Logik stimmte nicht mit meinen Entscheidungen überein. Warum sollte ich eine *Erosita* über tausend Jahre lang behalten, wenn sie mir nichts bedeutete?

Nein, je mehr Zeit ich mit Ismerelda verbrachte, desto verbundener fühlte ich mich mit ihr. Vieles davon war wahrscheinlich eine Folge des Bandes, aber da war noch etwas anderes.

Ihr Verhalten steigerte mein Interesse, vor allem der heutige Vorfall.

Ich schürzte die Lippen, als ich wieder auf die Uhr sah. Meine Ungeduld wuchs. Ich würde viel lieber Ismerelda befragen.

Verdammt, es gab viele Dinge, die ich lieber mit

LEXI C. FOSS

meiner *Erosita* tun würde, als in diesem leeren Raum zu sitzen.

Ein König wartet auf niemanden. Ich kniff die Augen zusammen. *Warum also warte ich auf einen minderwertigen Royal? Noch dazu auf einen, der unangekündigt aufgetaucht ist.*

Mein Kinn zuckte.

Ich hatte nicht viel Erfahrung mit diesem Gefühl – *Ungeduld.* Hauptsächlich deshalb, weil ich schon zu lange lebte, um mir viel aus dem Verstreichen der Zeit zu machen.

Eine Stunde war nichts für einen Vampir meines Alters. Eigentlich nur ein paar Sekunden.

Warum also fühlt sich dies wie eine Ewigkeit an?

Und was zum Teufel ist das für ein Gefühl in meiner Brust?, fragte ich mich plötzlich und legte meine Handfläche auf mein Herz, um den Schmerz wegzureiben, der sich dort bildete. *Eine körperliche Reaktion auf meine wachsende Irritation?*

Nein, das passte nicht ganz.

Warum sollte Irritation Schmerz auslösen?

Warum fühle ich überhaupt Schmerz?

Ich runzelte die Stirn.

Etwas stimmt hier ganz und gar nicht.

Ich warf wieder einen Blick auf meine Uhr und auf Miras Namen, der über meinem Handgelenk schwebte. Ich hatte den durchsichtigen Bildschirm nicht minimiert. Es juckte mich in den Fingern, die Anruftaste zu berühren, aber instinktiv hielt ein Teil von mir dagegen. Ein Teil, den ich nicht ganz verstand.

Ein Teil, der mit dem merkwürdigen Gefühl in mir zusammenhängt.

Ich legte die Hand erneut auf meine Brust und drückte meine Finger in den Muskel, um den Druck zu lindern. Doch er schien nur noch größer zu werden, die Intensität erwärmte meine Adern und sandte Erschütterungen zu meinen Nervenenden.

Ich legte die Stirn in Falten. *Was ist das?*

Ein besonders schmerzhafter Stromstoß durchfuhr mich und ich zuckte zusammen. Dann keuchte ich, als meine Lunge plötzlich nach Luft rang.

Es war, als würde ich sterben.

Als würde ich den Lebenswillen verlieren.

Was zum Teufel ist hier los? Ich stieß mich von dem Tisch ab, mein Raubtier suchte sofort nach der Bedrohung, die mir das antat.

Aber ich spürte nichts.

Denn es kam nicht von außen, sondern von innen.

Ismerelda, erkannte ich, und meine Brauen senkten sich.

Was zum Teufel tust du da?, fragte ich, und meine Worte durchbrachen die Barriere zwischen unseren Köpfen, während der Schutzschild, den ich vor langer Zeit errichtet hatte, in Stücke bröckelte. *Warum bist du …*

Ich verstummte. Meine Wirbelsäule straffte sich, als Ismereldas Geist mich überspülte.

Verzweiflung.

Wahnsinn.

Hoffnungslosigkeit.

Sie … sie durchlebte eine Art von Erinnerung. Eine entsetzliche Erinnerung. Eine, in der sie von mehreren Männern umringt war, die ihr alle etwas antun wollten.

Doch dann tauchte ein Schatten auf. Im nächsten Atemzug erkannte ich mich wieder. *Die Nacht, in der wir einander begegnet sind.*

Sie hatte erwähnt, dass ich sie gerettet hatte, aber es in ihrem Kopf zu sehen … Das … das verlieh der Geschichte Glaubwürdigkeit.

Aber die Erinnerung schien mit etwas anderem zu verschmelzen. Etwas Schrecklichem.

Nicht!, sagte sie sich. *Konzentriere dich auf den echten Cam! Erinnere dich an ihn! Nur an ihn!*

Ich blinzelte, weil ich nicht verstand, was sie meinte.

Er ist fort, flüsterte sie. *Ich habe es versucht. Ich habe versagt.*

„*Liliths Protokolle haben den Teil von Cams Gehirn zerstört, in dem das Erosita-Band existiert. Dadurch wurden all seine Erinnerungen an dich gelöscht. Es gibt keine Möglichkeit für ihn, sie zurückzubekommen.*"

Michaels Worte hallten in ihrem Kopf wider, die Aussagen waren nicht aktuell, sondern eine Erinnerung.

Von wann ist diese Erinnerung? Ist sie echt? Ich folgte dem Strang in ihren Gedanken, ihr Gespräch mit Michael entfaltete sich vor meinen Augen.

Ich konnte ihn aus ihrer Sicht sehen, ihren Schmerz spüren, als er ihr seine Behauptungen entgegenschleuderte.

Und dann spürte ich ihre völlige Verzweiflung, als er … als er …

Meine Augen weiteten sich. *Verdammt!*

Deshalb dachte sie an den Abend, an dem wir uns kennengelernt hatten. Der Mistkerl hatte sie in ein ähnliches Schicksal geführt, von dem sie zu glauben schien, dass ich es verlangt hatte.

Was zum Teufel? Ich verließ das Zimmer und ging zum Aufzug, meine Gedanken waren bei Ismerelda, während ich in ihren Erinnerungen wühlte, um herauszufinden, wohin Michael sie genau gebracht hatte.

Sie hatte dem Ganzen gerade genug Aufmerksamkeit geschenkt, um mich anleiten zu können.

Komm schon, komm schon, komm schon! Fuck, dieser Aufzug war zu langsam.

Ich stürmte ins Treppenhaus und phaste in den dreizehnten Stock des Untergrundkomplexes. Die Tür fiel praktisch aus den Angeln, als ich die Etage erreichte.

Ismereldas Geruch – *Angst und Verzweiflung* – zog mich direkt zu ihr.

In einen Raum.

Einen Raum voller Vampire.

Mehrere von ihnen hatten ihre Reißzähne in meiner *Erosita*.

Sie saugten sie aus. Sie töteten sie. Sie *berührten* sie.

Sie war nackt. Sie waren nackt. Hart. Bereit zum Ficken.

Einer war schon in ihrem Mund. Ein anderer … zwischen ihren Beinen …

Rot.

Alles. Wurde. *Rot.*

Meine innere Bestie *brüllte*, meine Hände und Beine bewegten sich, ohne nachzudenken, während sich der Raum in tödlichen Rotschattierungen färbte.

Blutrünstige Schreie zerrissen die Luft, gefolgt von dem lauten Geräusch von über den Boden rollenden Köpfen.

Alles geschah im Bruchteil einer Sekunde, denn meine Schnelligkeit und Kraft waren jedem Übernatürlichen im Raum weit überlegen. Sie waren zu sehr mit ihrem Opfer beschäftigt, um mich überhaupt zu bemerken.

Und Ismerelda … *meine Löwin* … fiel schlaff zu Boden.

Ich ging neben ihr in die Knie, ließ meine blutigen Hände über sie gleiten, suchte nach … nach … nach einem Weg … *verdammt!*

Einen Weg, um was zu tun? Um das in Ordnung zu bringen? Um es richtigzumachen?

Ich …

Wie zum Teufel ist das überhaupt passiert?

Es war wie ein schlechter Traum.

Ein schlechter Traum, der noch schlimmer wurde, weil Ismereldas Gedanken meinen Geist durchdrangen.

Sie hatte völlig dicht gemacht und sich lieber in ihren Gedanken verloren, als meinem Willen nachzugeben.

Welcher Willen?, fragte ich mich, doch im nächsten Moment traf mich die Antwort wie ein Schlag.

Ich werde dem neuen Cam diese Genugtuung nicht geben, hatte sie sich gesagt. *Er mag mich gezwungen haben, Michael zu gehorchen, aber ich weigere mich, ihnen das Vergnügen zu bereiten, mich meinen Tod genießen zu hören.*

Es war ein Akt des Trotzes ihrerseits gewesen. Ein letztes *Fickt euch* für Michael und mich.

Warum glaubst du, dass ich dir das angetan habe?, fragte ich. *Warum sollte ich dich auf diese Weise verletzen?*

Sie antwortete nicht, ihre Psyche war in einer Art Erinnerungsspirale gefangen. An einem Ort der Sicherheit. Einem Ort, den sie in einem Moment der Verzweiflung erschaffen und sich darin eingeschlossen hatte.

Ich schluckte, als sich weitere Ereignisse in ihrem Kopf abspielten. Nächtelanges Liebesspiel. Leidenschaftliche Worte. Versprechungen. Eine Welt der Liebe, der Bewunderung und des Respekts.

„Ich liebe dich, Ismerelda. Für immer und ewig."

„Ich liebe dich auch."

„So hätte sie schon vor tausend Jahren sterben sollen. Scheint mir passend zu sein."

Ich runzelte die Stirn, als sich in ihren Gedanken Erinnerungen zu überlagern schienen, die eine ein uraltes Gelübde, die andere … Ich folgte den Worten, an die sie sich erinnerte, und beobachtete die Abfolge der Ereignisse.

Das war heute. Vielleicht vor dreißig Minuten. Und es hat zu dem hier geführt.

Aber dieser Mann war nicht ich.

Ein realistisches Hologramm, vielleicht? Liliths Technologie war fortschrittlich genug, um das zu schaffen.

Deshalb hatte Helias ein persönliches Treffen verlangt – er traute dieser technologischen Ära nicht.

Ich räusperte mich, meine Hände flogen immer noch sinnlos über meine *Erosita*. Die Tatsache, dass unsere Verbindung noch existierte, bestätigte, dass keiner der Männer vaginal in sie eingedrungen war, aber sie … sie war definitiv …

„*Fuck!*" Ich wollte alle in diesem Raum erneut umbringen.

Sie waren zu sechst gewesen. Zu sechst.

Warum zum Teufel sollte Michael so etwas tun? Und all die Dinge, die er zu ihr gesagt hatte …

Ist es …?

Ich räusperte mich erneut, als mehr von Ismereldas Gedanken mit meinen verschmolzen.

Sie war von Michaels Enthüllungen überhaupt nicht überrascht gewesen, denn sie hatte bereits davon gewusst.

Sie hatte von einer Wahrheit gewusst, von der ich nicht sicher war, ob ich sie verstand.

Lilith hat gewonnen, jammerte sie immer wieder, und ihr Herz schien bei diesem Zugeständnis zu zerbrechen. *Diese Schlampe hat gewonnen.*

Indem sie mit meinem Verstand gespielt hat.

Das schien der Konsens zu sein.

Ismereldas Sicht der Dinge stimmte nicht mit meiner überein.

Doch sie hatte ihre Perspektive die ganze Zeit für sich behalten, weil sie wusste, dass ich ihr nie geglaubt hätte. Niemals hätte ich ihr getraut. Niemals hätte ich es in Erwägung gezogen, mir ihre Version der Ereignisse anzuhören.

Sie hatte versucht, mich auf andere Weise für sich zu gewinnen.

Mit Sex.

Aber das war nach hinten losgegangen.

Ich bin ihm völlig egal. Das ist alles nur für ihn. Sogar mein Vergnügen … ist für ihn.

So schlafen wir nicht miteinander.

Das ist nicht mein Cam.

Bitte komm zurück zu mir … Ich … ich vermisse dich …

„Ihr Götter", flüsterte ich. „Was zum Teufel habe ich getan?"

Ich hatte … Es gab keine Worte. Ich … ich konnte nicht …

„Fuck, Ismerelda!" Ich zog sie in meine Arme, ihre schweißnassen Haare klebten an meinem Jackett.

Ich muss uns von hier wegbringen, realisierte ich.

Hier war es nicht sicher.

Ich konnte niemandem trauen. Nichts war so, wie es schien.

Ich benötigte Antworten. Antworten, die nur Ismerelda zu haben schien. Aber sie lag apathisch in meinen Armen, so tief in ihrer eigenen Psyche versunken, dass sie kaum noch atmete.

Ich biss in mein Handgelenk und drückte es an ihren Mund, während ich sie mental dazu zwang, zu trinken. Aber sie war zu weit weg, um mir zu gehorchen.

Verdammt!

Wir hatten keine Zeit mehr, sie aus diesem Zustand zu holen. Wir mussten uns irgendwo verstecken. An einem Ort, an dem uns niemand finden konnte. Erst dann konnte ich versuchen, die Sache in Ordnung zu bringen. Mich zu entschuldigen. Vor ihr … *zu Kreuze zu kriechen.*

Später, sagte ich mir. *Konzentriere dich darauf, hier rauszukommen!*

Michael hatte gesagt, er würde Ismerelda beim Sterben

zusehen. Wahrscheinlich hatte er also mitverfolgt, wie ich den ganzen Raum voller Vampire abgeschlachtet hatte.

Zum Glück war nicht viel Zeit vergangen. Vielleicht fünf Minuten. Nicht annähernd lang genug für ihn, um genug Vampire zu versammeln, um mich auszuschalten.

Es sei denn, er verfügt über das Gerät, das Lilith benutzt hat, um mich außer Gefecht zu setzen. Ich konnte in Ismereldas Erinnerungen etwas darüber flüstern hören, etwas darüber, dass es mit dem Teil des Geistes verbunden war, in dem sich das *Erosita*-Band befand.

Er wird sich nie an mich erinnern. Er hat sich unwiderruflich verändert. Mein Cam … ist tot.

Ihre Gedanken waren wie Dolche in meiner Brust, jeder einzelne durchbohrte mein Innerstes auf eine Weise, wie ich es noch nie erlebt hatte.

Ihr Schmerz war mein Schmerz.

Ihr Kummer war mein Kummer.

Und ihre verletzte Seele … war meine verletzte Seele.

Ich bringe das in Ordnung, versprach ich, obwohl sie mich nicht zu hören schien.

Aber zuerst musste ich uns verdammt noch mal aus diesem Bunker rausbringen.

Halte durch, meine Königin, bat ich sie über unser Band. *Bitte, halte noch ein wenig durch. Ich werde das in Ordnung bringen. Das schwöre ich.*

Danke, dass du Grausamer Biss gelesen hast!

Ich entschuldige mich für den Cliffhanger – davon bin ich auch kein Fan. Aber diese Geschichte hat sich als viel zu kompliziert erwiesen, um sie in sechs Büchern abzuschließen. Daher gibt es noch ein letztes Buch, *Ewiger Biss*.

In *Ewiger Biss* wird es weiterhin um Cam und Izzy gehen, und vielleicht kommen auch noch ein paar andere Charaktere zu Wort. Ich schreibe noch daran, kann es also nicht mit Sicherheit sagen.

Eine persönliche Anmerkung: Ich weiß, dass die letzten beiden Bücher nur zögerlich erschienen sind, und das tut mir sehr leid. Ich habe vor Kurzem ein Baby bekommen, das derzeit den größten Teil meiner Zeit in Anspruch nimmt. Es ist mein erstes, und ich hatte keine Ahnung, wie sehr sich das auf mein Leben auswirken würde. Außerdem musste ich meinen mentalen Zustand in der schwierigen Zeit des Wochenbetts schützen. Die Geschichte von Cam und Izzy ist sehr düster, und ich muss mich in die Figuren hineinversetzen, wenn ich schreibe. Das bedeutet, dass ich Izzys mentalen Zustand nachfühlen muss, um die Worte fließen lassen zu können. Und sie befindet sich im Moment in einer nicht gerade angenehmen Lage.

Um diesen Prozess noch komplizierter zu machen, muss ich mich auch auf die Verfügbarkeit meiner Übersetzer verlassen, die meine Arbeit aus dem Englischen in andere Sprachen übersetzen – was den Prozess weiter in die Länge zieht.

Um meinen fremdsprachigen Lesern meine Wertschätzung zu zeigen, möchte ich *Grausamer Biss* zuerst für sie veröffentlichen. Meine englischen Leser haben noch nichts von Cams und Izzys Geschichte zu Gesicht bekommen, also habt ihr hiermit einen ersten Einblick in noch nie zuvor gelesenes Material erhalten. Ich hoffe, es hat euch gefallen und ihr werdet die Reise mit mir in *Ewiger Biss* fortsetzen.

Cam hat eine Menge wiedergutzumachen …

Mehr dazu demnächst.

Fühlt euch gedrückt,
Lexi

Ich dachte, ich könnte ihn ändern.
Ich habe mich geirrt.
Cam ist nicht mehr der Mann, den ich einst geliebt habe.
Er ist ein Monster.

Bin ich bereit, für ihn zu kämpfen?
Ihm zu verzeihen?
Oder ist ihn zu töten der einzige Weg nach vorn?

Dies ist die Zukunft, in der Lykaner und Vampire die
Regeln aufstellen.
Aber ihre Gefährten sind die wahren Monarchen.
Denn wir sind diejenigen, denen ihre Herzen gehören.

Das Problem ist, dass ich mir nicht sicher bin, ob Cam
noch eins hat.
Ich war einst dazu bestimmt, seine Königin zu sein.
Jetzt bin ich nichts weiter als ein Spielzeug.

Ein Spielzeug, das bald zu Bruch geht.
Es sei denn, ich breche Cam zuerst ...

Anmerkung der Autorin: *Ewiger Biss* enthält düstere
Inhalte und ist der Abschluss der Blutallianz-Reihe.

USA Today Bestsellerautorin Lexi C. Foss ist eine Schriftstellerin, verloren in der Welt der Computer. Sie lebt mit ihrem Mann und ihren pelzigen Freunden in North Carolina. Wenn sie nicht gerade schreibt, ist sie mit Sicherheit auf Reisen. Viele der Orte, die sie schon besucht hat, lassen sich in ihren Büchern wiederfinden, einschließlich der mystischen Welt von Hydria, die auf der griechischen Insel Hydra basiert.

Lexi ist ein bisschen verschroben, trinkt viel zu viel Kaffee und schwimmt gern. Tschüss!

Würden Sie gern über Neuerscheinungen informiert werden? Dann tragen Sie sich für ihren Newsletter ein: https://www.lexicfoss.com/deutschen-newsletter

Besuchen Sie Lexi im Netz!
https://www.lexicfoss.com/aktuell

E-Mail: lexicfoss@gmail.com

BÜCHER VON LEXI C. FOSS

Akademie der Mitternachtsfeen:

Buch Eins

Buch Zwei

Buch Drei

Buch Vier

Ellas Mitternachtsmärchen

Die Blutallianz:

Chastely Bitten – Keuscher Biss (Buch 1)

Royally Bitten – Königlicher Biss (Buch 2)

Regally Bitten – Majestätischer Biss (Buch 3)

Rebel Bitten – Rebellischer Biss (Buch 4)

Kingly Bitten - Royaler Biss (Buch 5)

Cruelly Bitten - Grausamer Biss (Buch 6)

Ewiger Biss (Buch 7)

Eigenständige Die Blutallianz:

Crave Me - Verlangen des Schicksals

Blood Day - Bluttag

Die Wölfe des V-Clans

Blutsektor

Nachtsektor

Die Wölfe des X-Clans

Der Ursprung

Andorra Sektor

Das Experiment

Pfeil des Winters

Bariloche Sektor

Königin der Elemente:

Buch Eins

Buch Zwei

Buch Drei

Königin der Elementefeen: Die nächste Generation

Eigenständige Fee-Romane

Königin der Winterfeen

Unsterblich verflucht:

Blood Laws – Blutgesetze (Buch 1)

Forbidden Bonds – Unsterblich entfesselt (Buch 2)

Blood Heart – Blutige Unschuld (Buch 3)

Blood Bonds – Unsterblich geboren (Buch 4)

Angel Bonds – Himmlische Bande (Buch 5)

Blood Seeker – Die Fährte des Blutes (Buch 6)

Blood Burden – Himmlische Bürde (Buch 7)

Wicked Bonds - Himmlisch verrucht (Buch 8)

Blood King - Herrscher des Blutes (Buch 9)

Eigenständiger paranormaler Liebesroman

Rotanev – Eine Poseidon-Erzählung

Carnage Island: Wolfsklauen und verbotene Bisse